KB077281

에로티카

IO TI VOGLIO

에디션 D 시리즈
13

에 로 티 카

시 칠 리 아

IO TI VOGLIO

———

이레네 카오 지음 · 이현경 옮김

그 남자에게

남자가 405호 문을 거칠게 닫는다. 안으로 들어서자 벽의 카드꽂이에 마그네틱 카드를 집어넣는다. 불이 켜지며 방 안이 환해진다. 눈이 시릴 정도로 새하얀 불빛이 불쾌감을 준다.

그가 곧 오른쪽 협탁 위의 스탠드만 켜놓은 채 서둘러 스위치를 모두 내린다. 깜깜한 실내를 비추는 희미한 불빛으로 분위기가 더욱 은밀하고 따뜻해진다. 그는 침대 가장자리에 앉아 한 팔을 뻗어 빛의 강도를 조절한다.

"이게 좋겠어." 남자는 너무 달아오른 듯이 보이지 않으려고 애를 쓰며 말한다. 하지만 지금 그는 뜨거운 욕망이 자신을 집어삼키고 있다는 걸 알고 있다. 나도 마찬가지다.

내가 고개를 끄덕인다. 나는 입구에서 그리 멀지 않은 곳에 서 있다.

그가 나를 본다. 그의 눈이 부드럽게 반짝인다. 그 안에서 수영을 하고 싶다는 생각이 들 정도로 맑은 눈이다. 그가

침대에서 일어나 다가온다. 내 머리를 잡아 강제로 뒤로 젖
히더니 격렬하게 키스를 하기 시작한다.

　가방을 마룻바닥에 떨어뜨린 채 그가 하는 대로 내버
려 둔다. 나는 욕정과 욕망에 불타 초조해하는 나 자신을 본
다. 자신의 체온과 침과 몸을 모두 내게 주려는 관대한 그를
느낀다. 우리는 지금 여기 있다. 새로운 환각의 밤이, 섹스와
광기의 밤이 시작된다. 셀 수도 없을 정도로 긴 만남의 목록
에 또 한 줄 덧붙이게 될 밤이다. 너무나 다양한 만남들, 아
니 어쩌면 너무나 비슷해 공허한 만남들의 목록에.

　이 남자는 몇 시간 전에 알게 된 나의 새로운 애인이다.
이름이 줄리오라는 것과 밀라노에서 온 배우라는 사실 말고
는 아는 게 없다. 아니 정확히 말하자면 배우가 되고 싶어 하
는 남자다. 오늘 밤 클럽 고아에서, 이렇게 말해도 될지 모
르지만, 알게 되었다. 이제 금요일이면 고아를 내 집처럼 드
나든다. 내가 플로어로 나가자마자 그가 나를 점찍었고 한시
도 내 곁을 떠나지 않았다. 우리는 기운이 바닥날 때까지 춤
을 추었다. 나는 애태우는 그의 모습을 즐겼고 그는 너무나
명백한 고도의 성적 게임에 나를 끌어들였다. 질투와 경멸의
눈빛이 내 여자 친구들의 얼굴에서 꼬리를 물고 이어졌다.
이런 눈빛은 의도치 않게 내게 미묘한 흥분을 선물해줘서 오
히려 포기할 마음이 사라져버렸다.

　"여기 너무 시끄러운데, 나가는 게 어때?" 줄리오가 갑

자기 내게 물었다. 그래서 나는 여기 두카 달바 호텔 405호에
와 있다. 그는 범죄 영화에 단역으로 출연 중인데 그 영화사
에서 이 호텔의 숙박비용을 지불해준다.

　나는 헝클어진 그의 금발 머릿속으로 거칠게 두 손을 집
어넣는다. 줄리오가 나를 붙박이 옷장 쪽으로 밀더니 내 다
리 하나를 들어 올려 구부리게 만든다. 나는 무릎으로 그의
엉덩이를 누른다. 우리는 서로의 혀를 집어삼키고 뜨겁게 달
아오른다. 점점 더 미친 듯이, 빠르고 격렬하게 움직인다. 곧
이어 그가 아래로 미끄러지듯 내려가더니 미니스커트 속의
내 다리 사이에 머리를 들이민다. 그러고는 까칠한 자신의
뺨을 내 허벅지에 갖다 댄다. 축축한 혀가 내 팬티 속으로 슬
며시 들어온다. 내 몸은 흠뻑 젖는다. 그의 혀는 몹시 성급하
다. 지나칠 정도로.

　내가 힘껏 그의 머리를 잡아 몸에서 떼어내자 그는 마지
못해 일어난다. 그래도 전혀 낙담하지 않은 채 내 치마를 벗
겨내서 나는 팬티와 가터벨트 차림으로 12센티 힐의 부츠를
신고 서 있다. 그가 내 블라우스 단추를 풀고 브래지어 속으
로 손을 살며시 집어넣더니 흥분해서 유두를 찾는다. 나는
그의 청바지 지퍼 쪽으로 한 손을 뻗어 그의 성기를 꽉 쥔다.
순간적으로 그것이 더욱 부풀어 오른다. 그의 얼굴을 뚫어
지게 보지만 정말 그를 보는 게 아니다. 내 눈은 알코올과 피
로에 취해 있다. 나는 더 힘을 주어 그를 침대 쪽으로 밀고 내

앞에 강제로 앉힌다. 오늘 밤 명령할 사람은 바로 나다.

"옷 벗어." 그에게 명령한다.

"오케이." 그가 차분히 구두끈을 풀며 미소를 짓는다. "난 명령하는 여자들이 좋더라."

그가 옷을 벗기 시작한다. 구두와 양말을 벗고, 셔츠를 머리 위로 벗어던지자 상반신이 노출된다. 마른 체격이지만 가슴에는 갑옷처럼 단단한 근육이 울룩불룩하다. 그는 금방이라도 녹아버릴 것 같은 눈으로 나를 뚫어지게 보더니 벨트를 풀어 침대에 올려놓는다.

나는 그의 바지를 잡아당겨 벗겨낸 뒤 카펫 위, 내 치마 옆에 던진다. 그런 다음 벨트를 손에 꽉 쥐고 채찍처럼 허공에서 휘두른다. 부드러운 불빛이 희미하게 비치는 바닥에 버클이 부딪히자 불꽃이 튀고 금속성의 소리가 고요한 실내를 뒤흔든다. 재미있다는 듯 줄리오의 입술에 장난스러운 미소가 번진다. 그는 정말 편해 보이고 나 역시 그렇다. 생생한 게임을 시작할 준비가 되어 있다.

나는 그의 다리 사이로 들어가 그가 무릎으로 나를 꽉 조이게 내버려 둔다. 그런 다음 벨트 가장자리가 그의 맨살을 천천히 스치게 한다. 벨트로 그의 목에서 가슴까지 길게 선을 그으며 내려와 유두 주위에서 나선을 그리다가 배꼽에 이른다. 그러고는 다시 아까보다 더 천천히 위로 올라간다. 그를 자극하자 그의 피부가 수축된다. 거칠거칠한 가죽이 그를 괴롭힌다. 그는 온몸을 떨고 있다. 그의 눈만 봐도 알 수 있다. 벨트를 그의 목 뒤로 둘러서 목걸이처럼 고리를 채워버린다. 벨트는 그의 하얀 살 위에서 선명하게 두드러진다. 꼭 번득이는 금속 머리가 달린 검은 뱀 같다. 그런 모습을 보니 미칠 듯이 흥분된다.

"어떻게 하려고 그래?" 내가 다시 일어서자 그가 속삭인다. 이제 그의 아콰마린 색 눈동자에 뜨거운 불길이 타오른다. 그가 내 브래지어를 벗기더니 자기 코앞에 있는 유두에 입을 가까이 가져와 혀로 그 주위를 애무한다.

"쉬이잇, 이제 두고봐." 내가 소곤거리며 그를 침대 머리판 쪽으로 민다.

계속 선 채로, 그에게서 눈을 떼지 않은 채 가터벨트를 푼다. 그의 왼쪽 손목을 들어 스타킹을 두르고, 당기면 죄어지게 매듭을 짓는다. 오른쪽 손목에도 똑같이 하고 스타킹의 끝을 침대 머리판의 금속 봉에 묶는다. 그가 아파할 정도로 힘을 준다. 60데니아(섬유의 굵기를 나타내는 단위—옮긴이)의 나일론 스타킹이 팽팽하게 늘어나지만 찢어지지는 않는다. 나는 힘센 남자같이 난폭하게 그의 팬티도 벗겨낸다.

그를 그렇게 알몸으로 꼼짝도 못하게 만들어놓고 나는 구석에 놓인 작은 테이블로 다가간다. 마치 그가 이 방에 없는 듯이, 나 혼자 차분하게 스카치위스키를 반 잔 따른다. 그가 점차 흥분하는 게 느껴진다. 그의 심장 박동이 빨라지고 관자놀이가 뛰는 것도. 내 가슴이 더욱 부풀어 오르는 기분이다. 가슴에 불이 난 듯 뜨겁다. 어쩌면 내가 지금 경계를 넘어서고 있는지도 모르지만 그런 건 중요하지 않다. 오늘 밤에는 생각을 위한 공간이 없다. 쾌락을 위한 공간밖에는.

"나는?" 줄리오가 우리에 갇힌 짐승처럼 나를 본다. "나도 조금만 줄 수 없어?" 그가 애원하듯 부탁한다.

"먼저 어떻게 행동하는지 좀 보고." 내가 대답한다.

줄리오는 슬픈 얼굴로 고개를 젓지만 그가 이 게임을 즐기고 있다는 걸 안다.

나는 테이블 의자를 들어 침대 옆까지 끌고 간다. 술잔을 바닥에 내려놓고 의자에 앉아 한쪽 다리를 그의 가슴 쪽으로 뻗는다. 이제 그의 몸 위에서 발을 움직여 단단해진 그의 성기를 애무하다가 가슴에 난 털 속으로 손가락을 살짝 집어넣은 채 위로 올라가서 목을 어루만지고 입술을 쓰다듬는다.

줄리오가 고개를 숙이고 부드러운 살결의 발바닥 곡선을 따라 혀를 움직인다. 나는 발을 구부려 그가 더 애무할 수 있게 만든다. 그의 애무를 원한다. 그의 입으로 내 발을 살짝 밀어 넣어 빨게 한다……. 집어넣었다 뺐다를 수없이 되풀이한다. 살짝 전기가 통한 듯 다리에 짜릿짜릿한 전율이 일기 시작하더니 내 몸의 은밀한 부위까지 전달된다. 하지만 거기서, 표면에서 멈춘다. 그 이상은 나가지 않는다. 몸속에서는 아무것도 느낄 수가 없다.

"훌륭해." 나는 만족스러워서 속삭인다. 비록 아무 느낌도 없지만 그는 훌륭하다. 이건 인정해줘야만 한다.

나는 바닥에서 잔을 들어 그가 술을 마실 수 있게 해준다.

"고마워." 줄리오가 혀로 입술을 축이며 말한다.

"당연히 마실 만해." 내가 부드러운 목소리로 대답한다.

잠시 후 나는 벌떡 일어나서 의자를 발로 차 뒤로 쓰러뜨리고 침대로 올라가 그에게 걸터앉는다. 스카치 맛이 나는 내 혀가 깨어나서 그의 살 위로, 목에서 배꼽으로 미끄러진다. 위아래로 계속 움직인다. 그를 핥는 게 좋다. 좋은 맛과 아르마니 코드(Armani Code) 향기가 난다. 아니 어쩌면 구찌 길티(Gucci Guilty) 향에 더 가까운지도 모른다. 그의 복부에 수없이 키스를 퍼붓는다. 처음에는 부드럽게, 그러다가 갑자기 거미가 물기라도 하는 것처럼 잔인하게 키스를 한다.

흥분한 그가 숨을 헐떡인다. 그의 허리 밑의 모든 게 팽팽하게 긴장하기 시작한다. 나는 그의 성기를 잡아 내 레이스 팬티에 대고 처음에는 천천히, 그러다가 점점 더 세게 문지르기 시작한다. 쾌락을 느끼는 그를 통해 내 쾌락을 찾으려 한다. 내가 팬티를 벗는다. 이제 따뜻한 내 몸이 그를 받아들이게 잠시 내버려 둔다.

그러다가 그에게서 떨어져 성기에 살짝 침을 묻힌 뒤 입 안에 넣는다. 그의 입에서 숨이 막히는 듯한 신음이 새어 나온다. 그래서 그에게서 떨어져 한 손으로 그의 입을 막고 다른 한 손으로는 내 성기를 벌려 그가 안으로 들어와 부드러운 벽을 누르게 한다. 심장 박동은 빨라지지만 마음은 그렇지 않다. 위아래로 움직여보지만 아무런 느낌도 없다. 그의 목에 묶어놓은 벨트를 잡아, 그가 거의 숨도 쉴 수 없을 정도로 더 조여본다. 그의 눈에 놀란 기색이 번개처럼 스쳐가고 관자놀이의 혈관이 부풀어 오른다. 하지만 그는 좋아하고 있다. 흥분한 게 보인다. 그렇지만 나는 여전히 아무것도 느낄 수가 없다. 오늘 밤 너무 많이 마신 술로 인한 가벼운 구토증 말고는 아무것도.

나는 한 손을 뻗어 스탠드마저 꺼버린다. 어둠이 좀 더 나를 보호해주는 기분이다. 덧창의 창살 사이로 밖의 하얀 불빛이 아주 가느다랗게 스며들어와 침대 위의 벽에 긴 선을 그린다. 눈길을 둘 곳이 마땅치 않아 그 선을 뚫어지게 바라본다. 줄리오가 내 몸속에 있지만 나는 혼자 있는 기분이다. 오르가슴을 느끼는 척하지만, 그러는 게 그를 위해서인지 나를 위해서인지도 잘 모르겠다.

줄리오가 사정을 하게 내버려 두었다가 그에게서 떨어져 나와 침대 아래로 미끄러진다. 갑자기 혼란스러운 생각들을 비집고 한 가지 생각이 구체화된다. 정말 즐길 수 있는 유일한 방법은 침대에 묶인 그를 그냥 놔두고 여기서 가버리는 것이다. 어쩌면 순전히 가학적인 쾌감을 느낄 수 있을지도 모른다. 아니 적어도 재미가 있을 건 분명하다. 내가 이런 생각을 크게 중얼거렸나 보다. 그가 뭔가를 직감한 게 틀림없어 보이니 말이다.

"엘레나?" 카펫에 흐트러진 내 옷을 찾고 있는 사이 그가 나를 부른다.

나는 대답하지 않는다.

"이봐, 꼬마. 뭐 하는 거야? 어디 있어?" 살짝 흥분한 목소리로 그가 묻는다.

꼬마라고? 서로 알게 된 지 불과 다섯 시간밖에 안 지났는데 벌써 나를 '꼬마'라고 부른다. 어쩌면 자신이 영화 촬영장에 와 있는 걸로 착각하고 있는지도 모른다. 그가 몸부림치는 게 느껴진다. 그러나 결박을 풀 수는 없다. 나일론은 절대 내 기대를 저버리지 않는다.

"나 여기 있어." 내가 조그맣게 말한다. "그런데 곧 갈 거야."

"염병할, 엘레나!" 침대 머리판이 벽에 세게 부딪히는 소리가 들린다. 슬며시 웃음이 난다.

"꼬마, 빨리 풀어줘, 어서." 그가 다시 말한다. "웃을 일이 아니라는 거 알잖아."

그를 노려본다. 믿기지 않게도 그의 성기는 아직도 발기되어 있다. "조금 있다가 마지막 장면을 촬영해야 해. 6시에 촬영장에 가야 한다고." 그가 침대 옆 협탁 위의 시계를 흘깃 본다. 시계는 4시를 가리키고 있다. "빨리 풀어, 빌어먹을!"

그의 목소리가 열 배는 커진다.

"살해당하는 장면에서 그렇게 소리 지를 거야?" 내가 빈정거리며 묻는다.

그가 거의 불쌍해질 지경이다. 줄리오는 초콜릿 광고로 유명해져서 이 영화의 단역을 겨우 얻어냈는데 마치 벌써 오스카상 후보나 된 듯이 군다. 그를 진짜 이대로 놔두고 가버리고 싶은 유혹을 느낀다. 하지만 그에게로 돌아가서 감사인사를 하기로 마음먹는다.

"진정해." 그를 안심시킨다. 그러고는 그에게 천천히 다가가 목에서 벨트를 들어 올려 고리를 풀어준다. "자유야!" 나는 이렇게 말하며 어깨를 으쓱하고 단숨에 침대에서 뛰어내린다.

"아, 네 마음대로는 안 돼, 나쁜 년……." 그가 뒤에서 한 손으로 내 머리카락을 움켜쥐며 움직이지 못하게 한다. "어디로 가려고? 이제 내가 복수할 차례야." 분노와 욕망이 뒤섞인 목소리다.

왠지 모르게 이런 야만스러운 공격이 나를 자극하며 흥분을 불러일으킨다. 그가 난폭하게 나를 벽 쪽으로 밀친다. 뒤에서 내 끈팬티를 벗기고 두 발로 내 다리를 벌린다. 그러더니 내 허리를 눌러 앞으로 숙이게 만든다. 그러고는 아직도 단단하고 커다랗게 부푼 자신의 성기를 완전히 내 몸속에 집어넣는다. 아까보다 더 큰 것 같지만 더 이상 내 감각을 신뢰해서는 안 된다. 그가 분노에 찬 동작으로 내 몸을 꽉 채운다. 나는 잔혹한 그를 받아들인다. 그가 두 손으로 내 가슴을 움켜쥐고 내 목을 꽉 깨문다. 절정에 오른 그의 신음소리를 들으며, 있는 힘을 다해 두 손으로 벽을 짚은 채 나도 똑같이 느끼는 척하려고 안간힘을 쓴다. 그러자 그가 단호하게 내 엉덩이를 잡더니 밖으로 나갔다가 더 거칠게 다시 안으로 들어와 비명이 터져 나올 정도로 세게 성기를 밀어댄다. 레오나르도와 마지막 밤을 보내고 난 뒤로 나는 오르가슴이 뭔지 완전히 잊어버렸다. 일곱 달 전 그가 떠난 뒤로 내 몸은 공허하고 아무 느낌이 없는 상태가 되었다. 이제 어떠한 자극에도 반응을 보일 줄 모른다.

줄리오가 잠시 동작을 멈춘다. "더 해줘?" 그가 내 귀에 대고 위협적으로 말한다.

"응, 제발. 느끼고 싶어." 나는 숨도 쉬지 않고 중얼거린다. 사실은 이 고통이 되도록 빨리 끝나기만을 바랄 뿐이다.

그가 짐승 같은 신음을 내뱉더니 박자를 빠르게 해서 더 깊이, 더 세게 마지막 순간까지 피스톤 운동을 한다. 끝났다. 나는 자유의 몸이 되어 바닥에 쓰러진다. 기운이 하나도 없고 머리가 빙빙 돌며 속이 뒤집히려 한다.

잠시 그 상태로 가만히 있는 사이 줄리오는 빛의 속도로 옷을 입는다. 벌써 생각이 온통 촬영장에 가 있는 게 분명하다. 어느새 자신의 장난감에는 흥미를 다 잃어버리고 자기 생각에만 골똘한 어린아이 같은 그를 보자 연민과 역겨움이 동시에 밀려든다. 레오나르도와 헤어진 뒤 만난 남자들처럼 줄리오에게도 아무런 느낌이 없다. 그들 중 레오나르도처럼 내 몸을 기쁨으로 떨리게 해준 남자는 한 명도 없었다. 레오나르도와의 사랑을 잃어버린 뒤 내 심장은 계속 무기력하게 수축하고 이완하는데, 이 심장에 활력을 되찾아준 남자는 아직까지 한 명도 없다.

줄리오가 나를 가까이 끌어당긴 다음 뜨거운 입으로 내 입술을 찾는다. 그러더니 거울 앞에서 다시 한 번 더 머리를 손질하고 문을 연다.

"굉장한 밤이었어, 엘레나. 다시 만나고 싶어. 내 전화번호 가지고 있지? 전화해."

"물론이지." 나는 아래를 내려다보며 대답한다. 하지만 우리 둘 다 내가 전화하지 않으리라는 걸 잘 알고 있다. 모든 게 여기서, 이 조용한 방 안에서 끝난다.

우리는 함께 호텔에서 나온다. 그리고 거리로 나가서 인사를 한다. 나는 잠시 비틀거린다. 머리가 너무 무겁지만 날 집으로 데려다줄 택시를 부를 힘은 아직 남아 있다.

캄포 데이 피오리에서 내려 잠시 산책을 하며 로마의 시원한 새벽 공기를, 배 속에 떠도는 불쾌감을 조금이라도 진정시켜줄 공기를 가슴 가득 들이마신다. 하지만 평화는 정말

일순간일 뿐이다. 짜증나게도 곧 참기 힘든 구역질이 다시 나기 시작한다. 물체들이 둘로 보인다. 몇 달 전부터 지금까지 거의 매일 밤 그랬듯이 너무 취했다.

오늘 밤도 왜 이 꼴이 되고 말았을까?

이유는 너무나 명백하다. 레오나르도가 떠난 뒤의 공허감을 이겨내고 살아남기 위해 내가 찾아낸 유일한 방법이 바로 술과 섹스에 취해 밖에서 밤을 보내는 것이었으니까. 불과 몇 달밖에 지나지 않았지만 벌써 한평생을 산 것만 같다. 레오나르도에게 사랑한다는 말을 듣고 내가 필리포와 헤어지고 나자마자 그에게 루크레치아라는 아내가 있다는 사실을 알게 되었다. 게다가 그녀는 레오나르도 없이는 살 수 없다는 것까지도. 그렇게 모두 다 잃고 나서 나는 절망에 빠졌다. 다시 생각하면 마음이 너무 아파서 한참 전부터 그렇게 하지 말자고 나 자신에게 다짐했다. 유일한 치료방법은 다 지워버리고 새로운 인생, 의미가 없고 혼란스럽지만 새로운 인생을 사는 것뿐이다.

시원한 공기가 구토증을 가라앉히는 데 도움이 되길 바라며 숨을 깊이 들이쉰다. 집 쪽으로 걸어가기 전에 하늘을 본다. 봄날 새벽이다. 둥근 달이 하늘에서 사라지고 있다. 적막에 싸인 조용하고 신비한 캄포 데이 피오리를 가로지른다. 아침시장에서 장사를 하려고 몇 시간 먼저 온 상인의 가판대가 하나 보인다. 당장 이 굽 높은 부츠를 벗고 침대에 쓰러지기 위해 걸음을 재촉한다.

나는 여전히 파올라와 같이 살고 있다. 그녀는 이제 한
밤중에 들어오는 나를 봐도 놀라지 않는다. 최근에는 내가
술이 덜 깬 상태에서 일을 하기도 해서 걱정하고 있기는 하지
만 말이다. 하지만 그녀의 우울증은 나와는 상관없다. 아마
그녀는 비록 내 행실은 이렇지만 내가 절대 나쁜 짓은 하지
않을 것이며 나 자신을 지킬 수 있다는 걸 알고 있으리라.

가까스로 균형을 유지하며 계단을 올라가는데 한 계단
한 계단이 내게는 숨도 쉴 수 없을 정도로 안간힘을 다해 타
고 오르는 암벽의 마지막 지점 같기만 하다. 금방이라도 토
할 것만 같고 머리가 아직도 빙빙 돈다. 걸음걸이가 아까보다
더 불안정하다.

계단을 다 올라간 뒤 집 앞에 도착했다고 확신한다. 초
인종 옆 문패에서 '체카렐리'라는 글자가 보인다. 오케이, 이
번에도 성공했어. 열쇠구멍을 찾는다. 몇 번인가 제대로 넣
지 못해 허탕을 치고 나서야 겨우 열쇠를 꽂아 문을 여는 데
성공한다. 안으로 들어가지만 손잡이를 놓치고 말아 등 뒤에
서 문이 쾅 하고 닫힌다. 맙소사! 파올라가 깨지 않기만을 바
랄 뿐이다……

되도록 소리를 내지 않으려고 애쓰며 부츠를 잡아당겨
벗고 살금살금 복도로 걸어간다. 계속 조심을 하며 욕실로

가다가 돌로 만든 고양이 모양의 도어스토퍼에 발이 걸리고 만다. "아야! 아우, 아파 죽겠네!" 나는 발가락을 잡은 채 크게 소리를 지른다. 빌어먹을 고양이들! 사방에 고양이 천지다. 지금 이 순간 전혀 초점을 맞출 수가 없으니 내가 제대로 서 있는 것만도 대단하다.

다시 걸음을 떼어 욕실 안으로 들어간다. 오늘 밤은 무사히 잠자리에 들지 못할 거라는 생각이 든다. 어둠 속에서 세면대 수납장의 전등 스위치를 찾다가 파올라의 향수인 샤넬 넘버5를 바닥에 떨어뜨린다. 유리병이 타일에 부딪히며 끔찍한 소리를 내고 향수가 바닥 여기저기로 튄다. 깜짝 놀랄 만큼 강한 냄새가 코에서 곧장 머리로 들어왔다가 배 속으로 들어가서……. 엉망진창이다! 실패했다, 안다.

"이게 무슨 난리야?" 파올라가 헝클어진 머리에 잠에 취한 얼굴을 하고 잠옷 위에 가운을 걸친 채 욕실 문 앞에 나타난다. 눈을 비비더니 마치 유령이라도 되듯 나를 바라본다. "엘레나, 괜찮아?"

"향수는 내가 꼭 다시 사다 놓을게." 나는 한 손으로 세면대를 짚고 숨을 깊이 들이마시며 투덜거린다.

"얼굴이 창백해." 그녀가 말한다. "얼마나 마신 거야?"
"안심해도 돼……. 다 괜찮으니까." 한 손으로 그녀가 다가오지 못하게 막는다. "내가 알아서 할게." 나는 비 오듯 식은땀을 흘리며 그녀를 멀리하려 애쓴다.

갑자기 뜨거운 죽 같은 게 배에서 목으로 올라오는 느낌이 든다. 구역질이 나서 금방이라도 토할 것 같아 다리를 구부린다. 속이 뒤집힌다. 본능적으로 한 손을 입에 대지만 그것으로 막을 수 없다는 걸 이미 알고 있다. 내 몸은 지난밤 내가 삼킨 그 오물을 더 이상 가지고 있을 수가 없다. 앞으로 몸을 숙이고 세면대에 구토를 한다.

"너 미쳤구나!" 파올라가 나를 부축하고 내 이마를 받쳐준다. 그러고 나서 내가 다 토한 것처럼 보이자 화를 내지 않고 물을 틀어준다. 그녀가 내 얼굴에 달라붙은 머리카락들을 쓸어 넘겨줄 때 다시 구역질이 나서 또 토하고 만다. 이 구역질은 언제까지 계속될까?

부끄럽다. 나 자신이 아무 쓸모 없는 걸레 같다. 이 순간 그저 나 자신에 대한 환멸감만이 느껴질 뿐이다. 바닥에 힘없이 주저앉아 망연자실한 눈으로 파올라를 보며 바보같이 웃는다. 잠시 후 온몸이 떨리기 시작한다. 그녀가 내 몸에 토사물이 묻지 않게 조심하며 욕조에 몸을 기대게 해놓고 수건을 물에 적셔 입을 닦아준다. 내 몸뚱이는 무기력하게 그녀의 손에 맡겨진다. 멍한 눈으로 거울을 흘깃 본다. 입술은 납빛이고 얼굴은 열에 들뜬 어린 환자 같다. 파올라가 이제 이마를 닦아준다. 나는 한밤중에 우연히 길에서 마주치게 된 노숙자들처럼 약간 얼이 빠지긴 했지만 감사의 마음이 가득 담긴 표정으로 그녀를 본다.

"엘레나……" 파올라가 고개를 젓는다. 그녀는 애정과 비난이 뒤섞인 목소리로 말한다. "이러는 게 무슨 의미가 있어?"

솔직히 말하면 나도 모른다. "그래도 굉장한 밤이었어, 알아요? 정말 재미있었는걸." 내가 단숨에 말해버린다. 그러고는 힘없이 욕조에 몸을 기댄다.

파올라는 내 몸을 거의 들어 올리다시피 해서 날 방으로 끌고 간다. 그러고는 옷 벗는 것을 도와주고 침대에 눕혀준다. 속이 계속 좋지 않아서 등줄기에 식은땀이 흐른다. 위액이 흡수되라고 파올라가 내게 억지로 빵 한 조각을 먹인다. 그러더니 침대 시트를 걷어 올리고 힘없이 축 늘어진 내 옆에 걸터앉는다. 주위를 둘러보던 그녀가 고개를 젓는다. 사실 내 방은 말 그대로 엉망진창으로 어질러져 있다. 비뚤어진 사춘기 소녀 방보다 더하다. 애프터 에잇 초콜릿 껍질이 카펫 여기저기에서 눈에 띄고 책장에는 빈 코카콜라 캔과 맥주병들이 진열되어 있으며 책상 위에는 켈로그 상자가 뜯어진 채 뒤집혀 있다. 둘둘 말아 던져놓은 옷들이며 사방에 벗어놓은 브래지어와 속옷까지…….

내 옆에 앉아 있는 파올라를 보니 어릴 때 아파서 학교에 못 간 날, 나를 간호해주던 엄마가 생각난다. 엄마가 내 눈앞에 있는 기분이다. "이번 주 들어서 벌써 두 번째야. 넌 즐기는 중이라고 말하는데, 이런 꼴을 보면 그렇지 않은 것 같아."

질문을 한 것도 아닌데 나는 고개를 끄덕이며 그렇다고

대답한다. 저절로 감기는 눈을 뜨려고도 하지 않는다. 잠에
빠져드는 척한다. 지금은 정말, 치명적일 게 뻔한 설교를 듣
고 있을 수가 없다. 물론 솔직히 파올라의 말이 다 맞기는 하
지만 말이다.

그녀가 내 얼굴을 덮은 머리카락을 쓸어넘겨 주며 계속
말한다. "넌 지금 네 자신을 파괴하고 있어, 엘레나. 나도 정
말 이해하고 싶어. 내 잔소리 듣고 싶어 하지 않는다는 것도
알아. 그래도 말해야겠어……."

나는 여전히 눈을 감은 채 내 마음을 보지 않는다. 나 자
신을 파괴하는 중이라는 게 맞는 말일지도 모른다. 그렇지만
그게 뭐 대수란 말인가? 파괴하는 게 위로가 되고, 나 자신
으로부터 자유로워지는 건 정신건강을 보장해준다. 그래서
훨씬 기분이 가벼워지곤 한다. 레오나르도와 헤어진 뒤 너무
나 고통스러웠다. 그 고통을 견딜 수 없을 거라는 생각이 들
정도로. 하지만 어느 순간, 우리가 원하든 원하지 않든 고통
도 사라져간다. 그러면 마음속에는 고통보다 더 나쁜 텅 빈
공간이 남는다. 나는 그 공간을 채우기 위해 있는 대로 다 이
용하기 시작했다. 섹스, 음식, 알코올, 간단히 말해서 내가
의지할 수 있는 거라면 뭐든 말이다. 그런 것들로 빈 공간을
채울 수 없다는 사실을 너무나 잘 알고 있으면서도 말이다.

"오늘 리차르디하고 얘기했어." 파올라가 조심스레 말한
다. "리차르디는 네게 감정이 있는 게 아냐. 네가 사과하고 서

로 오해를 풀면 다시 일하게 해줄 거야."

"나쁜 놈." 잠시 다시 기운을 차린 내가 화가 나서 중얼거린다.

리차르디는 빌라 메디치 복원작업의 감독이다. 산 루이지 데이 프란체시 작업이 끝나자 세르주 신부님은 약속대로 파올라와 나에게 새로운 일을 소개해줬고 우리는 한 팀에 채용되었다. 하지만 나는 어깨가 딱 벌어지고 잘난 체하는 그 작은 남자를 곧 끔찍하게 싫어하게 되었다. 그는 내가 몇 번 지각했다는 이유만으로, 그리고 어느 날 새벽까지 춤을 추고 난 뒤라 약간 어지러워서 물감 배합을 한 번 잘못했다는 이유만으로 내게 계속 화를 냈다. 간단히 말하자면 결국 나는 분통을 터뜨렸고 해고를 당해 문을 쾅 닫고 나와버렸다. 난 더 이상 예전의 엘레나가 아니었다. 얼마 전까지만 해도 그런 일은 상상조차 하지 못했다. 그런데 실제로 그렇게 해버렸고 약간 기분이 좋기도 했다. 이제 그를 다시 찾아가서 일을 하게 해달라고 애원하고 싶은 생각은 추호도 없다. 그리고 일을 좀 쉬어도 나쁘지 않을 것이다. 누구의 명령도 받지 않고 내가 하고 싶은 일을 할 시간을 가질 수 있을 테니. 하지만 파올라의 생각은 나와 달라 보인다. "리차르디가 좀 짜증스러운 사람일 수도 있지만 너도 책임이 있잖아. 어쨌든 일과 관련되어 있다는 거 잊지 마, 엘레나."

난 화가 나서 계속 눈을 감은 채 고개를 돌린다. 됐다!

파올라가 매일 내게 가르치려고 애쓰는 희생 철학을 참을 수가 없고 그녀의 또 다른 설교를 듣고 있을 생각도 없다.

파올라, 당신 훈계를 더 이상 들어줄 수가 없어. 알아, 토사물로 당신 욕실을 더럽혔고 향수병을 깨뜨렸어. 이 방을 돼지우리로 만들었고. 그건 미안해. 그렇지만 지금 꼭 리차르디 이야기를 꺼내서 날 고문해야 하는 거야? 당신에게는 일에 정신없이 몰두하는 게 고통의 해독제가 되고 보라치니 교수를, 당신의 옛 애인을 잊는 유일한 방법이 되어주었겠지. 지금도 그 방법이 잘 맞아떨어지는 것 같고……. 하지만 나는 그렇지 않아서 탈출구를 찾고 싶었는데 어쩌겠어? 방탕한 쾌락에 몸을 던지는 게 현실 도피 전략으로서는 그다지 우아한 방법이 아닐 수도 있어. 오케이, 어쩌면 내가 이따금 자제력을 잃었을지도 몰라. 그래도 나는 드디어 아무런 열등감 없이, 무엇보다 아무 생각 없이 자유로워진 기분이 들어. 그러니 이제 그만해, 파올라. 부탁이야. 적어도 평화롭게 잠잘 수 있는 권리는 내게도 있잖아?

"물론이지, 파올라. 알았어……. 말한 대로 할게." 나는 침대에서 돌아누우며 겨우 웅얼거린다. "이제 좀 자야겠어."

"오케이, 엘레나." 그녀가 침대에서 멀어져 방문을 닫는 소리가 들린다.

나는 베개에 얼굴을 묻고 최근의 극단적이었던 행동들을, 자유에 대한 갈망과 필사적으로 쾌락을 추구하던 나 자신을 다시 떠올려본다. 고통을 느끼지 않으려 노력했지만 그것은 레오나르도가 떠나고 난 뒤 남아 있던 그곳에 여전히 차곡차곡 쌓여 있었다. 쓰디쓴 눈물이 뺨을 타고 흐른다. 나 자신 때문에 울고 있다. 오늘 밤은 줄리오라는 남자와 함께, 그리고 최근에 만났던 다른 남자들과 함께 어떻게 해서든 나 자신에게 상처를 내고 싶었으니까. 과거의 망령에서 자유로워졌다고 생각했지만 더욱더 공허함만을 느낄 뿐이고 그와 함께했을 때 정신없이 빠져들었던 섹스를 즐길 수 없게 되었다. 남자들을 이용해서 내 문제를 해결할 수 없다는 걸 잘 안다. 하지만 적어도 그렇게 함으로써 이미 내 손에 잡히지 않는 평범한 일상을 조금이라도 찾으려 애쓰고 있다고 나 자신을 속이는 것이다. 조만간 내게 맞는 남자가, 고장 나 멈춰버린 기계를 돌아가게 할 남자가 나타나겠지. "네게도 그런 남자가 나타날 거야!" 가이아가 틈만 나면 말했다. 그녀의 말이 맞기를 간절히 바란다.

가이아는 자기에게 딱 맞는 남자를 만났다. 다음 주면 결혼을 한다. 나는 결혼식 증인이 되기로 했다. 베네치아 홍보계의 여왕, 가이아 키넬라토와 사이클 챔피언 사무엘 벨로티의 세기의 결혼식! 이렇게 말해도 된다면, 두 사람의 '연애' 초기에는 그들이 이렇게 되리라고는 상상조차 하지 못했다. 그런데…… 내일 정오에 나는 베네치아로 가는 기차를 탈 계획이고, 얼마 뒤 세상에서 제일 친한 내 친구 가이아는 한 남자의 아내가 된다.

어둠 속에서 나는 혼자 웃는다. 내 몸이 갑자기 조금 전보다 가벼워진 기분이다. 어느새 새벽이지만 아직 나를 위한 시간, 큰일을 하기 전 기운을 되찾을 시간이 조금 남아 있다.

잘 자, 엘레나. 내일은 또다시 작은 전투를 치러야 할 테니.

베네치아에 온 지 이틀밖에 지나지 않았는데 벌써 나는 이 도시에 다시 정복당했다. 내가 이 도시 출신이니 피할 길이 없다. 베네치아는 석호에 나른하게 누워 있는 비너스로, 너무 오래 바라보고 있다 보면 거기에 매료되어버리고 만다. 여기서는 모든 게 항상 똑같다. 끊임없이 조수가 밀려왔다가 빠져나가는데도 말이다.

몇 달 동안 비어 있던 내 아파트로 돌아가니 따뜻한 품에 안기는 것 같다. 그 품 안에서 기억 속의 행복과 우울이 뒤섞인다. 마치 똑같은 사람에게 두 번째로 빠지는 기분이다. 다행히 집주인에게 정말 명목상의 아주 적은 금액만 지불하면 되었기 때문에 로마에 사는 동안에도 베네치아의 내 보금자리를 비우지 않아도 되었다.

방들은 내가 떠날 때와 똑같은 모습이다. 가끔 엄마가 들러 청소를 해주었지만 내 물건들은 원래대로 그대로 놔두었다. 책과 시디와 스케치한 종이들과 서랍의 일기까지 모두

다 제자리에 있었다. 물론 엄마는 호기심이 생겨 그것들을 뒤적여봤을 테지만.

정말 아무것도, 공기조차도 변한 게 없다. 레오나르도와 이 아파트에서 섹스를 한 게 1년도 더 지난 일인데 아직도 그의 향기가 나는 기분이 든다. 그에게 느꼈던 감정들은 지워버렸지만—아마도—그에 대한 기억들은 아직 그러지 못해서 이따금 그의 모습이 환영처럼 떠오른다. 할 수만 있다면「이터널 선샤인」에서처럼 내 기억에서 모든 걸 지워 백지(tabula rasa)로 만들고 싶다. 얼마 전 그 영화를 보면서 기억을 재구성할 방법이 실제로 존재하길 간절히 바랐다. 그런 방법이 있다면 나는 주인공 짐 캐리처럼 마지막 순간에 망설이지 않고 차분하게 치료를 받을 것이다. 마음을 지배하지 못한다는 건 곤혹스러운 일이다. 나는 내 마음에 재갈을 채워 서랍에 넣고 잠근 뒤 열쇠를 버렸다. 이제 어떤 곤란한 일들이 벌어질지 두고보자…….

지난밤 옆집 클레리아의 발정난 암고양이들이 짝지을 계절이라는 걸 열심히 알려주었다. 캄포 산 비오는 미 서부의 황량한 평야 같았고 소름 돋는 고양이들 울음소리가 내 방 창문으로 올라왔다. 나는 이불 속에서 뒤척이며 너무나 예쁘면서도 조용한 파올라의 고양이 인형들을 그리워했다. 비어 있는 침대 반쪽에서 나를 안아줄 손과 기댈 수 있는 누군가의 몸을 찾았지만 난 혼자였다. 나는 혼자다. 난 사랑을 갈망하지 않는다. 섹스로 족하다. 오로지 성관계만을 위해 남자를 만나는 건 정말 나다운 일이 아니라고 가이아는 말한다. 어쨌든 내게는 낭만적인 마음이 남아 있었으니까……. 하지만 내가 사랑에 얼마나 상처받고 실망했는지 그녀는 완전히 이해하지 못했다. 지금 나는 그저 익사하지 않기만을 바랄 뿐이다.

가이아의 집으로 가는 중이다. 오늘 밤 처녀시절에 작별을 고하는 깜짝 파티가 있다. 그녀는 전혀 의심을 하지 않는 게 분명하다. 친구들끼리 조용히 저녁 식사를 하는 모임으로 생각하고 있지만 그녀는 제일 친한 친구들인 우리가 친절하게 준비해놓은, 부끄럽고 괴로운 서커스를 전부 공연해야만 할 것이다.

초인종을 누르고 가이아의 집으로 향하는 계단을 오르는 동안 사무엘 벨로티를 밖으로 밀어내는 그녀가 보인다. 나흘 후면 가이아의 남편이 될 남자다. 그는 마지막 키스를 얻어내려고 고양이처럼 문설주에 매달려 있다. 그녀로서는 전혀 싫지 않은 일이다.

나는 내 존재를 알리고 그들의 애정표현을 중단시키기 위해 헛기침을 한다.

"오, 우리 증인이 오셨네……." 사무엘이 나를 돌아보며 잡지 표지에서 본 것 같은 미소를 선물한다.

"내가 방해한 건 아니지, 그렇지?" 이 말을 듣자 가이아도 웃기 시작한다.

"사무엘은 지금 막 가려던 참이었어." 그녀가 따뜻한 눈으로 계속 사무엘을 쳐다보며 분명하게 대답한다. "맞지?" 가이아가 뜨겁게 키스를 하며 말을 마친다. 한참 동안 키스에 굶주렸던 사람들 같다.

"편안히 애정표현들 하셔, 응?" 나는 불평을 하다가 깔깔 웃는다. 그러고는 항의하듯 그들에게 등을 돌린다. 그러다가 층계참에 서 있는 진지한 분위기의 한 남자를 발견한다. 매의 눈에다가 머리는 완전히 삭발한 남자는 오른쪽 귀에 블루투스 이어폰을 끼고 있다. 벨로티의 매니저다. 그가 어깨를 으쓱하며 체념한 눈으로 나를 본다. 이미 이런 달달하면서도 당황스러운 장면에 익숙해진 눈치다.

"나 꼭 가야 해?" 사무엘이 가이아의 엉덩이에 한 손을 대며 묻는다.

"그럼." 가이아가 나지막이 말한다. 친구들과의 이 랑데부(rendez-vous)가 없다면 그녀는 사무엘의 입술에서 떨어지지 않았으리라. "어서 가, 어서." 가이아는 이렇게 말하며 사무엘을 밀어 완전히 밖으로 쫓아낸다.

"살살 다뤄줘요." 자신이 떠나자마자 가이아에게 펼쳐질 운명을 직감이라도 한 듯 사무엘이 내게 말한다. "무사히 돌려줘야 해요!"

"안심해요." 내가 윙크한다. "당신이나 오늘 밤 너무 무리하지 않도록 해요." 내가 조그맣게 덧붙인다. 그의 친구들이 오늘 밤 파도바에 총각파티를 준비해놓았다는 걸 알기에 한 말이다. 그 역시 온전치 못할 것이다.

"난 한 여자에게 무리하는 걸로 충분해." 그가 가이아에게 끈적한 눈길을 던지며 중얼거린다. "아무튼 너무 늦게까지 파티에 있을 수는 없어요. 내일 아침에 타임 트라이얼(참가자들이 세트 코스나 일정 거리에서 개별적으로 걸린 시간을 재는 경기—옮긴이)이 있거든요."

"아, 행운을 빌어요." 나는 웃으면서 그에게 대답한다. 그러고는 안으로 들어간다.

"자기, 이겨야 해!" 가이아가 집 안에서 소리친다.

"믿어도 돼!" 사무엘이 손 키스를 보낸 뒤 매니저와 함께 서둘러 계단을 내려간다.

지난여름, 가이아가 결혼 소식을 알린 뒤로 사무엘을 세 번밖에 만나지 못했지만 그녀가 온갖 이야기를 다 해주었기 때문에 마치 오래된 친구라도 되듯 그에 대해 모르는 게 없을 정도가 되었다. 그는 성공한 운동선수로 끈기가 있고 물론 승부욕도 있다. 경기에서 승리를 해야 한다거나 운명의 여자를 만나 그녀의 마음을 얻어야겠다는 생각이 머리에 떠오르면 아무도 그를 말릴 수 없다. 게다가 정신을 잃을 정도로 잘생기기까지 했다. 남자답고 완벽한 이목구비는 꼭 그리스 조각상 같은데, 육감적인 입술에 치열이 고르고 이가 하애서 미소를 지을 때마다 치약 광고가 생각난다. 물론 그의 말투에는 베네치아 억양이 강하게 묻어나지만 목소리는 굵직하고 멋지다. 어떻게 해야 여자들을 매료시킬 수 있고 남자들에게 호감을 얻는지를 잘 아는 그런 유형이다. 게다가 부유하기까지 하다. 몬테카를로에 펜트하우스가 있고 베네치아 주의 시골에 별장이 한 채 있으며 경주용 오토바이들을 수집해서 매달 새로운 제품이 출시될 때마다 빼놓지 않고 구입한다. 이런 남자라면 최소한 자아가 엄청나게 강할 거라고 예측할 수 있는데 꼭 그렇지는 않다. 그러니까 내가 하고 싶은 말은 벨로티는 자신감에 넘치지만 견딜 수 없을 정도는 아니라는 것이다. 자신의 재능을 아는 사람들이 모두 다 그렇듯이 그 역시 자신감이 넘치고 활달하지만 가끔 도를 넘어도 기꺼이 용서가 되는 그런 사람이다.

사무엘을 조금 알게 되고 나자, 그러니까 몇 마디 말이라도 나눠보고 나자 그에 대해 처음에 가졌던 편견을 버리게 되었고, 그가 가이아를 그렇게 애타게 만든 게 사실이라면 그건 그의 작전이나 무관심 때문이 아니라 오로지 그가 크나큰 열정을 품은 자전거 때문이었다는 사실을 이해하게 되었다. 오케이, 내가 그를 신뢰하게끔 만든 사람은 가이아다. 지금까지 이렇게 확고하게 사랑에 빠진 모습은 한 번도 본 적이 없으니까. 그래서 그녀가 브란돌리니가 아니라 벨로티를 선택한 게 나도 한없이 기쁘다. 백작과의 사랑은 동화 같기는 했지만 진실한 사랑은 될 수 없었을 테니 말이다. 결론적으로 말해 나는 어느 때보다 확신을 갖고 이 결혼식의 증인이 될 수 있다.

신혼부부가 살 집에 들어서자 벌써 와 있는 친구들이 보인다. 영국에 사는 가이아의 동생 알레산드라가 부엌에서 쟁반에 볼로방(vol-au-vent. 크림소스에 고기·생선 등을 넣어 조그맣게 만든 파이—옮긴이)을 담고 있다. 알레산드라는 2년 전, 래스퍼태리언(하일레 셀라시에 황제를 새로운 흑인의 메시아로 섬기며 흑인들의 아프리카 복귀를 제창하고 레게음악으로 미사를 드리는 자메이카 흑인—옮긴이)처럼 차려입은 레니 크라비츠(Lenny Kravitz)를 닮은 케빈과 결혼했다. 고등학교 동창으로 모두 자유분방한 싱글인 발렌티나와 세레나, 체칠리아가 소파에 앉아 벨리니 칵테일을 마시며 땅콩을 먹고 있다. 세 사람 모두 화장과 머리 손질에 지칠 정도로 많은 시간을 투자하고 막 나온 것 같아 보인다. 몸에 딱 달라붙는 짧은 원피스를 입은 모습이 눈부시다. 편안한 청바지에 빈티지 티셔츠 차림인 내가 오늘 저녁 모임에 어울리는지 잘 모르겠지만 가이아를 보니 그녀 역시 나와 똑같은 차림이다. 적어도 난 12센티 굽의 파치오티 힐을 신으려는 노력은 했다. 이 구두가 내 모습을 우아하게 만들어준다.

처녀파티 아이디어를 낸 친구는 발렌티나다. 그녀 역시 클럽의 홍보 일을 하고 있다. 내가 베네치아에 왔다는 소식을 듣자 곧 이 깜짝 파티에 나를 끌어들였다. 가이아가 워낙 호기심이 많아 꼬치꼬치 캐묻는 데다가 나는 그런 질문들을 능숙하게 피하는 능력이 없는 걸로 유명해서 비밀을 지키기가 쉽지 않았다. 하지만 결국에는 잘 지켜냈고, 지금 내게 윙크를 하는 발렌티나에게 자랑스럽게 고갯짓으로 응답할 수 있다.

세 번째 애피타이저를 먹고 있을 때 초인종이 울린다.

"누굴까?" 신부 헤어스타일에 대해 지루해 죽을 정도로 자세히 이야기하던 가이아가 말을 멈추고 묻는다.

"내가 가볼게." 발렌티나가 이렇게 말하고 문을 열러 달려간다.

누군가와 이야기를 나누는 소리가 들린다.

"와우! 키넬라토에게서 택배가 온 것 같은데!" 그녀가 다 들리도록 크게 말한다.

그러더니 커다란 분홍색 종이봉투를 들고 우리가 있는 곳으로 온다. 다른 손으로는 알록달록 이상한 꽃다발을 가이아에게 내민다.

"어머, 예뻐라!" 흥분한 분위기로 모두가 외친다. 장미꽃이 있어야 할 자리에 꽃봉오리 모양으로 만 스물다섯 개의 레이스 속옷이 꽂혀 있다.

"굉장해!" 가이아가 행복해하며 끈팬티 하나를 빼내 우리 눈앞에서 흔든다. 그러더니 미친 여자처럼 웃는다. "저 바닥에 있는 봉투에는 뭐가 숨겨져 있을까? 나 걱정해야 하는 거 아냐?"

"깜짝 선물!" 내가 봉투를 열고 가짜 면사포를 꺼낸다. 인조 보석으로 만든 왕관에 하얀색 실크 베일이 부드럽게 흘러내리는 면사포다. "오늘 밤 어떤 일이 널 기다리는지 아직 모르지!" 내가 그녀의 머리에 면사포를 씌워주면서 말한다.

가이아가 두 팔을 벌리며 웃는다. "아, 좋아. 너희들 원하는 대로 해. 내가 이 세상에서 제일 섹시한 남자랑 결혼해서 너희들이 질투하는 거 다 아니까!" 나는 체념한 얼굴로 천장을 올려다본다.

소파에 앉은 친구들이 모두 "우-우-우" 하고 야유한다. 가이아가 거짓말을 하고 난 사람 같은 표정을 지으며 두 손으로 입을 가린다.

그사이 나는 봉투에서 나머지 물건을 꺼내 신부 치장을 계속한다. 검은 레이스와 분홍색 실크로 만든 코르셋과 인조 보석과 깃털로 장식한 가터벨트로, 청바지 위에 바로 입힐 수 있었다.

서툰 솜씨로 30분 동안 치장을 하고 나자 신부가 탄생했다. 그렇게 꾸며놓으니 전성기 때의 치치올리나(포르노 배우 출신의 이탈리아 국회의원—옮긴이)가 현대적으로 되살아난 것 같다. 가이아에게 미안할 정도. 어떻게 이런 모양으로 꾸며줬을까? 다행히 그녀는 무슨 일에든 웃을 줄 아는 친구다.

"자, 이제 몰로칭퀘에 파티하러 가자." 발렌티나가 가이아의 가터벨트를 잡아당기며 신이 나서 말한다.

"엘레, 네가 이럴 줄 몰랐어!" 가이아가 희생양같이 가여운 눈으로 나를 보며 고개를 계속 젓는다. 친구야, 이건 아직 아무것도 아니야······.

"새신부, 어서 가. 각오 단단히 해!" 나는 그녀에게 용기를 주려는 듯 한 팔을 내민다. 그리고 모두 거리로 나간다.

산 마르코 광장을 가로질러 가는 동안 관광객들이 놀란 눈으로 혹은 재미있다는 듯이 우리를 구경한다. 우리는 가이아의 한 손에 "잘생겼든 못생겼든 누구에게나 키스해줄게요!"라고 적힌 종이를 들려주었다. 산 마르코 광장에서 리알토 다리까지 가는 사이 적어도 세 사람에게 키스를 해야 한다고 정해놓았다. 가이아는 열심이다. 우리의 예상을 뒤엎고 계속해서 키스를 한다. 금방 눈에 띄는 화려하게 잘 꾸민 금발 머리 여자에게 먼저 키스한다. 나중에 알고 보니 로마노프 왕조(1613년부터 1917년까지 러시아를 지배한 왕조—옮긴이)의 후손인 러시아 여인이었다. 그다음에는 목에 심박 조율기를 건 노인인데, 그 조율기가 거의 망가질 정도로 한눈에 보기에도 건강한 노인이었다. 호르몬이 폭발할 위기에 있는 열여섯 살 소년뿐만 아니라 유부남에게도, 옆에 있는 아내의 허락을 받고(상황이 그렇기는 했지만 오늘 밤 둘이 이혼하는 건 아닌지 걱정이다) 키스를 했다.

리알토 다리에 도착한 뒤 우리는 다리 아래쪽의 아주 유명한 레스토랑인 방코지로에서 잠시 쉬기로 한다. 다양한 크로켓과 고기와 생선 케밥을 먹을 수 있다. 우리 일행은 대부분이 남자인 손님들의 시선을 받으며 레스토랑 안으로 거만하게 걸어간다. 우리는 레스토랑 한가운데의 긴 테이블에 앉고, 가이아는 자신에게 시선이 집중되는 걸 전혀 개의치 않으며 무대를 장악해버린다. 내가 그녀라면 창피해서 얼굴이 새빨개졌을 텐데, 가이아는 완전히 편안하고 쾌활해 보인다. 또 스스로를 유머의 대상으로 만드는 것 같은데 이건 그녀만이 할 수 있는 일이다. 물론 우리가 단숨에 마셔버린 몇 리터 알코올의 도움을 조금 받기는 했다.

믿기지 않을 정도로 음식을 실컷 먹은 뒤 자정 무렵 로마 광장에 도착한다. 하얀 리무진이 우리를 기다리고 있는데 우리를 태우고 클럽으로 갈 차다. 가이아가 전혀 예상하지 못했던 일이다. "너희들 정말 다 미쳤구나!" 그녀는 좋아서 소리를 지르며 우리 모두를 한 대씩 친다. 우리는 차에 올라타 검은 가죽 의자에 넓게 앉아서 샴페인 잔을 기울이며 목청껏 1980년대의 저속한 이탈리아 유행가들을 차례로 불러재꼈다. 자동차 안의 섬광등들도 우리의 공범이 된다. 집단이 되면 각자가 가진 저속함과 기상천외함이 치명적으로 혼합되는데, 우리는 그걸 완벽하게 인식하고 있다. 어쩌면 바로 이 때문에 더 즐거운지도 모른다.

20분도 채 안 돼서 우리는 몰로칭퀘에 도착한다. 가이아가 지난해 벨로티에게 청혼을 받기 전까지 일하던 클럽이다. 물론 우리는 VIP 명단에 올라가 있는데, 이것은 전략적인 위치에 예약해놓은 우리 자리까지 미니 레드카펫이 깔려 있고, 무제한으로 술을 마실 수 있다는 의미다.

안으로 들어가자 다른 여자들이 우리에게 합류한다. 게다가 가이아가 하는 일과 결혼하게 될 남자로 인해 그녀를 모르는 사람이 없었다.

처녀파티는 전통적인 각본에 따라 진행되었다. 각본이 똑같고 이따금 감상적이긴 했어도 가이아는 원래부터 지닌 독특한 빛으로 눈부시게 빛난다. 포르노 배우로 변장시켰는데도 말이다. 플로어에서는 여신처럼 아름답다. 그녀는 미소와 키스와 포옹을 아낌없이 나눠준다. 모두들 이 새신부와 이야기를 나누고 싶어 한다. 여자들은 황홀한 표정으로 그녀가 어떤 드레스를 입게 될지 물어본다. 어떤 남자들은 결혼을 다시 생각해보라고 부탁하거나 그것도 안 되면 마지막 정사를 즐기라고 간청한다. 착각에 빠진 불쌍한 남자들 같으니라고. 벨로티가 벌써 그들을 다 제압해버렸는데 말이다.

12리터짜리 모에 에 상동이 폭포수처럼 쏟아지는 불빛 속에서 등장해 우리 테이블로 옮겨진다. 잠시 후 케이크도 나올 텐데. 아, 그 전에 상당히 저속한 순간이 있다. 디제이가 음악을 끄더니 가이아를 플로어로 나오라고 부르면서 스트리퍼의 무대가 시작된다고 알린다. 갑자기 찬물을 뒤집어쓴 듯 눈이 휘둥그레지며 그녀가 주위에 모여 있는 여러 얼굴들 속에서 나를 찾는다. 가이아가 지금 무슨 생각을 하는지 너무 잘 알고 있다. 나 역시 그 생각을 하고 있으니까. 우리가 우정을 나눠온 거의 20여 년 가까운 긴 세월이 플래시백처럼 떠오르고, 우리가 시도했던(그리고 어쩔 수 없이 입어야 했던) 모든 패션들이 주마등처럼 스쳐 지나간다. 중학교 때의 단발머리와 리바이스 청바지, 고등학교 때의 닥터마틴 신발과 인빅타 배낭, 대학교 때의 디젤 골반 청바지와 희한한 가방 들이. 이것들은 전부 다 악취미를 거부하기로 한 단 하나의 엄숙한 약속과 연결된다. 나중에 처녀파티를 하게 되면 우린 절대 스트리퍼는 부르지 말자.

그런데 지금 이런 상황이 된 것이다.

나는 이 모든 일의 책임자인 발렌티나 뒤로 숨어버린다. 그녀는 인맥을 이용해서 캘리포니아 드림 맨(남자 스트리퍼—옮긴이) 한 명을 동원하는 데 성공했다. 맹세하건대 나는 가이아와 오래전에 한 약속을 지키려고 애썼고 이런 그로테스크한 의식에 반대도 해보았지만 발렌티나의 의지가 확고해 결국 지고 말았다.

우리의 캘리포니아 드림 맨이 「사관과 신사」 버전으로 완전히 하얀 제복을 입고 선장 모자를 쓴 채 나타난다. 제복

상의를 열어놓아 번들번들한 근육질의 가슴이 그대로 노출된다. 그는 새하얀 이를 드러내며 웃고 있다. 조 코코의 명곡이 시작되고 남자 스트리퍼가 엉덩이를 흔들기 시작했을 때 나는 한 가지 사실을 알아차린다. 소녀 시절의 우아한 꿈이 산산이 조각나는 걸 즐기는 게 어쨌든 생각보다 훨씬 재미있다는 것이다. 적어도 여기, 풍성한 발렌티나의 머리카락 뒤에서 보기에는 그렇다. 저기 플로어 한가운데에 있는 가이아도 나와 똑같은 기분인지는 잘 모르겠다.

그사이 흥분한 여자들이 폭발을 해서 사방에서 마구잡이로 비명을 질러댄다. 그리고 맥스가—스트리퍼에게 흔하디흔한 이름이다—가이아에게로 가서 자신과 함께 육감적인 춤을 추자고 권한다. 객관적으로 그는 굉장히 섹시하고 춤 솜씨도 훌륭하다. 하지만 퍼포먼스는 시종일관 활기가 없다. 가이아는 계속 뾰루퉁한 얼굴인데, 그 표정만으로도 구경거리가 되어 웃음을 참을 수가 없다. 이미 나는 유다의 역할을 완벽하게 수행하는 중이다. 맥스가 아기 코끼리 모양의 빨간 끈팬티만 걸친 채 밧줄이라도 되듯 코끼리 코 부분을 흔들기 시작한다. 나는 심장이 멎을까 봐 겁이 날 지경이다. 마침내 맥스가 구경꾼들에게 등을 돌리고 이미 기운이 다 빠진 가이아 앞에 선다. 그는 금빛 시트로 무릎까지 가린 뒤 팬티를 벗는다. 잠시 긴장감이 감돌다가 마침내 신기하게도 시트가 무대의 막처럼 벌어지더니 가이아만을 위한 완전

나체가 선을 보인다.

미안해, 가이아. 이런 끔찍한 상황에서 널 구해줄 수가
없어서.

파티가 끝났고 나는 술에 취한 데다 몹시 피곤하다. 다
시 평상시 차림으로 돌아온 가이아가 친구들에게 인사한다.
그러더니 나를 돌아보며 거의 술에 취해 별로 맑지 않은 정
신으로 조그맣게 명령한다. "여기서 내게 한 짓을 영원히 갚
아줘야 하니까 넌 나하고 같이 가자. 오늘 밤 같이 자자고.
물론 너희 집에서 자는 거야……."

거부할 수가 없다. 그녀에게 최소한 그 정도는 해줘야만
한다.

우리는 택시를 금방 잡아타고 로마 광장에 도착해서, 대
학 시절과 그 이후 자주 가던 바인 일 무로에 들르기로 한다.

보름달이 뜬 밤이다. 거의 4시가 다 되어서 밤이 모두에
게 작별을 고하고 있었다. 바에서는 사람들이 서서히 떠나는
중이다. 몇몇 호기심 많은 사람들이 가이아를 가로막고는 결
혼식에 관한 질문들을 퍼붓는다. 그녀를 보고 있자니 대충
얼버무리지 않고 사려 깊게 대답해줄 힘이 어디서 나오는지
모르겠다. 가이아가 대답을 하는 사이 나는 스탠드에 앉는
다. 바리스타인 니코가 다정하게 인사한다.

"어서 와요, 아모레!" 그가 말한다. "몇 달 동안 왜 안 보

였어요?"

"로마에 가서 살아요."

"안 돌아올 생각?" 그가 실망한 얼굴로 묻는다.

"글쎄요……." 내가 어깨를 으쓱한다. "아닐 거예요…….
모르겠어요." 아주 어려운 질문이다. 특히 이런 시간, 알코올
에 취해 있을 때는.

"코카콜라?" 니코가 묻는다. 그는 아직도 내가 술을 못
마시는 걸로 기억한다. 그때의 나는 전생의 나 같다.

"아니요, 무슨 소리예요. 칵테일 한 잔 줘요."

"정말요?" 그의 눈이 휘둥그레진다.

"그럼요……. 세상은 조금씩 변하잖아요."

가이아를 기다리면서 아무 생각 없이 주위를 둘러보는
데 갑자기 필리포가 눈에 들어온다. 기둥에 몸을 기대고 있
는 그의 밝은 초록색 눈은 어둠으로도 숨길 수가 없다. 티베
리나 섬의 그 바에서 헤어진 뒤로 그를 한 번도 만나지 못했
다. 우울이 베일처럼 눈을 가려 눈앞이 흐릿해지지만 다행
히 잠시 후 그 베일은 사라져버린다. 내가 여기 있는 걸 알았
을까? 뭐, 먼저 다가가는 게 맞을 거야. 간단히 말해 필리포
에게는 그렇게 해야만 한다. 니코의 칵테일을 들고 그에게로
간다.

"차오." 바로 그 앞에 서서 희미하게 미소를 지어 보인다.

"차오, 엘레나." 그가 깜짝 놀라며 대답한다. 그제야 내

존재를 알아차린 것 같다. 약간 당혹스러워하는데 거리감이 느껴진다. 내가 한걸음 더 다가간다. 그의 두 뺨에 키스를 하고 싶지만 곧 다시 생각해본다. 보이지 않는 벽이 그와 나 사이에 놓여 있다. 키스도 포옹도 안 된다고 그 벽에 적혀 있다. 난 이제 비비가 아니라 엘레나일 뿐이다. 엘레나는 그 벽을 넘어도 좋다는 허락을 받지 못한다.

"어떻게 지냈어?" 안전거리를 유지한 채 내가 묻는다.

"잘 지내." 그가 어깨를 으쓱한다. "너는?" 무미건조한 목소리로 그가 묻는다.

그의 표정을 읽을 수가 없다. 친절한 건지, 일종의 불쾌감이 담겨 있는지, 분노가 숨겨져 있는지, 아니면 무관심한 건지 알 수 없다. 분명한 건 필요 이상으로 거리를 두고 있다는 점이다.

"약간 피곤하기는 하지만 잘 지내." 피로와 초저녁부터 마신 술 때문에 얼굴이 일그러져 있는 기분이다. 괴물 같을 게 분명하다. "토요일에 가이아가 결혼해." 내가 설명을 하듯 덧붙인다.

"응, 알고 있어." 그가 미소를 짓는 시늉을 한다.

"내가 증인이야, 알아? 오늘 밤 파티했어." 나는 지나칠 정도로 신이 나서 말한다.

"결혼식만 보고 갈 거야?" 필리포가 바닥을 내려다보며 관심을 보인다. 아니 그런 척한다.

"응. 월요일에 로마로 돌아가." 그가 바닥에서 눈을 들고 나자 내가 대답한다. "너는, 뭐 새로운 소식 있어? 사무실 열었지?"

"그럼, 두 달 전에 캄포 산토 스테파노에." 그가 만족스러운 기색을 얼핏 드러내며 고개를 끄덕인다. "아파트도 구입했어." 그는 이렇게 말하며 거의 애석하다는 듯 나를 본다.

그의 말투로 보아 예전의 그 아파트인 게 분명하다. 우리가 함께 봤었고 그와 내가 살기로 했던 그 아파트.

"이제 앞으로 20년 동안 대출의 노예가 되겠지. 하지만 그럴 만한 가치가 있어." 그러니까 완전히 그의 소유가 된 것이다. "넌, 일하고 있어?" 그가 묻는다.

"대충…… 하고 있어." 말이 잘 나오지 않는다. 아파트에서 행복했던 우리 두 사람의 스냅샷에 잠시 내 생각이 머문다. "가끔 이런저런 일을 하고 있어." 머리를 귀 뒤로 넘기며 내가 계속 말한다. 막연하게 말한다. 해고를 당했고 지금 파올라 집에 살고 있다는 말은 할 필요가 없다.

"잘됐네." 그가 냉랭하게 말한다.

바로 그 순간 청바지에 짧은 재킷을 입고 플랫슈즈를 신은 검은 머리 여자—아주 젊은!—가 나무문에서 나와 필리포에게 팔짱을 끼며 말한다. "필, 갈까?"

필이라고? 갈까? 대체 어디로 가고 싶은 건데?

안타깝게도 어느 곳으로 가든 그는 어서 빨리 그녀를 데리고 이 자리를 떠나고 싶어 하는 듯하다.

"그래." 그가 대답하며 여자의 어깨에 한 손을 얹는다. 그러더니 당황스러움과 자랑스러움이 뒤섞인 표정으로 나를 돌아본다. "그럼, 차오."

"차오……." 나는 멍하니 대답한다. 하마터면 칵테일 잔을 떨어뜨릴 뻔했다. 밖으로 나가는 두 사람을 보며 결국 난 이런 꼴을 당해도 마땅하다고 생각한다.

조금 전 필리포가 그렇게 딱딱하게 반응하고 거리를 둔 게 바로 이 때문이었다. 저 여자는 분명 새 여자친구이거나 뭐 그 비슷한 사이인 게 분명하다. 물론 아주 아름답고 날씬하며 얼굴은 인형같이 생겼다. 필리포의 이상형이라고 하기에는 너무 인형 같은 외모인지도 모르겠다. 하지만 취향은 바뀌니까. 채식주의자에 술이라고는 입에도 대지 않다가 1년 사이에 육식을 하게 되고 알코올 중독자가 되다시피한 나보다 그 사실을 더 잘 아는 사람은 없겠지. 그러나 무엇보다 내가 당황한 이유는 그 여자가 필리포를 '필'이라고 불러서다. 대체 무슨 이유 때문인지는 모르지만 그렇게 할 수 있는 사람은 항상 나밖에 없다고 생각했다. 솔직히 말하면 그가 사랑하는 여자는 영원히 나밖에 없으리라고 생각했다……. 그리고 이제야 나는 그게 얼마나 어리석은 생각이었는지 깨닫는다. 그저 습관에 의해 그런 생각에 빠져 있었을 뿐이다.

이상하다는 생각이 든다. 필리포와 만나고 난 뒤의 내 감정을 설명해보려 하지만 정확히 이름을 붙일 수가 없다. 안도감과 쓸쓸함이 뒤섞인 극도로 자유로운 감정과 몹시 고독한 감정 중간쯤에 있다고나 할까. 우리는 여섯 달을 같이 살았다. 그래서 첫 만남이나 커플로 살면서 함께 보낸 순간들을 잊기는 불가능하다. 아직도 그가 잘되길 바라는 마음이 있지만 그 이상의 감정은 전혀 없다. 그와 마주 서서 이야기를 나눌 때도 내 심장은 뛰지 않았고 다리도 떨리지 않았으며 배 속도 요동치지 않았다. 인정하는 게 고통스럽지만 나는 더 이상 그를 사랑하지 않는다. 이 만남이 마지막 증거이고 두 번째의 완전한 이별이다.

"다 오케이?" 가이아가 다시 시야에 등장하며 묻는다.

필리포와 만난 이야기를 짧게 들려준다. "넌 알았어?" 내가 가이아에게 묻는다.

"아니, 여자하고 있는 건 처음 보는데." 그녀가 거의 안도하듯 말한다. "엘레, 필리포는 너와 헤어지고 말도 못하게 괴로워했어."

"알아." 나는 얼굴이 굳어져 입술을 꽉 깨문다. "상기시켜줘서 고마워."

"에이," 가이아가 내 어깨를 쓰다듬는다. "너도 힘들었던 거 잘 알지."

"괜찮아. 이제 다 지나간 일인걸."

아직 지나가지 않은 힘든 일이 또 있지만 지금은 그 생각을 할 때는 아니다.

집으로 들어서기가 무섭게 나는 구두를 벗고 방으로 달려가서 운동복 바지에 티셔츠로 갈아입는다.

믿기지 않게도 가이아 역시 편한 옷을 고른다. "고등학교 때 입던 네 티셔츠 입어도 돼?" 그녀가 서랍장을 뒤적이며 묻는다. "그 티셔츠 입으면 옛 추억들이 생각나거든."

"보통 청소할 때 입지만 네가 별로 상관하지 않는다면……."

그녀는 더러운 듯 얼굴을 찡그리더니 두 손을 청바지에 문지른다.

내가 웃음을 터뜨린다. "농담이야."

가이아는 마르코 폴로 캐리커처가 그려진 티셔츠를 입고는 옷장을 열심히 뒤지다가 걱정스러운 얼굴로 내게 묻는다. "네 드레스 어디 있어?" 결혼식 중인, 아니 가이아가 말하듯 더 정확히 말하자면 신부 들러리 설 때 입을 옷을 말하는 것이다.

"엄마가 보관하고 계셔." 내가 대답한다.

"왜? 뭐 문제 있어?"

"아냐, 전혀 문제없으니까 안심해. 잘 입을 수 있게 엄마가 신경 쓰고 계셔. 풀 먹여서 스팀으로 다림질도 다 해놓고.

간단히 말해서 주름 하나 없다는 뜻이지. 너 우리 엄마 어떤 지 잘 알잖아……."

"엄청난 분이시지!" 가이아가 웃는다. 그러더니 부엌으로 가서 냉장고를 열고 안을 살핀다. "이거 작년 거 아냐?" 바닐라 아이스크림 통을 꺼내면서 그녀가 묻는다.

"바보, 어제 사다 놓은 거다." 내가 고개를 젓는다. "그런데 너 결혼식도 있는데 다이어트 안 해?"

"무슨 상관이야. 이미 찐 살은 어쩔 수가 없어."

"난 더 이상 알고 싶지 않아." 나중에 아이스크림을 퍼먹게 내버려 뒀다고 화를 내는 걸 막기 위해 미리 몸을 사린다.

"자, 엘레. 오늘 밤만이라도 날 괴롭히지 마!" 그녀가 서랍에서 티스푼 두 개를 찾아낸다. "아니, 나하고 같이 먹자."

그래, 벌써 이럴 거라고도 예상했지.

가이아가 텔레비전 위의 리모컨을 들더니 여기저기 채널을 돌려보다가 샤키라가 관능적으로 엉덩이를 흔드는 MTV에 고정한다. 우리는 완벽한 메이크업과 의상을 갖추고 햇살이 쏟아지는 거리에서 엉덩이를 흔들며 걷는 그녀를 감탄하며 바라본다.

"엉덩이 정말 멋져 보여?" 가이아가 묻는다.

"그런 것 같아." 내가 고개를 끄덕인다. 그녀는 멋진 여자들을 항상 잠재적인 경쟁자로 생각한다. 웃겨 죽을 것 같다.

"한쪽 엉덩이가 너무 큰 것 같지 않아?" 그녀가 우긴다.

"아냐, 가이아. 분명히 말하지만 너무 멋져."

"아무리 봐도 내 눈에는 양쪽이 다른데."

내가 큰 목소리로 평가한다. "사실은 네 엉덩이 두 개를 합쳐야 샤키라 엉덩이 하나가 돼."

우리는 아무 말도 하지 않는다. 알코올 기운이 도는데 그 효과는 별로 긍정적이지 않다. 이제 우리 둘 다 가이아가 더 멋지다고 해야 할지, 샤키라가 더 멋지다고 해야 할지 고민하고 있으니까. 하지만 대답이 선뜻 나오지 않는다.

"사무엘이 저 여자, 정말 좋아해." 가이아가 짧게 말한다. 그녀는 한숨을 쉬면서 아이스크림 통에 수저를 푹 찔러 넣는다. "어쨌든 난 별로 신경 쓰지 않아. 실물은 틀림없이 저렇게 예쁘지 않을 테니까."

"고마워, 가이아. 네가 그렇게 말해주니 이제 편안히 잘 수 있을 것 같아."

내 친구의 이론은 우리보다 훨씬 예쁜 여자를 본 뒤에 위로가 필요할 때를 위한 것이다.

"저런 비디오들은 다 수정한 거야." 가이아가 자신 있게 계속 말한다. 그녀가 이러는 건 나를 위해서이기도 하다. 나를 좋아하기 때문에, 그래서 샤키라와 비교해서 초라해지지 말라고 말이다.

"당연하지. 그리고 메이크업 전문가들이 완전 변신을 시켜주잖아, 안 그래?" 내가 덧붙이면서 다시 대화에 빠져든다.

"메이크업 전문가 얘기가 나와서 말인데⋯⋯ 토요일 결혼식 메이크업을 시내에서 제일 잘하는 전문가에게 맡겼어. 제시카 모로라고 베네치아 영화제 때 스타들 메이크업해주는 사람이야. 얼마나 잘하는지 몰라!" 화제가 바뀌면서 가이아의 얼굴이 환하게 빛난다. "그리고 패트릭이 머리를 해주러 올 거야."

"그날 너 환상적일 거야."

난 벌써 가이아의 웨딩드레스를 보았다. 드레스를 고르러 같이 가지는 못했지만 그녀는 이탈리아 북부와 동부의 모든 드레스숍의 탈의실에서 빼놓지 않고 내게 문자 메시지로 사진을 보내 드레스를 고르는 지치는 일에 나를 끌어들였다. 마침내 우리는 돌체 앤 가바나의 아이보리색 드레스를 골랐다. 몸통은 딱 붙고 치마는 18세기 귀부인의 드레스처럼 넓게 퍼지는 드레스다.

"혹시 내가 너무 유난스러운지도 모르겠어. 특히 거의 팔꿈치까지 오는 그 장갑 말이야. 그래도 그 드레스는 딱 나를 위한 것 같았어⋯⋯."

"너 환상적일 거야." 물론 좀 전에 했던 말이지만 "같은 말을 되풀이하는 게 도움이 된다(repetita iuvant)"는 라틴어 속담도 있으니까.

"있잖아, 엘레⋯⋯. 사무엘과 결혼하는 게 잘하는 일일까?" 갑자기 가이아가 조심스러운 목소리로 묻는다.

나는 눈을 크게 뜬다. 지금 그걸 다시 생각할 때는 아니지 않나? "왜 그런 걸 물어?"

"몰라……." 가이아가 입을 삐죽 내밀고 눈살을 찌푸린다. "이상하게 너무 두려워서!"

"이리 와봐." 나는 그녀를 안아주며 부드럽게 속삭인다. "내가 보기에는 옳은 선택이야. 그렇지 않다면 내가 결혼식 증인이 됐겠어, 안 그래?" 그녀를 안심시킨다.

긴 침묵이 이어진다. 그러다가 가이아가 속내를 털어놓는다. "최근에 우리 사이가 약간 이상해서."

"어떤 의미에서?"

"그런 거 있잖아." 그녀가 천장을 올려다본다. "얼마 전부터 섹스를 하지 않아."

"언제부터?"

가이아가 손가락을 꼽아본다. "밀라노−산레모 경주, 플랑드르 투어, 파리 루베 경주, 그리고 그 사람이 중요하게 생각하는 다른 경주까지……. 두 달 정도 돼!"

"정말이야?" 나는 너무 놀라지 않으려고 조심하면서 묻는다.

"그래!" 그녀가 한숨을 쉰다. "슬프지 않니?"

"글쎄……." 뭐라고 대답해야 할지 모르겠다. 섹스를 해도 내 경우처럼 오르가슴을 느끼지 못하는 게 더 슬프다고 말하려다가 다시 생각해본다. 지금은 내 상황이 아니라 가이아 이야기를 하는 중이다. 가장 친한 친구로서의 내 임무는 문제를 너무 확대하지 않는 것이다. "가이아, 너 때문에 들러리 의상 구입하느라 돈을 썼으니까 지금 결혼식을 다시 생각해볼 자격이 너한테는 없어, 경고한다."

그녀가 웃는다. 그러다가 다시 잠시 생각에 잠긴다. "오늘 밤 사무엘이 만회를 하러 우리 집에 올 거라고 생각했어……."

"세상에, 만일 그렇다면," 내가 침을 삼킨다. "분명히 찾아왔을 텐데. 파티 준비를 도와준 게 후회돼!"

"농담해? 진짜 굉장한 깜짝 파티였어!"

"솔직히 말해봐. 마지막에 스트리퍼 마음에 들었지?" 내가 윙크를 한다.

"말도 마, 엘레……." 그녀가 두 손으로 자신의 얼굴을 감싼다. "얼마나 작았는지 알아!" 그러더니 손가락으로 분명하게 크기를 보여준다.

"믿을 수 없어."

"맹세한다니까!"

"좋아, 다음 결혼식 때는 대물로 고를게!" 벽에 걸린 시계를 보고 거의 새벽이 다 된 걸 알아차린다. "침대로 갈래?"

"불 켜놔야 해. 안 그러면 너 금방 잠들어버리잖아."

"훌륭해, 내 계획이 바로 그거였는데." 내가 대답한다.

"앗, 난 더 이야기하고 싶다고!"

"제일 겁나는 게 그거였는데……."

우리는 침대에 누워 한참 이야기를 나누는 중이다. 아니 정확히 말하면 가이아가 말하고 있다. 그녀는 창문에 가까운 쪽에 누워 있다. 레오나르도와 마지막으로 이 방에서 같이 잤을 때 그가 누웠던 바로 그곳이다. 결혼식에 대한 긴장감 때문에 가이아는 평소보다도 훨씬 더 말이 많다. 사무엘 벨로티의 인생, 그러니까 그가 넘긴 죽음의 고비와 기적 들을 이야기하는데 이제 그에 관해서 졸업논문이라도 쓸 수 있을 것 같다.

우리는 얼굴을 마주 보고 있고 구부린 무릎은 서로 맞닿았다.

"불이라도 좀 끄면 안 될까?" 내가 묻는다. "눈이 아파서."

가이아가 항복하고 고개를 끄덕이지만 '아직 잘 시간은 아니야'라고 경고하는 듯한 눈빛을 보낸다. 내가 침대 옆의 스탠드 등을 끄자 어둠이 우리를 감싼다.

"엘레?"

"응……." 내가 우물거린다.

"우리가 언제부터 친구였지?"

"초등학교 1학년."

"이렇게 같이 잔 게 몇 번이나 될까? 천 번?"

"거의 그럴걸."

"어쩌면 앞으로는 이렇게 하지 못할지도 모른다고 생각

하니 눈물이 나."

내 눈이 어둠에 익숙해져서 희미하게나마 가이아의 얼굴을 알아볼 수 있다. 그녀는 스크럽을 한 깨끗한 피부에 길게 머리를 묶어 꼭 십대 같다. 가이아의 방에서 웃고 조그맣게 소곤거리던 고등학교 시절로 돌아간 것만 같다. 그럴 때면 그녀의 동생 알레산드라가 우리 옆의 스누피 침낭에서 코를 골며 자곤 했다.

"또 그럴 수 있을 거야. 최악의 경우 내가 너하고 사무엘 사이로 들어가서 자지 뭐." 내가 분명하게 말한다.

가이아가 웃음을 터뜨린다.

"왜 웃어?" 내가 베개에 머리를 대며 묻는다.

"돌로미티 여름 캠프 기억나니……. 나폴리가 고향인 빈첸초가 우리 둘 사이에서 자고 싶어 했잖아."

나도 그 장면이 생각나서 웃음을 터뜨린다. 그때 우리는 열세 살이었다. 가이아는 그에게 우리 둘 다 그를 좋아한다고, 선생님이 정해진 시간에 순찰을 돌고 난 뒤 자정에 창문으로 우리 방에 들어오게 해주겠다고 말했다. 불쌍한 그 친구는 추운 데서 밤새 기다렸고, 그동안 우리는 의미 없는 암호 메시지를 보내 그로 하여금 우리가 문을 열어줄 거라는 헛된 기대에 부풀게 했다. 그 아이는 물론 그 암호를 해석하느라 진을 뺐다.

"정말 우리 둘 다 짓궂었어……."

갑자기 어린 시절이 그리워진다. 그때 벌어졌던 그 일들이. 이제 우리는 너무나 커버려서, 그리고 우리 마음속에 남아 있는 기억들이 너무나 작아 그때가 그립기만 하다. 서른 살이 되어도 아무것도 변한 게 없는 것 같다. 가이아는 한 남자의 아내가 되려 하고 어쩌면 곧 엄마가 될지도 모른다. 나는 살아 돌아오기는 했지만 감정의 질풍노도의 시기를 보내고 있다.

"더 얘기하자." 그녀가 다정하게 말한다. "제발 부탁이야, 자지 마. 이렇게 함께 자본 게 얼마 만이야. 보고 싶었어."

"나도." 내가 중얼거린다.

그렇지만 나도 모르는 사이에 잠에 깊이 빠져든다. 잘 자, 가이아. 난 영원히 네 곁에 있을 거야.

가이아의 결혼식 전날, 나는 원피스를 가지러 부모님 집으로 간다. 내가 베네치아에 온 뒤로 엄마는 수없이 많은 시간을 그 원피스에 쏟아 붓고 있다. 손빨래를 하고 풀을 먹인 뒤 직사광선을 피해 말려서 스팀 다림질을 했다. 사실 전문 세탁소에서 하는 것과 똑같은 방법이다. 당연히 엄마에게 감사해야만 한다. 가이아가 나를 위해 고른 눈부시게 아름다운 시폰 원피스는 내 트렁크 속에서 다른 옷에 짓눌려 여섯 시간을 여행하고 난 뒤 원래 상태로 돌아올 가능성이 별로 없어 보였으니까. 가방에서 꺼냈을 때는 먼지를 털어내야 할 누더기 같았는데 지금은 완전 새 원피스가 되었을 것이다. 엄마의 손길이 닿으면 모든 게 새 생명을 얻는다.

　거의 정오가 다 돼서 부모님 집의 초인종을 누른다. 올라가서 보니 엄마는 부엌에 있다. 엄마가 이 시간에 이 곳 말고 다른 어느 곳에 계시겠는가. 엄마는 네 가지 치즈와 시금치를 넣은 감자 롤을 만들고 있다. 보기만 해도 살이 찌는 기분이다. 오, 이런 고급요리가 얼마나 그리웠던지. 부끄럽지만 이런 엄마 때문에 30년 동안 나쁜 버릇만 들었다!

"엄마, 사랑하는 딸 왔어요!" 내가 엄마에게 인사한다. 소파에 가방을 던져놓고 부엌의 조리대로 간다.

"차오, 내 딸." 엄마가 반죽에서 손을 떼지 않은 채 상체를 내밀어 내 뺨에 키스를 한다. "원피스는 네 방에 있어." 5분밖에 걸리지 않는 간단한 일을 한 듯이 엄마가 말한다.

"고마워요, 엄마. 가서 기적을 보고 와야지." 방으로 가려는데 엄마의 목소리가 나를 붙잡는다.

"들러리 원피스인데 일렉트릭 블루는 너무 대담한 거 아냐?"

"가이아가 원한 옷이에요. 그래도 이번에는 나도 그 옷이 금방 마음에 들었어." 미국의 들러리들처럼 분홍색의 고전적 드레스를 입어야 했다면 아마 죽을 맛이었을 거다.

"그럴 수도 있겠지……." 엄마가 완전히 동의하지 못한 채 어깨를 으쓱한다. 그러다가 고개를 옆으로 기울이며 내 눈을 자세히 살핀다. "말 좀 해봐. 넌 어떻게 지내고 있어?" 캐묻는 듯한 말투다. 엄마는 무엇 하나 예사로 보는 법이 없다.

"잘 지내죠, 왜요?"

"몰라, 너무 창백해 보여서." 엄마가 걱정스레, 또 나무라듯이 말한다.

"정말?" 나는 내 팔다리를 보지만 평상시의 피부색과

크게 다른 점은 발견하지 못한다. 연한 장밋빛으로 백지장처럼 눈에 띄게 하얗긴 하다.

"오늘 오후에 선탠을 할 수 있잖아." 엄마가 조언한다.

"그럼요, 물론이죠." 내가 깔깔거리며 대답한다. "그러면 내일 두 볼이 잘 구워진 스테이크처럼 변할걸."

"그러니까 선탠용 화장품을 발라야지, 저기 있잖아." 엄마가 노련한 메이크업 전문가 같은 분위기로 말한다. "어쨌든 색조 화장을 좀 해야 해, 엘레나. 들러리잖아!" 마치 내일이 내 인생에서 가장 중요한 임무를 수행하는 날이라도 되듯 엄마가 과장되게 강조한다.

나는 한숨을 푹 쉰다. 그런 일에는 정말 관심이 없다. "가이아는 지금 이대로의 내 모습을 좋아해요, 아세요? 백지장처럼 하얗긴 해도 말이에요."

"어쨌든 내일 오전에 엄마도 결혼식에 잠깐 들를 거야." 결혼식에 참석하는 것, 게다가 잘 모르는 사람의 결혼식에까지 참석하는 게 엄마에게는 거의 취미생활과 같다. 오래전부터 그랬다.

그러더니 엄마가 무심히 이런 말을 툭 던진다. 내가 아닌 다른 누군가가 그 말을 들었다면 틀림없이 그저 우연히 한 말이라고 생각할 게 분명하다. "그런 사이클 선수와 결혼하다니 얼마나 행운이니……."

도와줘. 엄마가 무슨 말을 하려는지 잘 안다.

"넌 정말 결혼 생각 없어, 응?" 까칠한 베네치아 여자 특유의 말투로 엄마가 날 다그친다. "넌 하얀 드레스에 알레르기 있지."

"내 살색에 정말 안 어울릴 거예요, 안 그래요?" 나는 일부러 대수롭지 않게 대꾸하려 애쓴다.

"필리포는 정말 훌륭한 청년이었는데." 엄마가 단념하지 않고 계속 말한다. 그러고는 한숨을 쉬더니 천장을 올려다보며 말을 마친다. 다른 엄마들처럼 우리 엄마도 딸의 완벽한 애인을 사랑했었다.

"그 이야기 벌써 몇 번째 하는 거예요!"

"뭐가 어때서? 필리포가 훌륭한 청년이었다는 건 보자마자 알 수 있었잖아." 맙소사, 엄마는 마치 필리포가 죽은 사람이라도 되듯 말한다! 그를 성인(聖人)으로 만드는 중이다. 그러고는 내 눈을 뚫어지게 보더니 폭탄을 하나 투하한다. "하긴 넌 착한 남자들을 좋아하지 않았어……. 이게 진실이지."

"그 남자들이 나를 좋아하지 않는다면요?" 내가 즉시 반박한다. 이런 대화를 백만 번은 했을 것이다. 대사 하나하나를 다 암기하고 있는 막간극이다. 하지만 결론적으로 보면 엄마의 말이 틀렸다고만은 할 수 없다. 나는 내 의지와는 반대로 나쁜 남자를 좋아하는 여자들의 전형적인 모습을 보이고 있다. 이 때문에 내기 얼미니 상처를 받을지 모르는데!

"엄마랑 아빠는 너 때문에 얼마나 걱정인지 몰라." 엄마가 갑자기 아주 부드럽게 말한다. "베네치아에 왔는데 얼굴도 안 보여주고 우리와 같이 지내려고도 하지 않으니까······."

"엄마, 무슨 소리예요. 가이아 처녀파티와 다른 일들 때문에 시간적 여유가 전혀 없었던 거 잘 아시면서." 내가 변명한다. "어쨌든 지금 여기 있잖아요." 이렇게 말하며 나는 미소를 지어 보인다.

"점심은 먹고 갔으면 좋겠는데." 초대라기보다 간청에 가깝다.

"당연하죠!" 내가 활짝 웃는다. 그러고는 엄마의 볼을 꼬집는다. "그런데 그건 순전히 엄마의 롤 때문인데, 어떻게 생각하세요?"

"요 고약한 딸내미 같으니라고!" 엄마가 일부러 화난 표정을 지으며 고개를 젓는다. 그래도 드디어 엄마를 웃게 하는 데 성공했다.

"아, 좋아요. 엄마 때문이기도 해요. 하지만 아주 조금뿐이야." 이렇게 말하고 엄마의 볼에 뽀뽀를 한다. 그렇게 해서라도 엄마의 기분이 좀 좋아지기를 바란다. 그리고 드디어 원피스를 보러 방으로 간다.

내 베르사체 원피스가 거기, 눈부신 자태를 뽐내고 좋은 냄새를 풍기며 옷장 밖에 걸려 있다. 엄마가 보통 때처럼 완벽하게 손질을 해놨다! 보면 볼수록 마음에 든다. 일렉트

릭 블루 색깔도 마음에 들지만 내가 좋아하는 어깨끈이 없
는 스타일이다. 길이도 무릎 바로 위까지로 완벽하다. 셀룰
라이트가 달라붙어 있는 허벅지의 결점을 감춰주니까! 지금
다시 자세히 보니 우아하고 단순해 보이지만 정교한 디자인
이다. 옷걸이에서 옷을 벗겨내 몸에 대본다. 벽에 붙은 거울
에 비친 내 모습을 흘긋 본다. 과연 내 몸이 이 옷에 맞을까?
옷이 너무 작아 보여 끔찍한 생각이 든다. 하지만 어쩌면 거
울 효과 때문일 수 있다. 거울이 저 뒤에 있어서 그렇게 보일
수도 있다. 잘되길 바라자고. 지퍼를 잠글 수 없으면 정말 큰
일이니까. 클러치백을 들고 연보라색 핍토(peep toe) 슈즈를
신기로 결정했다(아니 정확히 말하면 이것도 가이아가 결정해줬
다. 클러치백과 구두는 지금 내 아파트 옷방에 잘 모셔져 있다).

    주름이 가지 않게 조심하면서 옷을 침대에 내려놓는다.
몸을 돌리다가 거울을 보지 않을 수가 없었다. 이번에는 좀
더 주의를 기울여서 머리부터 발끝까지 내 모습을 자세히 살
핀다. 사실 내가 밀랍같이 창백하지는 않다……. 엄마의 말
과 걱정이 다 맞을까 봐 내심 겁이 났다. 외박을 밥 먹듯 하고
불규칙한 식사에다가 칵테일을 너무 많이 마셔서 눈 밑이 시
커멓게 푹 꺼졌고 안색도 잿빛이다. 눈에 딱 띄는 잔주름 하
나가 이마 한가운데에, 양미간에 잡혀 있다. 지속적인 극심
한 고통으로 생긴 주름 같다. "아무리 힘든 생각이라도 얼굴
마사지를 해주고 좋은 크림을 바르면 다 지워버릴 수 있어."

가이아가 항상 하는 말이다. 그 말을 별로 믿지 않았지만 이제 실험해볼 때가 된 모양이다.

"엘레나, 밥 먹자!" 엄마의 날카로운 목소리가 복도에 울려 퍼진다. "다 됐어!"

"갈게요." 나는 대답을 하고 서둘러 부엌으로 간다.

아르치 클럽에서 막 돌아온 아버지에게 인사를 한다. 아버지는 벌써 식탁에 앉아 식사를 시작할 준비를 하고 계신다. 나도 내 자리에 앉는다. 결혼식 연회처럼 잘 차려진 식탁이다. 맛있는 요리들을 한번 보기만 해도 입에 침이 고인다. 하지만 100그램만 더 살이 쪄도 저 원피스를 입지 못할 수도 있다는 생각이 갑자기 든다. 엄마가 만든 롤이 어서 먹으라고 유혹하며 접시에서 사악하게 웃고 있는데, 그걸 먹으면 허릿살이 한 줌은 잡힐 것 같다. 그러다가 곧 체념하고 단호하게 포크를 잡아 롤에 집어넣는다. 나를 기다리고 있는 쓸쓸한 로마의 일상에서 누가 이렇게 맛있는 요리를 먹여주겠는가?

잘 차려진 점심을 먹고 나서 엄마를 도와 부엌을 정리하고 아버지가 계신 거실로 간다. 아버지는 당신이 참여하고 있는 아마추어 극단의 최근 공연 이야기를 신이 나서 들려주신다. 나는 고개를 끄덕이며 아버지 말에 집중하는 척한다. 사실은 정말 무대에 선 아버지를 보고 싶다. 하지만 아버지가 이야기를 다 마치자 우리 사이에 무거운 침묵이 내려앉아 버리는데 어떻게 그런 어색함을 물리쳐야 할지 모르겠다. 아버지가 한숨을 쉬더니 다정하면서도 약간은 퉁명스럽게, 아버지 세대의 다른 아버지들처럼 당황스러워 어쩔 줄 몰라 하다가 어색해하면서 내게 묻는다. "솔직히 말해다오, 엘레나. 다 괜찮은 거지?"

"그럼요." 나는 약간 자신 없게 대답하지만 아버지가 내 말을 믿어주길 바란다. "괜찮지 않을 게 뭐 있겠어요?"

"모르겠구나." 아버지가 생각에 잠겨 고개를 젓는다. "네가 그 청년, 필리포하고 헤어지고 난 뒤부터……" 아버지는 그 이름을 입 밖에 내는 게 수치스러운 사람처럼 숨을 들이쉰다. "사람을 피하고 비밀도 많아졌어. 네가 조금 걱정되는구나. 그래, 무슨 생각을 하는지도 알고 싶고."

"아, 전 보통 때와 다르지 않다고 생각해요." 나 자신을 더 꽁꽁 숨기며 대답한다.

"그런데 네 얘기를 우리에게 한마디도 안 하잖아." 아버지가 계속 말씀하신다. "보통 때는 전부 다 말하곤 했잖니, 네 엄마에게라도."

아버지는 지금 가정 내에서 당신이 항상 맡아왔던 역할, 사려 깊고 말수가 적어 항상 나중에 움직이길 좋아하고 정찰 임무는 엄마에게 맡기는, 그 역할에서 벗어나기 위해 눈에 띄게 애를 쓰고 계시는 중이다. 나 때문에 이렇게 걱정을 하고 대놓고 하기 힘든 말을 힘들게 꺼내고 있는 아버지를 보니 나 역시 걱정스럽다. 부모님 눈에는 내가 정말 그렇게 망가져 보였나? 아버지의 어깨에 기대서 울고 싶은 유혹, 지금까지 밖에 드러내본 적 없는 고통을 다 토해내고 싶은 유혹을 잠시 느낀다. 하지만 그럴 수가 없다. 온몸이 마비된 기분이다. 그런 시도조차 하고 싶지 않다.

"아빠, 전 잘 지내요." 나는 아버지가 안심할 만큼 세상에서 제일 편안해 보이는 미소를 지으며 연극을 계속한다. "다 끝난 일이고 제가 원했던 거예요, 끝." 내 상태가 좋지 않은 게 필리포 때문이 아니라는 걸 어떻게 설명한단 말인가?

"그래, 그렇지만 왠지 불안해 보이는구나, 엘레나." 아버지가 다시 말하며 내가 말로 하지 않은 답을 내 얼굴에서 찾는다. "뭔가 잘 안 풀리는 일이 있다고 네 얼굴에 쓰여 있어."

"맞아요, 그동안 쉽지는 않았어요. 하지만 전부 좋게 변하고 있으니까 안심하셔도 돼요." 나는 진지하면서도 긍정적이고 낙관적인 표정을 지으려 애쓴다. 아버지가 속아주길 바라는 수밖에.

"좋아." 아버지가 마침내 말한다. 하지만 사실 좋은 건 하나도 없다. 아버지는 속아 넘어가지 않았지만 두 사람 모두에게 고통스러운 이런 연극으로 나를 괴롭히지 않는 편을 택하셨다. 아빠, 지금 제가 아빠를 얼마나 사랑하는지 아세요?

"어쨌든 무슨 일이 생겨도 엄마와 내가 여기 있다는 걸 알아두려무나."

물론 알고 있다. 하지만 누구도, 세상에서 나를 가장 사랑하는 사람들조차도 덜어줄 수 없는 고통들이 있다. 그저 고통이 사라지기를 끈기 있게 기다리면서 계속 살아가는 수밖에 없다.

"브리스콜라 한 판 할까요?" 내가 작은 테이블에 있는 카드 뭉치를 집으며 아버지에게 묻는다. 아버지는 카드게임을 아주 좋아해서 내가 어릴 때부터 피곤할 정도로 나와 게임을 하곤 하셨다. 카드게임은 항상 아버지와 나를 이어주었다. 지금 나는 이것으로 아버지가 내 걱정을 좀 떨쳐버리길 바란다.

"그래, 네가 원한다면." 아버지가 한숨을 쉬며 대답한다. 아버지는 내가 화제를 돌리기 위해 이런 제안을 한 걸 알지만 내가 하는 대로 내버려 둔다.

카드를 섞고 있는데 아이폰 벨 소리가 들린다.

"잠깐만요, 아빠……."

일어서서 전화를 받으러 간다. 틀림없이 가이아일 거다. 아침부터 벌써 스무 번은 더 전화를 했다. 지금은 또 무슨 일인지 알게 뭐람! 진주색과 선홍색 립스틱 중 어떤 게 더 자기를 돋보이게 할지 같은, 마지막 조언을 얻으려는 것일 테지.

가방에서 전화기를 꺼내는데 화면에 마르티노의 이름이 환하게 나타나는 걸 보고는 깜짝 놀란다. 통화를 한 지 한참 되었다. 모범생 같은 그의 얼굴을 생각하자 나도 모르게 미소가 지어진다.

"마르티노?" 나는 되도록 밝은 목소리로 전화를 받는다.

"차오, 엘레나?" 그가 말한다. 단 두마디만 들어도 숫기가 없고 진지한 그의 얼굴에서 입술이 어떻게 움직이는지 충분히 알 수 있다.

"잘 지냈어요? 한참 동안 안 보이더니……." 아버지에게 미안하다고 손짓으로 말하고 내 방으로 들어간다. 남자친구가 전화를 하면 무선전화기를 들고 방에 숨던 고등학생 때처럼.

"잘 지냈어요. 나 어딘지 알아요?" 그가 말한다.

"모르겠는데……." 사람들의 말소리가 전화기 저편에서 들려온다. "빌라 보르게세?" 우리가 함께 갔던 때를 떠올리며 추측해본다.

"아니요." 마르티노가 대답하더니 일부러 한참 뜸을 들인 뒤 말한다. "베네치아에요!"

"어디라고요?!" 나는 그에게 베네치아에 온다는 말은 하지 않았다. 그래서 잠시 그가 나 때문에 여기 온 건 아닐 거라는 생각을 한다.

"학교에서 조르조네(16세기 이탈리아 베네치아 회화의 창시자─옮긴이)를 공부하고 있어요." 그가 설명한다. "그래서 작품을 직접 보고 싶어서 왔죠."

"아……."

"지난번에 했던 말 기억나요? 조언을 좀 해줄 수 있어요?"

예전에 로마에서 커피를 마실 때 그는 베네치아에 한 번도 와본 적이 없다고 고백했었다.

"기억하고말고요!" 나는 신이 나서 말한다. "개인 가이드가 되어줄게요. 나도 베네치아에 있으니까."

"정말요?" 그가 조그맣게 묻는다.

"정말이라니까." 나는 대답을 하며 침대에 걸터앉는다. "내일 제일 친한 친구가 결혼을 해서 지금 우리 부모님 집에 와 있어요."

"어떻게 이럴 수가!"

"그러게, 우연의 일치네……."

"그럼 당장 나 있는 데로 와요." 그가 급히 말한다. 그러고는 서둘러 다시 말한다. "물론 당신이 별로 바쁜 일이 없으면요." 평상시의 마르티노답다. 돌을 던지지만 곧 몸을 숨겨버린다.

"난 시간 많아요. 그리고 내가 안내해주겠다고 약속하지 않았나? 지금 어디 있어요?"

"그러니까……." 그가 주위를 둘러보는 눈치다. "운하에 있어요. 벽에 폰다멘타 델레 자테레라고 적혀 있는데……."

"알았어요!" 내가 침대에서 일어난다. "뒤쪽에 다 니코라는 아이스크림 가게가 보일 텐데." 나는 잠시 거울을 본다. 맙소사, 얼굴이 이렇게 초췌하다니…….

"음…… 아, 있네요. 아이스크림 가게 보여요."

"그 앞에서 기다려요. 부모님에게 인사만 하고 대운하를 가로질러서 30분 후면 도착할 테니."

"꿈만 같아요! 그럼 좀 있다 봐요."

서둘러 아버지와 엄마에게 인사를 하고 바포레토에 오른다.

딱 좋은 순간에 마르티노의 전화가 걸려왔다. 집을 빠져나와 집 안에 감돌았던 약간 무거운 분위기를 떨쳐버리는 데 완벽한 핑계가 되어주었다. 마르티노를 다시 만나게 되어 기쁘다. 거의 한 달 전에 만나고 처음이다. 그때는 비토리오 에마누엘레 2세 국립박물관으로 입체파 화가들의 전시를 보러 갔었다.

자테레 정거장에서 급히 내려 마르티노를 찾는다. 저기 있다. 주랑의 기둥에 몸을 기대고 있는데 멍하면서도 뭔가에 골똘해 있는 분위기다. 스무 살 때의 나도 어쩌면 저랬는지도 모른다. 그는 최근 몇 달 동안 변했다. 어깨가 훨씬 넓어져서 딱 벌어진 느낌이다. 얼굴에도 수염이 좀 더 많아져서 훨씬 어른스러워 보인다. 청소년티를 벗어던지고 서서히 남자가 되어가는 중이다. 산 루이지 데이 프란체시 성당에서 처음 이야기를 나누었던 때가 또렷하게 기억난다. 나는 거기서 일을 하고 있었고 그는 카라바조의 성 마테오 연작을 연구하러 오곤 했다. 수줍음을 많이 타는 성격과 예의 바른 태도, 그리고 똑똑해 보이는 눈길에 난 금방 편안해졌고 그에게 본능적인 애정을 느끼게 되었다.

이제 그가 여기, 눈앞에 있는데 여전히 예전과 같지만 완전히 그렇지만도 않다. 평상시에 입던 청재킷을 벗고 어깨를 강조한 구겨진 면 재킷을 입었다. 그러나 신발은 여전히 올스타다. 눈 위로 흘러내린 머리카락도 윗눈썹의 피어싱도 변함이 없고, 나를 보고 웃는 그 특별한 미소도 마찬가지다. 마르티노가 이어폰을 빼서 아이팟을 주머니에 넣고 몇 발짝 다가온다.

"와!" 내가 그의 두 뺨에 입을 맞추며 인사한다. "가족의 음모에서 날 구해줬어."

"그렇다면 기뻐요. 하지만 부모님은 별로 좋아하지 않으셨을 텐데……."

"아, 우리 부모님은 이해심 많은 분들이에요……. 물론 약간은 서운해하셨지만." 내가 어깨를 으쓱하며 말한다. "그럼 이제 뭐 할까요?"

"그건 순전히 당신 손에 달려 있어요." 그가 도시 전체를 가리키듯 두 팔을 벌린다. "안내자는 당신이니까요!"

"그럼, 조르조네를 공부하고 있다고 했으니까 〈폭풍〉이 있는 아카데미아 미술관으로 안내할게요." 내가 제안한다. "여기서 가까우니까."

"좋아요!" 그가 내게 한 팔을 내밀어 우리는 함께 팔짱을 끼고 걷는다.

아카데미아 미술관에 들렀다가 산타마리아 글로리아 데이 프라리 성당으로 갔다. 성당에서 티치아노의 〈성모승천〉을 보면서 레오나르도와 이 그림 앞에 있었던 그날 밤을 생각하자 가슴이 쿵쿵 뛰었다. 그런 다음 우리는 틴토레토의 프레스코 벽화가 있는 스쿠올라 그란데 디 산 로코 미술관으로 향했다. 저녁 무렵 우리 둘 다 더 이상 서 있기도 힘들 정도로 지쳐버렸을 때 내가 우리 집에 가서 요기를 하자고 마르티노를 초대했다. 하지만 나는 아직도 가스레인지와 별로 친하지 않기 때문에 집 아래에 있는 테이크아웃 피자집에서 피자 두 판을 샀다. 세계 최고의 맛은 아니지만 여기 살 때도 이 가게의 단골이었다. 이집트인 주인이 나를 알아보고는 콧수염이 움직일 정도로 환하게 웃으며 반겨주었다.

지금 나는 마르티노와 소파에 앉아 저녁을 맛있게 먹고 있다.

"내일 원피스 입기 힘들까 봐 걱정되네." 보통 때보다 훨씬 불룩해진 배를 보며 내가 말한다.

"원피스 색이 당신의 하얀 피부와 아주 잘 어울려요." 마침내 내 창백한 피부색을 알아봐주는 사람이 나타났다.

마르티노가 진지하게 내 눈을 본다. "내일 아주 아름다울 거예요." 그러더니 한 손으로 자기 머리를 만져 그렇지 않아도 헝클어진 머리가 더 뒤얽혀버린다. "그런데 당신은 원래 아름다워⋯⋯." 그는 거의 혼잣말을 하듯 단숨에 이렇게 덧붙여버린다. 그러더니 소파 등받이에 몸을 기대고 고개를 옆으로 기울인다. 내가 그를 보자 보통 때처럼 시선을 떨구는 게 아니라 그대로 내 눈을 본다.

나를 바라보는 눈길이 평상시와 다르다. 갑자기 그가 청소년이 아니라 한 여자와 마주 앉은 남자처럼 느껴진다.

"가서 시디 좀 바꾸고 와야겠네." 내가 소파에서 일어난다. 우리 사이에 감지되는 이상한 긴장을 약간 풀기 위해서이기도 하다. 그러다가 그를 향해 돌아선다. "아니, 직접 골라볼래요?" 그에게 권한다.

마르티노는 몇 년 전부터 책장에 세 줄로 꽂혀 있는 시디들을 하나씩 살펴본다. 저 시디들은 왜 로마로 안 가져갔는지 모르겠다. 그가 손가락으로 시디를 하나씩 만지며 주의 깊게 살펴보다가 마침내 하나를 꺼낸다. 잠시 후 부드럽게 방 안을 감싸는 프랭크 시나트라의 목소리가 스테레오 카세트에서 흘러나온다. 〈Strangers in the Night〉가 시작된다.

마르티노가 갑자기 엉큼하게, 거의 대담한 눈으로 나를 보더니 미소를 짓는다. 그러고는 내게 손을 내미는데 어리바리함은 온데간데없다. "한 곡 추실까요?"

"기꺼이." 나는 대답을 하고 일어서서 인사를 한다. 그런 다음 그의 품에 안긴다.

마르티노는 지나칠 정도로 부드럽게 나를 안고 자신 없
이 몇 번 스텝을 밟는다. 나는 두 손을 그의 목에 두르고 그
가 입은 티셔츠의 비누 냄새가 느껴질 정도로 그의 어깨에
내 얼굴을 가까이 댄다. 그의 모든 것에서 깨끗한 공기 냄새
가 난다. 면도를 하지 않은 수염이 내 머리에 닿아 살짝 간지
럽다. 내 관자놀이 근처에서 뜨거운 입김이 느껴진다. 이제
그의 손에 좀 더 자신감이 붙는다. 긴장이 풀리고 내 옷 위에
서 손을 편안히 펴는 게 느껴진다.

"아주 잘하고 있어." 내가 소곤거린다. 그러고는 눈을 감
고 노래를 따라 부르며 나를 맡긴다.

마르티노가 조금 더 세게 나를 안으며 뜨거운 두 손으로
내 등을 누른다. 그러고는 자신의 입을 내 머리에 대고 내 목
소리에 화음을 맞춘다. 이제 같이 노래를 부르고 있다.

그의 품에 있으니 기분이 좋다. 나와 전혀 상관없는 곳
에 있는 듯한 이상한 느낌과 10년이라는 나이 차이가 주는
당혹감, 그의 입술을 느껴보고 싶다는 갑작스럽고 부적절한
호기심이 생기기는 했지만 말이다.

발이 마룻바닥을 스치자 삐걱거리는 소리가 난다. 곧 프
랭크 시나트라의 목소리가 사라지고 모든 게 조금 전으로 돌
아갈 거라고 생각하자 슬픔과 안도감이 뒤섞인 감정이 밀려
들어 그의 어깨에 내 얼굴을 누른다. 나는 다시 엘레나가, 그

의 큰누나뻘 되는 성숙하고 노련한 여자가 되고 그는 다시 약간 어리바리하지만 내 마음을 너무나 따뜻하게 해주는 어린 친구 마르티노로 돌아가겠지.

음악이 사라지고 침묵이 찾아든다. 마르티노의 발이 내 발을 따라 멈춘다. 하지만 그는 내게서 떨어지는 게 아니라 나를 계속 꽉 껴안고 있다. 나는 눈을 뜰 결심을 하지 못하는데 그사이 〈The Way You Look Tonight〉의 부드러운 재즈 선율이 들린다. 그제야 나는 그가 민망하지 않게 조심스레 그에게서 벗어난다.

마르티노가 마지못해 나를 놔준다. 허전하고 아쉬워하는 듯 보이는 그의 두 손이 내게서 떨어져 옆구리로 축 늘어진다. 그의 목울대가 순간적으로 꿈틀하는 게 눈에 띈다. 마치 하고 싶었던 말을 그냥 삼켜버리기라도 한 듯이.

"왜?" 내가 긴장을 풀어보려 애쓰며 웃는다.

그러자 갑자기 그의 입술이 내 입술에 닿는다. 처음에는 수줍고 자신 없게 움직이던 그 입술이 점점 더 힘 있고 단호해진다. 지금 무슨 일이 벌어지고 있는지 이해하기 위해, 그리고 무엇보다 그 입술과의 접촉이 내가 상상했던 대로 아주 기분 좋다는 것을 인정하기 위해 숨을 들이쉰다. 그러자 내 입술이 반쯤 벌어지고 그의 혀가 내 혀와 만나게, 그러니까 키스를 계속하게 내버려 둔다.

마르티노는 거의 깜짝 놀란 분위기다. 그의 호흡이 점점 가빠지는데, 감정 역시 마찬가지인 것 같다. 내 팔에 그의 떨림이 전해지는 기분이다.

나는 한 손을 뻗어 그의 윗눈썹을 살며시 쓰다듬다가 피어싱을 만진다. 그러고는 얼굴을 따라 뒷목까지 손으로 쓰다듬는다.

내 평생 한 번도 받아본 적 없는 부드러운 키스다. 벨벳 같은 마르티노의 입술이 가볍게 내 입술을 애무하면서 그의 혀가 천천히 내 입안으로 미끄러져 들어온다. 조금도 난폭하지 않게.

잠시 후 그가 내게서 떨어지더니 꿈을 꾸듯 나를 본다. "얼마나 이렇게 하고 싶었는지 알아요?"

"별로 애 안 썼잖아……." 내가 웃으면서 그의 앞머리를 살짝 헝클어놓는다.

"당신이 원하지 않을 거라고 생각했죠."

"오늘 밤까지는 나도 원하는 줄 몰랐는걸."

그의 속눈썹은 길고 숱이 많다. 왼쪽 눈동자에서 금빛의 작은 점이 반짝인다. 그를 이렇게 가까이에서 본 적이 없기 때문에 지금까지 그걸 알아차리지 못했다.

그의 얼굴을 두 손으로 잡고 다시 키스를 한다. 그리고 손가락들이 그의 팔을 따라 내려가서 그의 손을 만나 꽉 쥐게 내버려 둔다. 그의 손은 매끄럽고 완벽하다. 세월의 흔적이나 레오나르도에게서와 같은 삶의 풍파가 새겨져 있지 않다. 팽팽한 피부에 가늘고 부드러운 수염이 난 그의 얼굴도 마찬가지다. 젊은 육체의 냄새와 밀도가 있다. 오늘 밤 난 이 육체를 발견하고 싶다. 그래서 계속 키스를 하며 그의 셔츠 단추를 풀고 천천히 옷을 벗긴다. 그는 약간 불안해하며, 그렇지만 무엇보다 욕망에 불타올라 나를 보며 내가 하는 대로 그냥 내버려 둔다.

이제 마르티노는 완전히 나체로 내 앞에 서서 내 눈길을 고스란히 받고 있다. 길고 섬세한 근육들은 그가 공부하는 목탄화 인물의 근육들 같다. 날씬한 허리 위로 뼈대가 굵은 넓은 어깨가 자리 잡고 있다. 벌써 발기된 성기가 다리 사이에서 떨린다. 마르티노는 멋지다. 자연에게 선물 받은 약간의 광기 어린 성적 에너지를 어떻게 해야 할지 몰라 쩔쩔매는 망아지가 떠오른다. 이제 쑥스러워하던 미소가 뜨거운 욕망에 의해 변해간다.

나는 그의 손을 잡고 복도를 지나 방으로 간다. 오늘 아침에 정리를 하지 않고 그대로 놔둔 침대에 도착해서 그를 눕히고 나도 옷을 벗는다. 그런 다음 그의 옆에 눕는다. 깊은 키스를 다시 시작한다. 그의 성기가 팽팽해지는 것을 보고 한 손을 뻗어 그것을 애무한다.

마르티노가 감격한 눈으로 나를 본다.

내 손을 자기 입술로 가져가서 부드럽게 입을 맞춘다. 손바닥에서 그의 뜨거운 입김이 느껴진다.

나는 그의 몸에 걸터앉아 가슴부터 배꼽까지 길게 키스를 하기 시작한다. 내 혀가 그의 살과 친숙해져 갈수록 그의 호흡이 차츰 빨라진다. 더 아래로 내려가서 그의 페니스를 입으로 문다. 그것을 애무하며 빨기 시작하자 곧 더욱 단단해지는 게 느껴진다.

마르티노는 지금 일어나고 있는 일을 믿을 수 없다는 양, 기쁨과 놀라움이 뒤범벅된 얼굴로 나를 본다. 골반이 나를 향해 활처럼 휘어지자 그가 두 손으로 침대 커버를 꽉 움켜쥔다. 나는 다시 그의 입 쪽으로 돌아온다. 그의 한 손을 부드럽게 잡아 내 가슴에 올려놓는다. 마르티노는 허락을 받지 못한 사람처럼 처음에는 주저한다. 그러나 곧 내 유두에 입술을 대고 가슴을 애무하다가 깨문다. 나는 그의 목을 쓰다듬으며 잠시 그대로 가만히 날카로운 쾌감을 즐긴다.

잠시 후 그가 내 위로 올라와 내 다리를 벌린다. "엘레나, 정말 아름다워요." 그는 눈을 반쯤 감고 내 목에 키스하며 중얼거린다. 그러더니 일어나서 이제 한시도 더 기다릴 수 없다는 듯 욕망에 불타는 단호한 눈으로 나를 바라본다.

마르티노가 한 손으로 자신의 성기를 잡고 삽입을 시도해보지만 너무나 조심스레 행동해서 성공하지 못한다. 게다가 어쩌면 내가 그를 받아들일 적당한 상태가 되지 않았는지도 모른다.

"잠깐만." 내가 부드럽게 속삭인다. 그러고는 그의 손목을 잡아 나를 애무하게 만든다. 내 클리토리스로 손을 이끌었다가 한 손가락을 속으로 밀어 넣도록 한다. 그는 가볍게 미끄러지는 당구공처럼 압력을 가하지도, 지나치게 기교를 부리지도 않고 그 안을 천천히 탐사한다. 혀로는 다시 내 유두를 찾으며 손가락으로 계속 내 외음부를 어루만진다. 이제 그곳이 서서히 욕망으로 젖어든다.

단단하고 매끄러운 그의 엉덩이를 잡아 내 쪽으로 끌어당기며 한 손으로 그를 도와 다시 삽입하게 한다. 하지만 이번에도 실패다. 그러자 마르티노가 한숨을 쉬며 내게로 쓰러져 내 목과 어깨뼈 사이에 얼굴을 묻는다.

"빌어먹을…… 얼마나 당신을 원하는데!"

나는 거의 연민을 느끼며 웃는다. 그를 내 품에 안고 달래며 목을 쓰다듬어준다.

잠시 후 마르티노가 내 입술을 찾고 다시 키스를 시작한다. 단단한 그의 페니스가 내 배를 누르는 게 느껴진다. 이제 한 손으로 그것을 애무하며 그를 돕는다.

그는 동공이 확대되고 부드러웠던 표정이 불안하게 변하더니 더 이상 참을 수 없는 듯 보인다. 나는 다시 다리를 벌리고 나를 찾아오게 한다. 그러자 그가 나를 향해 온다. 약간 자신 없는 동작으로 마침내 내 안에 들어온다. 그가 천천히 간헐적으로 움직이는 게 느껴진다. 아직도 어디로 돌진해야 하는지 모르고 있다. 마르티노가 몸을 떨며 신음한다. 그가 가볍게 탄식하며 부드럽게 숨을 쉰다. 쾌감이 그의 온몸으로 번져나간다. 엉덩이를 잡고 그가 일정한 박자로 움직일 수 있게 도와준다. 이제 그는 점점 더 확실하게 움직인다. 한 번씩 동작을 할 때마다 더 자신 있게 내 몸속으로 들어온다. 마침내 마르티노는 본능이 이끄는 대로 움직인다. 충동적이고 공격적인 그 힘, 들어와서 소유하려는 욕망뿐이다. 다시 말해 선험적으로 물려받은 순수한 남성적 에너지가 그를 안내한다.

내 몸속에 그가 있다는 게 말할 수 없이 기분 좋지만 이번에도 오르가슴에 이르지 못하리라는 걸 벌써 알고 있다. 내 마음은 여러 가지 생각들로 흐릿하게 안개가 끼어 있고, 내 질은 여전히 레오나르도의 기억에, 그가 내 몸에 남겨놓은 지울 수 없는 쾌락에 익숙해져 있다.

하지만 내 기억들이 이 순간을 망치게 내버려 두지는 않으려 한다. 이 순간이 완전히 마르티노의 것이 되길 원한다. 그가 마음껏 내 안에 빠져서 자유로운 기분을 느끼길 원한다. 그가 내게 선사했던 애정이 모든 걸 이기길 바란다. 나는 다리를 벌리고 등을 활처럼 휘게 해서 그가 절정에 오르게 도와준다. 그가 작게 내 이름을 부르고 그의 온몸이 살아 있는 섬유처럼 팽팽하게 긴장되더니 마침내 절정에 올라 내 가슴에 쓰러진다.

몇 분 동안 마르티노의 몸이 가볍게 떨린다. 그의 매끄럽고 하얀 살에 소름이 돋는 게 보인다.

"추워?" 내가 그의 팔을 한 손으로 만지며 묻는다.

"아니요, 그냥 감격해서 그래요." 그가 내 눈을 찾으며 대답한다. "베네치아에 처음 와보고, 처음 섹스를 해봐서, 그것도 같은 날……."

"뭐라고?!"

"그래요, 처음이었어요." 그가 머뭇거리며 속삭인다.

이런. 어떻게 그 생각을 하지 못했던 걸까? 요즘 젊은이 들은 훨씬 조숙하고 경험도 많지 않나?

진정해, 엘레나. 네가 나쁜 짓 한 건 절대 아니었어. 마르 티노도 원했으니까. 아니 특히 그가 더.

"그러니까, 여자친구들은 있었는데…… 끝까지 간 적은 한 번도 없었어요." 내 생각을 읽기라도 했는지 그가 거의 변 명하듯 말한다. 그의 관자놀이가 빨갛게 물들고 눈에 눈물 이 반짝인다. "당신이 뒤로 물러나리라는 걸 알았기 때문에 말하지 못했지만…… 난…… 그러니까…… 나의 첫 사람이 당신이길 바랐어요."

나는 그의 눈길에 당혹스러워하며 미소를 짓는다. 그러 다가 피어싱 옆의 윗눈썹을 쓰다듬는다. 마르티노가 무슨 짓을 하든 내가 어떻게 비난할 수 있겠는가? 그의 눈을 보니 내 행동이 옳았다는 생각이 든다. 적어도 그에게는. 우리 둘 다 잘 알다시피 우리 사이에 사랑이 싹틀 수는 없지만 단순한 섹스와는 다른 뭔가를 한 건 몇 달 만에 처음이다.

"그런데 당신도 좋았어요?" 내가 오르가슴을 느끼지 못한 걸 걱정하는 마르티노가 갑자기 묻는다. 이 애도 어쨌든 남자다.

"그럼, 많이." 나는 그의 이마에 부드럽게 입을 맞춘다.

"그렇지만 당신은 느끼지 못했는데……"

"걱정하지 마." 나는 그를 안심시키며 머리를 쓰다듬어준다. 그가 말한 그 말, '느끼다'라는 말에 거의 웃음이 나려한다. 그가 이 첫 경험을 아무런 그늘 없이 아름답게 추억했으면 좋겠다. "지금처럼 늘 부드럽고 다정해야 해. 그러면 여자들이 다 네게 정신 못 차릴걸."

마르티노가 나를 껴안고 잠시 내 냄새를 맡는다. 나는 그를 품에 안고 거의 느끼지 못할 정도로 살짝 얼러준다. 그러다가 갑자기 마치 꿈에서 깨기라도 한 듯 그가 헝클어진 머리를 들더니 약간 놀란 듯 주위를 살핀다.

"지금 몇 시예요?"

"2시." 내가 협탁 위에 놓인 휴대전화의 시간을 흘깃 보고 대답한다.

마르티노가 길게 한숨을 내쉬더니 일어나서 침대 머리판에 몸을 기댄다. "가야 해요. 주데카 호스텔에 방을 예약해뒀어요. 여기서 멀어요?"

내가 부드럽게 그의 손을 잡는다. "멀지는 않지만 오늘 밤 여기서 자도 돼."

그가 웃는다. 기대하고 있었던 게 분명하다. "정말 그래도 돼요?"

"응, 부탁이야. 있어줘."

우리는 여러 차례 섹스를 했다. 마르티노는 지칠 줄 몰랐고 독특했다. 단 하룻밤 만에 섹스에 관한 건 뭐든 다 알아내려 하는 것 같았다. 나는 그가 마지막 욕망까지 충족시킬 수 있게 나를 완전히 그에게 맡겼다. 그러다가 둘 다 지칠 대로 지쳐 어둠 속에 잠겨 몰려드는 잠에 빠져들어 갔다. 잠들기 전 마지막으로 떠오른 사람은 늘 헝클어진 머리에 연약한 손을 가진 마르티노였다. 그가 이제 남자가 되어 새로운 눈으로 나를 보고 있다.

천천히, 힘겹게 눈을 뜬다. 정말 오랜만에 처음으로 내 옆에서 자는 사람의 체온을 느낀다. 마르티노다. 내 입가에 빙그레 미소가 떠오른다. 나는 지난밤의 감정을 다시 느껴보려 눈을 감는다. 그의 숨결, 피부색, 내가 처음으로 탐험한 처녀지인 그의 몸 구석구석을 생각해본다. 무심하고, 그래서 그렇게 무방비 상태인 그에게 느낀 다정한 감정은 오래전부터 내가 찾아온 쾌락에 가장 가까웠다.

고마워, 마르티노.

나는 몸을 쭉 펴며 눈으로는 부드러운 아침 햇살을 찾는다. 옆으로 돌아누웠다가 마르티노가 깨지 않게 조심조심 움직인다. 그는 아직 자고 있다. 머리는 뒤엉켰고, 밤에 사랑을 나눈 사람의 얼굴에서 흔히 볼 수 있는 피곤하고 흡족한 미소가 입가에 맴돈다. 그의 첫 여자라는 게 좋다. 그리고 지금도 그가 옆에 있어서 정말 기분이 좋다. 뭔가 말을 하기에는, 설명을 하기에는 너무 빠르다.

아직도 비몽사몽으로 그에게서 눈을 돌려 벽과 천장과 가구 들을 본다. 옷장 문에 걸린 일렉트릭 블루 원피스에 초점을 맞추다 보니…… 오, 세상에, 결혼식! 내 동공이 확대된다. 고통스러워하는 「시계태엽 오렌지」의 주인공 같은 표정일 게 틀림없다. 빌어먹을 자명종이 왜 안 울렸지?

완전히 패닉에 빠져 협탁 쪽으로 한 손을 뻗는다. 휴대전화를 집어 시간을 확인해보려 하지만 내 아이폰은 완전히 배터리가 나가버렸다. 이럴 수가! 내가 자명종을 로마로 가져갔기 때문에 이 아파트에는 자명종이 없다!

심장이 미친 듯이 뛰는 가운데 나는 협탁의 스탠드를 켜고 서랍에서 충전기를 찾는다. 그런 다음 코드를 꽂고 전화기에 연결한다. 하지만 완전히 방전되어버려 아직도 켜지지가 않는다. 그 순간 공포영화의 완벽한 배경음처럼 바포레토의 성난 경적 소리가 들려온다. 조용한 대운하를 뒤흔드는 경적 소리에 나는 화들짝 놀란다. 빌어먹을!

내 소리에 마르티노가 깨지 않을까 걱정할 겨를도 없이 나는 고양이처럼 벌떡 일어나 부엌으로 달려간다. 광파오븐에 시계가 있다! 오븐 위의 숫자 네 개를 보고 목이 졸리듯 비명을 지른다.

"망했어, 망했어, 망했어!"

10시 50분이다. 가이아의 결혼식은 11시이고 장소는 이 아파트와 정반대에 있는 산타 마리아 데이 미라콜리 성당이다.

왜 항상 모든 게 엉망진창이지? 나는 왜 가는 곳마다 문제를 일으키기만 하지? 이 오븐 속으로 머리를 집어넣어 버리고 싶을 뿐이다!

지금은 내 존재에 관한 문제를 바보같이 깊게 생각할 수가 없다. 움직여야 한다. 집중해야 해, 엘레나. 잘만 사용하면 10분이면 충분해.

욕실로 달려 들어가서 빛의 속도로 샤워를 한다. 9시에 가이아의 집에 가서 준비하는 걸 도와주고 미용사와 메이크업 전문가에게 내 머리와 화장도 맡기기로 약속했다. 그런데 가지 않으니 아마 내가 죽었다고 생각할지도 모른다. 아니 변명할 시간이 없다. 지금은 그 어떤 일도 할 시간이 없다.

욕실에서 물을 뚝뚝 흘리면서 나온다. 아직 7분이 남았는데 그 시간 동안 옷을 입고 화장하고 머리를 빗고 하이힐을 신고 시내를 가로질러 가야 한다. 미션 임파서블이다. 식장에 지각해서 하객들 모두가 숨죽이고 기다리게 만드는 신부는 있을 수 있다. 그러나 결혼식 증인은 아니다. 평생 함께 살겠다는 혼인서약서에 서명할 사람은 아니다. 간단히 말해 나는 지각을 해서는 안 된다. 가이아가 절대 용서하지 않을 거다!

생각을 하지 말아야 한다. 서두르기만 하면 그만이다. 나중에 다 정리해보도록 하자. 그럴 가능성이 있을지 모르지만…….

옷걸이에서 원피스를 빼내 입고 지퍼도 잠그지 않은 채 전화기를 확인하러 달려간다. 드디어 전원이 들어왔다. 가이아에게서 온 부재중 전화가 스물여섯 통이다. 불안해서 떨리는 손으로 그녀에게 전화를 해보지만 당연히 받지 않는다. 결혼식까지 5분 남았는데 나는 지금 이 모양으로 아직 집에 있고 침대에는 스무 살짜리 남자애가 자고 있다. 도와줘.

저렇게 잘 수 있어서 얼마나 좋을까. 그냥 평화롭게 자게 내버려 둘 수 있지만 정말 이 비극을 누군가와 나누고 싶다.

"마르티노, 일어나!" 내가 그를 흔들어 깨운다.

"몇 신데요?" 그가 옆으로 돌아누우며 우물거린다.

"너무 늦었어. 11시 다 됐어." 나는 그를 몇 번 세게 흔들며 그의 귀에 대고 소리를 지른다.

"네?" 그가 눈을 크게 뜨더니 벌떡 일어난다. "그런데…… 결혼식…… 가야 하지 않아요?"

"맞아, 망했어! 제시간에 절대 못 갈 거야!" 나는 소리를 지르며 다시 뛰어다니고 항아리에 든 미친 파리처럼 방 안을 빙글빙글 돌기 시작한다.

마르티노가 침대에 앉아 아직도 베개 자국이 남은 얼굴로 나를 본다.

"진정해요. 흥분하면 아무 문제도 해결 안 돼요." 그가 눈을 비비며 일어나서 마른 두 팔로 기지개를 켠다. 그러더니 넘어지지 않으려고 손으로 벽을 짚는다. 아마 이렇게 잠이 깨리라고는 상상하지 못했을 것이다.

그사이 나는 아직 원피스 지퍼를 올리지 않았다는 걸 기억하고는 등 뒤의 지퍼 고리를 잡고 씨름한다.

마르티노가 다가와서 조심스레 올려준다. "됐어요."

"맙소사, 소시지 같아!" 나는 소리를 지르며 배를 집어넣어 홀쭉해 보이려고 애쓰지만 허사다. 고맙다는 인사도 잊어버린 채 즉시 욕실로 달려간다.

거울의 불을 켜고 얼굴을 본다. 얼굴 상태가 당혹스럽다. 두 눈 밑이 시커멓게 가라앉아 좀비 같고 여드름이, 실제로는 종기라고 해야 할 만한 게 턱에 하나 났다. 아무렇게나 미친 듯이 파운데이션과 컨실러를 발라보지만 상황은 좋아지지 않는다. 이제는 꼭 밀랍 인형 같다.

상관없다. 완벽하게 화장할 시간이 없다. 다음 단계로 넘어가는 게 중요하다. 다양한 색조의 아이섀도와 립스틱이 들어 있는 오래된 화장품 케이스를 수납장에서 꺼낸다. 메이크업에 소질이 전혀 없지만 가이아의 지겨운 수업이 시간 낭비는 아니었다는 걸 보여줄 때다. 너무 꼴사납지 않게 자연스럽게 해낼 수 있을까?

"엘레나……." 언제나처럼 조심스러운 마르티노의 목소리다. 평생을 남에게 방해가 될까 항상 조심하며 사는 그런 사람의 목소리.

"여기 있어." 내가 뺨에 블러셔를 살짝 두드리며 대답한다.

"들어가도 돼요?" 벌써 옷을 다 입고 올스타까지 신은 그가 욕실 문 앞에 나타난다.

"그럼."

내 옆에 서는 그의 모습이 거울에 나타난다. 당황스럽고 약간 안타까워 어쩔 줄 모르는 그의 모습에 내 마음이 풀어진다.

나는 잠시 그를 돌아보고 다가간다. "너무 신경 못 써줘서 미안해……." 그러고는 까치발로 서서 서둘러 그의 입술에 입을 맞춘다. "지금 긴급 상황이라서!" 나는 곧 크게 소리치며 다시 얼굴에 떡칠을 한다. "정상적인 상황에서도 화장을 잘 못하는데 지금은 어떻겠어!" 나는 투덜거리며 거울을 본다. 입술이 일그러져 표정이 꼴사납다.

"내가 할 줄 알아요." 마르티노가 내 옆에, 거울 앞에 선다. 장난이겠지. 그런데 그는 자기가 한 말의 뜻을 정확히 알고 있는 듯하다.

"네가……?"

지금 이 순간이 누구에게라도 의지하고 싶을 정도로 절망적이기는 하다. 그는 대답도 하지 않고 내 손에서 아이섀도 칩을 빼앗는다. 나는 아무 말도 하지 않는다. 마르티노는 조심스럽지만 자신 있는 손놀림으로 내 눈에 아이섀도를 펴 바르기 시작한다.

"아카데미에서 연극 분장 수업을 들었거든요." 그가 설명한다. "믿을지 모르겠지만……."

"당연히 믿지! 이렇게 빠르게 하는 것만 봐도 금방 알아. 그런데 무대 분장한 그 뚱뚱한 오페라 가수들처럼 우스꽝스럽게 해놓으면 안 돼."

마르티노가 내 눈에 기적을 만들어낸다. 나는 파란색 마스카라를 하고 입술에 립글로스를 발라 그 기적을 완성한다. 화장이 끝났다.

아이폰을 흘긋 본다. 11시 15분이다! 가이아가 여신처럼 꾸미려 고집을 부릴 걸 감안한다 해도 식 시작에 맞추려면 적어도 11시 20분까지는 가야 한다. 아마도.

제시간에 가지 못할 것이다.

아직 머리 손질이 남아 있으니. 탄력을 주려고 머리를 가볍게 흔든다. 지금 내 머리는 양상추와 코커스패니얼을 놀랍게 뒤섞어놓은 꼴이다. 내가 제시간에 일어나기만 했어도 가이아의 헤어스타일을 맡은 패트릭이 알아서 해줬을 텐데!

머리를 하나로 모아서 묶는다. "이렇게 할까?" 희망에 차서 마르티노에게 묻는다. "아니면 이렇게?" 머리를 풀어서 한쪽으로 넘겨본다. 머리가 많이 자라서 등을 거의 반 정도 덮는다. 조만간 잘라야 한다.

"음……" 마르티노가 나를 자세히 본다. "이렇게 하는 게 좋겠어요." 그가 다정하게 내 머리를 잡아서 똬리처럼 돌려 일종의 느슨한 시뇽(뒤로 모아 틀어 올린 머리 모양—옮긴이)을 만든다. "얼굴이 훨씬 생기 있어 보여요."

"오케이. 너, 믿을 만해." 즉석에서 만들어낸 올림머리에 진주핀을 꽂으며 내가 감탄한다.

스프레이를 뿌리고 욕실에서 뛰어나와 구두를 찾으러 간다.

바로 그 순간—벌써 11시 20분이다—사정없이 전화벨 소리가 울린다. 엄마의 전화가 분명하다. 물론 엄마는 계획대로 성당의 앞자리에 앉아 있었을 것이다. 그러다가 가이아 옆에 내가 보이지 않자 사고가 난 게 틀림없다고 생각한 게 분명하다. 내게는 순전히 형식적으로 전화하는 것이리라. 벌써 113(우리나라의 112—옮긴이)을 누를 준비를 하고 있을 엄마가 눈에 선하다. 전화를 안 받을 수가 없다.

"엄마!"

"엘레나, 너 대체 어디 있는 거야? 살아 있어?" 실제로 소곤소곤 이야기하고 있기는 하지만 엄마가 얼마나 걱정하는지 그 목소리만으로도 알 수 있다.

"아무 일 없어요, 엄마." 엄마를 안심시키려 애쓴다. "자명종 소리를 못 들었어. 안심하셔도 돼요."

"오, 맙소사!" 자제를 할 수 없을 때는 늘 그렇듯이 위를 올려다보며 입술을 깨물고 있는 엄마 모습이 보이는 듯하다. "빨리 와, 엘레나! 지금 너 정말 끔찍하게 부끄러운 행동을 하고 있어……."

내가 그걸 모르겠는가! "끊어요, 시간 없어요. 지금 가는 중이에요, 차오." 재빨리 전화를 끊는다.

다행히 주소록에서 아직 삭제하지 않은 수상택시 기사 샤크의 전화번호를 찾는다. 베네치아에서 제일 빠르게 운전하는 무면허 수상택시 기사다. 그에게 정확히 10분 뒤에 아카데미아 선착장으로 와달라고 부탁한다. 다행히 그는 지금 운행 중이 아니라 내게 자신 있게 말한다. "알았어요, 아모레. 원하는 대로 뭐든 해 드리죠."

신발장에서 연보라색 핍토를 꺼내서 급히 신다가 하마터면 목이 부러질 뻔했다. 그런 다음 클러치백을 집어 그 안에 되는 대로 소지품을 몇 개 집어던진다. 됐다!

거울을 볼 시간도, 용기도 나지 않아 보지 않는다. 어쩌면 서둘러 가면 그래도 결혼식이 다 끝나기 전에, 그러니까 신부 입장을 하고 얼마 지나지 않아 도착할 수 있을지도 모른다.

"이거 안 챙겼어요." 마르티노가 신발장 위에 올려두었던 내 휴대전화를 건넨다.

"고마워!" 아이폰을 클러치백 안에 넣고 단숨에 닫는다.

마르티노와 함께 집에서 나와 하이힐이 허락하는 한에서 전속력으로 계단을 달려 내려간다. 정말 빨리 내려가기가 힘들다. 다행히 마르티노가 내 팔을 잡아준다. 왜 그런지 모르지만 마르티노 옆에 있으면 내가 할머니가 된 기분이다. 하지만 지금은 그런 생각을 할 때가 아니다.

우리는 아카데미아 선착장 앞에서 인사를 나눈다.

"커피도 한 잔 못 만들어줬네." 내가 사과한다.

그가 대답이라도 하듯 내 입술에 살짝 입을 맞추고는 고마움이 담긴 눈으로 나를 본다. 그의 눈이 반짝인다. "지난밤 절대 잊지 못할 거예요." 그러고는 내가 택시를 탈 수 있게 도와준다.

"로마에서 만나!" 나는 수상택시 안에서 그에게 재빨리 키스한다. 그사이 샤크가 가속레버를 내려버린다. 그를 슬쩍 노려본다. 이 미치광이가 갑자기 출발하는 바람에 멋진 내 스타일이 다 망가질 뻔했다.

11시 40분이다.

내가 탄 수상택시는 규정 속도를 위반하며 대운하를 가로질러 바포레토와 바지선 들을 추월하면서 경찰서 앞의 리알토 다리 밑으로 쏜살같이 달린다. 샤크가 내게 하얀 손수건을 건네며 그걸 흔들라고 명령한다. 나는 여기서 다 죽어가는 여자―그런데 놀랄 만큼 근사하게 차려입은―를 연기할 준비가 기꺼이 되어 있다. 나의 가장 친한 친구가 운명적인 선서를 하기 전에 어떻게 해서든 성당에 도착하기만 한다면 뭐든 할 수 있으니까. 택시가 좁고 구불구불한 운하로 들어선다. 운하 옆의 집들과 충돌하지 않으려면 속도를 늦출수밖에 없다. 몇 미터를 천천히 달리고 나자 마침내 산타 마리아 데이 미라콜리 성당이 내 눈앞에 나타난다. 성당의 여러 색 대리석들이 4월의 눈부신 햇살 아래 빛난다. 멋진 광경이다.

11시 50분.

샤크가 능숙한 운전 솜씨로 수상택시를 골목 쪽으로 이어지는 좁은 운하 옆에 대고 문을 열어준다. 그에게 택시비를 지불하고(흉기를 안 들었다 뿐이지 강도다) 곡예사가 점프하듯 배 밖으로 뛰어내린다. 현기증 날 정도로 높은 구두를 신고 생명의 위험을 무릅쓴 채 미친 여자처럼 달리기 시작한다. 숨을 헐떡이며 땀을 흘린다. 화장이 다 지워지고 올림머리가 흘러내리고 있지만 그럴 만한 가치가 있다. 가이아의 인생에서 가장 아름다운 날, 그 옆에 설 수 있는 가능성이 아직있을지도 모르기 때문이다.

하지만 아니다. 모든 게 다 부질없었다. 성당 앞뜰에 도착해 안에서 강물처럼 쏟아져 나오는 하객들에 포위당해버렸을 때 비로소 그 사실을 알게 되었다. 빌어먹을! 가이아는 왜 이렇게 정확하단 말인가? 아니 무엇보다 왜 그렇게 서둘러 결혼식을 한 거지? 신부님도 마찬가지다……. 정말 번개처럼 미사를 진행하셨나 보다.

난 포기하지 않는다. 신랑·신부가 벌써 선서를 했다 해도—가이아가 그렇게 했을 거라고 믿을 수가 없다—어쩌면 혼인서약서에는 아직 서명을 하지 않았을 수도 있다. 그러면 내가 증인의 임무를 수행할 시간이 아직 있는 것이다. 나는 아마존의 여전사처럼 사람들 속으로 뛰어들어 그들을 이리저리 밀며 길을 만들어 반대 방향으로 나아간다. 모두들 당황스러움과 비난이 뒤섞인 눈으로 나를 본다.

패션쇼 무대에라도 선 듯, 멋지게 차려입은 발렌티나와 세레나, 체칠리아가 보인다. 항상 결혼식 증인을 서고 싶어 했던 발렌티나가 무서운 눈으로 나를 슬쩍 노려본다. 꼭 '이제야 나타나는 거야?!'라고 말하는 듯하다. 미친 듯이 앞으로 걸어가다가 엄마와도 마주친다. 엄마는 두 손으로 얼굴을 감싸고 입도 다물지 못한 채 가만히 서서 나를 본다. 나는 엄마를 무시하고 신랑·신부를 찾아 침착하게 앞으로 걸어간다. 하얀색과 파란색 장미로 장식된 성당 중앙 통로를 단거리 경주 선수 버금가게 빠른 속도로 달려간다. 여전히 가이아와 사무엘의 그림자도 찾을 수가 없다.

이번에는 중앙 제단 옆의 성구실로 달려 들어간다. 문이 열려 있고 문 쪽으로 등을 돌린 채 주례 신부 앞에 서 있는 신랑·신부가 보인다. 주례 신부가 바로 그 순간 증인들이 서명해야 할 커다란 양피지 혼인서약서를 내밀고 있다.

"잠깐만요! 멈춰요!" 하이힐이 대리석 바닥에 끼어 꼼짝도 할 수 없는 내가 소리친다.

"엘레나!" 가이아가 돌아서서 당황한 눈으로 나를 본다. "너 대체 어떻게 된 거야?" 그녀는 분노를 참고 있다. 이런 성스러운 곳이 아니었다면 거칠게 몰아붙였을 게 분명하다……

너무나 아름답다. 잠시 심장이 멎는 기분이다. 진주와 자수로 뒤덮인 하얀 드레스를 입고 금발 머리를 정교하게 모아 올려 거기서부터 발끝까지 길게 늘어지는 실크 베일을 쓴 가이아를 보자 내 눈이 촉촉하게 젖는다.

"용서해줘." 숨을 몰아쉬느라 허리를 숙인 채 내가 애원한다. 기절할 것만 같다. "문제가 좀 있었어. 나중에 다 설명할게."

"우리가 실종 신고 했는데." 사무엘이 끼어든다. 빈정거리는 건지, 비난하는 건지 모를 말투여서 해석할 수가 없다. 어쨌든 지금 그를 보니 그 역시 눈부시다는 걸 인정하지 않을 수 없다. 그는 검은 예복을 입고 일렉트릭 블루의 넥타이에 그것과 같은 색의 카네이션을 꽂고 있다. 사무엘의 증인은 내가 그를 처음 만나던 날 같이 알게 된 그의 친구 로베르토이다.

"뭐, 이미 너무 늦었는걸." 가이아의 동생 알레산드라가 말한다. 그녀는 서명을 하려고 펜을 손에 쥔 채 실망한 눈으로 나를 본다. 가이아가 나 대신 발렌티나가 아니라 동생을 선택했다는 사실에 왠지 용기가 난다.

"여러분들, 계속할까요?" 주례 신부가 혼인서약서의 날짜 페이지를 펴고 증인들이 이름을 써야 할 곳을 알려준다.

나는 숨을 깊이 들이쉬며 과장된 동작으로 한 손을 가슴에 가져간다. 그런 다음 슬픈 목소리로 간청한다. "있잖아, 내가 결혼식에 참석하지는 못했지만 그래도 여전히 신부와 가장 친한 친구잖아." 그러고는 길 잃은 강아지 같은 눈으로 가이아를 본다. 눈물이 한 방울 뺨을 타고 흘러내린다. "제 발 부탁이야, 정말 네 증인이 되고 싶어. 약속했잖아……."

가이아는 놀라 잠시 아무 말도 하지 않는데, 곧 보일락 말락 한 미소가 그녀의 입가에 떠오른다. 평상시의 미소는 아니지만 내가 지은 죄가 있으니 그 이상을 요구할 수는 없다. 잠시 후 그녀가 동생에게 고개를 까딱하자 알레산드라가 약간 화가 난 듯이, 그러나 언니의 뜻을 따라 내게 펜을 넘겨준다. 나는 떨리는 손으로 펜을 받아들고 서약서에 몸을 숙여 서명한다.

다른 증인도 서명을 하고 난 뒤 우리는 신랑·신부와 함께 밖으로 나온다. 가이아가 사무엘의 손을 잡고 나와 로베르토는 각각 그들 옆에 서 있다. 알레산드라는 뒤에서 따라온다.

중앙 통로로 걸어가는 동안 가이아가 내 쪽을 돌아보며 속삭인다. "무슨 일이 있었던 거야? 네가 안 와서 미치는 줄 알았어!"

"알아, 나중에 말해줄게……."

"그럴 만한 충분한 이유가 있길 바라……." 가이아가 내게 윙크한다. 평상시의 그녀로 돌아와 나를 용서해주었다. 내가 성적으로 문란한 생활을 하고 있다는 걸 아니 아마 이렇게 늦은 이유를 대충은 짐작할 거다. 사실 그 이유가 아주 근거 없는 것도 아니다.

"네가 생각하는 그런 일은 아냐⋯⋯." 설명을 하고 싶지만 하객들이 모여 있는 입구에 거의 다 와서 말할 시간이 없다.

하객들이 박수를 치며 하얀색과 파란색 장미꽃잎들을 가이아와 사무엘에게 비처럼 뿌린다. 결혼식 사진을 찍은 뒤 신랑·신부가 모두에게 인사를 하고 장미로 장식한 곤돌라를 타고 떠난다. 하객들은 연회가 열릴 피사니 모레타 팔라초를 향해 골목으로 흩어진다.

성당 입구에서 엄마에게 가혹한 설교를 듣고 난 뒤 발렌티나와 세레나, 체칠리아의 뒤를 따른다. 형광성 소재의 원피스를 입은 세 사람은 포스트모던하게 차려입은 세 명의 마리아 같다. 우리 네 사람은 함께 팔라초에 도착했다. 거기까지 가는 동안 나는 즉흥적으로, 더 이상의 물의를 일으키지 않으려 애쓰면서 결혼식에 지각하게 된 이유를 변명해야 했다. 집에서 나오려는데 원피스에 얼룩이 져서 그 부분을 세탁해야만 했다는 거짓말을 꾸며냈다. 그 애들을 납득시킨 것 같지는 않다. 사실 그들이 던지는 비난의 시선을 참아내는 건 내 몫이다.

팔라초 앞에서 우리 일행은 사무엘 벨로티의 친구들 일

행과 합류했다. 모두 돌체 앤 가바나 광고에 등장하는 모델처럼 멋지게 차려입은 다양한 국가의 국가대표 사이클 선수들이다. 모두 신랑·신부가 오길 기다리며 바깥뜰에서 샴페인 잔들을 기울이는 동안 짝짓기를 위한 구애의 왈츠가 시작된다.

나는 결혼식에서는 서로가 서로를 어느 정도씩 유혹한다고 분명하게 증언할 수 있다. 아무 두려움 없이! 조각상 같은 체격의 스페인 남자가 나를 겨냥해서 계속 내 잔에 술을 따라준다. 그가 여러 차례 "케 구아파(que guapa. "진짜 예뻐"라는 뜻의 스페인어—옮긴이)"라고 우물거리는 소리가 들렸지만 그 사람도 나처럼 이미 상당히 취해 있어서 정확히 뭐라고 이야기하는지 알아들을 수가 없다. 마르티노와 보낸 지난밤의 기억에 빠져 있지 않았더라면 얇은 면 셔츠 위로 근육이 뚜렷하게 드러나는 이 남자를 진지하게 생각해봤을 것이다. 하지만 오늘은 그럴 기분이 아니다.

마침내 신랑·신부가 도착한다. 나는 가이아와 몇 마디라도 나눠볼 작정으로 그녀에게 간다. 하지만 겨우 두어 마디 나눌 시간밖에 없다. 전투력이 넘치는 친지들이 몰려들어 축하를 해주려고 가이아를 데려가 버린다. 그녀는 체념한 듯, 그리고 벌써 지친 듯한 눈으로 나를 본다.

나는 마지막 남은 프로세코 포도주를 마시고 다시 세레나와 체칠리아, 발렌티나에게로 간다. 그사이 세 사람은 나의 스페인 남자를 에워싸고 생긋생긋 웃거나 사랑스러운 눈길을 던지며 서로 경쟁하는 중이다. 됐다. 친구들이 저 남자를 차지하라지.

마침내 피로연 진행자가 우리에게 안으로 들어오라고 권한다. 팔라초 안은 왕궁 같다. 계단에는 레드 벨벳 카펫이 깔려 있고 무라노 섬에서 만든 크리스털 샹들리에들에, 바닥은 고급스러운 대리석으로 마감되어 있다. 그리고 사방에 흰색과 파란 색조의 정교한 꽃문양들이 보인다. 중앙 홀 한가운데에는 플렉시글라스(plexiglass)로 만든 곤돌라 모형의 고급 포도주와 간단히 맛볼 수 있는 다양한 핑거푸드가 준비되어 있다. 언제나 그렇듯이 특히 맛있어 보이거나 특이한 음식을 맛보게 될 때면 레오나르도를 생각하지 않을 수가 없다. 그를 유명한 셰프로 만든 그 열정과 섬세하고 능숙한 손, 독창적인 요리 들도. 그에게 음식은 미적인 것까지를 포함하는 포괄적 의미의 자양분, 간단히 말해 육체와 영혼의 만남 같은 것이었다.

지금 내가 요리의 맛을 제대로 음미할 수 있게 된 것은 다 레오나르도 덕이다. 이 세상 모든 것들의 숨겨져 있던 맛을 내게 알려주어 삶에 대한 만족할 수 없는 갈망을 유발시킨 게 바로 그였다. 나를 쾌락의 정점으로 데려가 준 사람도 그였다. 지금은 왜인지 모르지만 그러한 쾌락이 내게 찾아오지 않는다.

생각을 떨쳐버리려고 클러치백에서 아이폰을 꺼낸다. 러즐(영어 단어 맞추기 퍼즐 게임—옮긴이) 한 게임으로 머리가 비워지길 바란다. 물론 최근에 내가 맞추는 단어들, 가령 '섹스', '손', '침대', '향기' 같은 말들이 언제나, 어쨌든 레오나르도와 연관이 되기는 해도 말이다.

"자, 그럼 어디 무슨 변명을 할지 들어볼까." 가이아의 목소리에 나는 다시 현실로 돌아온다. 그 목소리에서 신랄한 비난과 약간의 취기가 느껴진다. 그녀가 내 옆에 앉아 내 눈을 뚫어지게 본다. 재판이 시작되었다. 나는 휴대전화를 옆에 놓는다. 드디어 모두 다 털어놓을 수 있다. 마르티노와의 부드럽고 초현실적이었던 정사와 오늘 아침 늦게 일어나 손에 땀을 쥐던 상황을 전부. 결혼식에 참석하지 못해 한없이 애석하고 깊이 후회하고 있지만 자유롭다. 가이아가 아니면 누구에게, 내가 스무 살짜리 청년을 어른으로 만들어주었단 말을 하겠는가?

"그러니까, 정말 나 용서하는 거지?" 내가 눈을 크게 뜨며 묻는다.

가이아가 날카로운 눈으로 심각하게 나를 바라본다. 하얀 드레스 때문에 평상시의 그녀와는 달리 천사 같은 분위기다. 거의 불편할 정도다.

"좋아." 마침내 그녀가 코를 찡그리며 말한다. "하지만 조금만 용서하는 거야."

그 정도만으로도 나는 그녀의 목을 껴안고 입을 맞추며 무조건적으로 영원히 사랑할 거라고 말할 수 있다.

　그녀가 내게서 떨어지며 다시 웃는다. "그만해, 화장 다 망가지겠어!" 그러고는 자기 자리로 돌아가 아까부터 안 온다고 불평하고 있는 사무엘 옆에 앉는다.

　누구나 갖고 싶어 할 좋은 친구다.

　내 베르사체 원피스의 재봉선을 위태롭게 만들고 있는 피로연 점심의 두 번째 요리가 나오는 동안 마르티노에게서 문자가 온다.

　　어떻게 되어가고 있어요?
　　친구분이 용서했어요?
　　차오.
　　마르티.

　마음이 따뜻해지면서 입가에 저절로 미소가 떠오른다. 내 친구는 나를 용서해줬지만 다른 사람들은 하나같이 계속 나를 못마땅한 눈으로 보고 있다. 가이아의 부모님과 여동생, 나와 같은 테이블에 앉아 있는 세 명의 마리아, 그들 중 누구도 내게 평상시처럼 친근하게 대하지 않는다. 어쩌면 그냥 내 느낌에 불과할지도 모른다. 지난밤 행동에 대한 죄책

감일까? 하지만 머리를 멋지게 손질하고 짙은 색 옷을 입고 있는 너무나 진지한 이 하객들 속에 있는 게 불편하다. 지옥에나 떨어지라지. 난 나쁜 짓은 하지 않았다. 그러니 마르티노에게 아무 일 없다고, 그가 해준 메이크업은 놀랄 만큼 그대로 유지되고 있다고 답장을 보내지 못할 이유가 없다. 나 자신과, 베네치아에서의 그의 첫 경험을 다시 생각하자 자연스레 웃음이 난다.

시간이 흐르고 나를 실망스러운 눈초리로 보는 사람들을 무시한 채 자제하지 않고 계속 술을 마신다. 안다. 난 실수를 했고 지금도 실수를 하는 중이다. 하지만 당신들이 그렇게 가차 없이 내게 사형선고를 내릴 수는 없어, 바로 지금 말이야! 이미 모든 게 힘들 만큼 힘드니까⋯⋯.

주위를 둘러보니 전부 행복한 사람들뿐이다. 나는 모여 있는 친구들과 그들의 미소와 근사한 소식 들에 둘러싸인 완전한 이방인이다. 갑자기 외롭기도 하고 내가 이 자리에 어울리지 않는다는 생각이 든다. 가이아는 오늘 결혼해서 공식적으로 사무엘 벨로티의 아내가 되었다. 그리고 적어도 여기서 본 바로는 그들이 이 세상에서 제일 아름다운 부부 같다. 체칠리아는 얼마 전에 프랑스에서 환경 엔지니어로 일할 수 있는 직장을 구해 남자친구와 같이 곧 파리로 이주할 계획이다. 발렌티나와 세레나는 함께 레스토랑을 열 계획을 갖고 있는데, 둘 중 한 사람이 아마 오늘 내로 잘생긴 스페인

사이클 선수를 차지하게 될 것이다. 필리포 생각도 난다. 자신만의 건축 설계 사무소를 설립하고 싶어 하던 꿈을 이루었고 대운하가 보이는 유명한 아파트도 샀다. 아마 그 새 애인과 같이 살게 되겠지. 모두 꿈을 이룬 것처럼 보인다. 아니 적어도 인생에 목표가 있어 보인다. 하지만 엘레나 볼페는 아직도 세상에서 자기 자리를 찾지 못했고 점점 더 자기가, 자신의 옷이, 특히 자신의 몸이 불편하게 느껴진다.

피할 수 없는 심각한 우울 속으로 빠져들자 눈앞이 뿌예진다. 그 고통스러운 순간에, 이 피로연에서 유일하게 날 위로해줄 것이라고는 환상적인 포도주, 카르티체 수페리오레밖에 없다. 그래서 다시 한 잔을 더 마신다.

피로연 진행자가 웨딩케이크가 준비되었다고 알렸을 때나는 취기가 올라 정신이 거의 가물가물해져 가는 위태로운 상황이었다. 이제 세상은 아까보다 훨씬 마음에 들지만 몹시 혼란스럽기도 하다. 자리에서 일어서자 앉아 있었을 때보다 동작이 훨씬 불안정하다. 나는 다른 하객들과 함께 신랑·신부의 테이블로 간다. 모두들 박수를 치고 환호하며 두 사람의 행복을 빌고 축하하는데, 그 소리들이 내 귀에는 외설적인 말들로 들린다. 하지만 결혼식에서는 으레 그런 말들을 하지 않나? 가이아와 사무엘이 휘핑크림과 여러 가지 베리와 산딸기 등으로 만든 화려한 5단 웨딩케이크를 자르기 시작한다. "신랑·신부를 위해 건배를 듭시다!" 가이아의 아버지가 기쁜 목소리로 크게 외친다. 그런 다음 잔을 높이 들며 다른 사람들에게도 건배를 권한다.

자신의 차례를 초조하게 기다리고 있는 게 한눈에 보이는 발렌티나가 앞쪽 자리를 차지하더니 지나치게 뽐내며 작은 양피지를 펼친다. 잠시 긴장된 순간이 지나고 그녀는 칼릴 지브란의 『예언자』 중 한 페이지를 과장되게 강세를 넣어 읽기 시작한다.

그대들은 함께 태어났다. 그러니 영원히 함께해야 하리.
죽음의 하얀 날개가 그대들의 나날을 소멸시킬 때까지 함께하리.
그렇다, 하느님의 고요한 기억 속에서도 함께하리라.
그러나 함께하면서도 그대들 사이에 공간을 마련하고
하늘의 바람들이 그대들 사이에서 춤추게 하라.

서로 사랑하라, 그러나 그대들의 사랑이 속박이 되지 않게 하라.
오히려 그대들 영혼의 해변 사이에 일렁이는 바다가 자리 잡게 하라.
서로의 잔을 채우되 한 잔에는 결코 마시지 마라.
빵을 서로 바꿔 먹되 같은 빵을 먹지는 마라.
함께 노래하고 춤추고 즐겨라. 그러나 각자 혼자가 되어라.

여러 개의 현이 같이 울려 음악을 만들어내어도 늘 혼자
인 류트의 현처럼.

서로에게 마음을 주되 서로의 마음을 감시하지는 마라.

삶의 손만이 그대들의 마음을 간직하고 있으니.

함께 있으되 너무 가까이 있지 마라.

신전의 기둥들은 서로 떨어져 있으니.

떡갈나무와 사이프러스 나무는 서로의 그늘 아래에서
는 성장할 수 없으니.

하객들 속에서 박수갈채가 터져 나오고 신랑·신부는
감격해서 감사 인사를 한다.

잠시 후 가이아의 어머니가 말한다. "전 이렇게 멋진 말
을 할 줄 몰라요." 그러더니 잠시 말을 멈추는데, 그녀의 눈가
가 촉촉해진다. "그렇지만 내 딸과 사무엘이 영원히 행복하
게 살길 바랍니다. 그리고 언제까지나 지금처럼 한마음으로
사랑하며 살기 바랍니다."

알레산드라도 잔을 들고 똑같은 말을 한다. "가이아 언
니와 사무엘 형부의 사랑이 평생 변함없기를!" 그 순간 참을
수 없는 이런 달콤한 말들 때문에 머리가 터질 것만 같다. 분
위기를 조금 활기 있게 띄워야 할 순간이다……. 혈관 속에
강물처럼 흐르는 카르티체가 나를 이끈 것 같다.

"이제 제 차례예요." 나는 포크로 포도주 잔의 손잡이

를 두드리며 목청을 가다듬는다. "축하라기보다 제 바람이 에요. 이제 두 사람은 결혼했으니 부탁하는데……" 나는 숨을 들이쉬고 폭탄을 던진다. "자주 잠자리를 하도록 해! 사무엘, 신부는 겨우 한 달에 한 번으로는 만족하지 못해요……." 내가 볼썽사납게 웃음을 터뜨린다. 하지만 곧 그 홀에서 웃는 사람이 나밖에 없다는 걸 알아차린다. 하객들은 찬물을 뒤집어쓴 듯 조용하다. 그런데 내가 뭐 그렇게 끔찍한 말을 했나? "아유, 장난이었어요……. 그냥 농담한 거예요……." 경악하는 하객들의 눈빛에 살짝 당황해서 내가 변명한다.

⟨I Say a Little Prayer⟩ 연주를 시작해서 사태를 수습하지 못하고 우물거리는 내 말을 중단시킨 걸 보면 피아니스트는 눈치가 아주 빠른 사람임이 분명하다. 하지만 나는 루퍼트 에버렛도, 줄리아 로버츠도 아니다. 그리고 이곳은 분명 「내 남자친구의 결혼식」 분위기도 아니다. 나는 멍텅구리다. 아무도 원치 않을 결혼식 증인인 내가 바로 그렇다. 내 친구의 얼굴로 보아 방금 내가 진짜 물의를 일으킨 게 분명했다.

케이크가 테이블로 옮겨졌고 다행히 방금 전의 내 어리석은 말들은 모두 잊은 듯이 보인다. 그러나 이제 대놓고 나를 무시한다. 그때 가이아가 다가와 내 팔을 잡는다. "잠깐만 나 화장실 가는 거 좀 도와줄래?" 그녀가 나를 죽일 듯이 노려보며 부드럽게 말한다.

"그래." 나는 아무렇게나 드레스 자락을 들어주며 아무 말 없이 그녀 뒤를 따른다. 신부 들러리로서의 내 임무 중 하나를 하는 거라고 생각한다. 한 번 정도는 내 의무를 다해보고 싶었지만 걸음을 떼어놓을 때마다 드레스 자락에 발이 걸려 넘어질 것 같다.

화장실 안으로 들어서자마자 가이아가 내 앞을 가로막는다. "엘레, 내 눈 똑바로 봐. 대체 무슨 일인지 좀 알 수 있을까?"

"무슨 뜻이야?" 내가 어깨를 으쓱한다. 부인하고 최대한 무관심한 척하는 게 이 순간의 제일 좋은 전략이다. 실제로는 못 알아들은 척하는 거다.

"너 괜찮은 거야? 내가 너한테 내 성생활을 다 털어놓은 건 너만 알고 있기를 바랐다는 뜻이야!" 가이아는 이제 정말 화가 난 듯하다.

"집어치워, 이제 너 결혼했다고 그런 문제에 완전히 위선적이네⋯⋯. 그냥 농담이었어!" 나는 대수롭지 않은 일로 만들어보려고 애쓴다.

"농담이었겠지. 그렇지만 상황에 맞지 않았어. 게다가 네 스타일도 아니야. 내가 널 제대로 모르는 게 분명해." 그녀는 화가 나서 둘째손가락으로 내 가슴을 찌른다.

"그만해!" 나는 짜증이 나서 그녀의 손을 치워버린다. "벨로티 부인 된 지 몇 시간밖에 안 되었는데 벌써 정숙한 상류층 귀부인 흉내를 내네⋯⋯."

이 말도 역시 상황에 맞지 않는 게 틀림없다. 가이아가 웃기는커녕 나를 노려보았으니. 그녀의 머리에서 김이 모락모락 나는 것 같다. 어쩌면 카르티체 때문에 내가 너무 나가버렸는지도 모른다.

"너 대체 술을 얼마나 마신 거야?" 갑자기 가이아가 묻는다.

"그래, 이제 난 세상에서 제일 친한 친구 결혼식에서 건배할 자유도 없구나!"

"최근에 건배를 너무 자주 하던데……."

"내 일은 내가 알아서 하니까 안심해."

가이아가 고개를 젓는다. "엘레, 예전의 네가 아니야. 결혼식이 다 끝나고 나타나서 술고래처럼 술을 마시고 앞뒤가 맞지도 않는 당혹스러운 말들만 하고……. 오늘만 그런 게 아니야. 얼마 전부터 넌 정신이 없어 보였어. 나를 피하고. 이제 난 너에 대해 아무것도 몰라, 네가 거리를 두니……."

"얼마나 힘든지 알아!" 내가 소리를 지른다. 포도주 때문에 정신을 잃어가고 있다. 귀가 윙윙거리고 가이아의 목소리가 상황을 악화시키고 있는 게 분명하다.

"있잖아, 네가 아직도 레오나르도 때문에 괴로워하는 거 아는데……."

그 말을 끝까지 듣고 있을 수가 없다. 그 이름을 듣자 갑자기 내 안의 분노가 폭발한다.

"난 괜찮아. 그런데 왜 다들 그걸 알고 싶어서 난리지?"
내가 다시 고래고래 소리친다. "너, 파올라, 우리 엄마, 아
빠…… 모두 내가 이상해졌다고, 얼마나 괴롭냐고 말하지!
하지만 난 괴롭고 싶지 않아, 잘 기억해둬! 난 그저 좀 놀면서
인생을 즐기고 싶을 뿐이야!"

"엘레, 난 그저 네가 걱정돼서 그래." 가이아가 깜짝 놀
라서 나를 본다. 이런 식으로 반응하는 나를 한 번도 본 적이
없을 것이다.

"그런데 너 내가 무슨 생각하는지 알아?" 내가 계속 말
한다. 이제 아무도 나를 막을 수 없다. "네가 나한테 경쟁심
을 느낀다는 생각이 들어. 그래…… 이렇게 거리낌 없이 자
유분방하게 살아가는 나를 보니까 솔직히 짜증이 나는 거
지. 넌 내가 예전처럼 순진하고 약간 어리바리하길 바라지.
간단히 말하자면 과거의 나는 순진해서 너를 전혀 귀찮게 하
지 않았고, 내 자리를 지키면서 네게 쏟아지는 시선을 빼앗
아 가지 않았으니까. 아, 너한테는 유감인데 이제 미운 오리
새끼는 공주가 됐어!"

아마 내가 지나쳤는지도 모른다. 이제 심지어 동화와 혼
동하기까지 하니……. 왜 이런 독설을 퍼부었는지 모르겠다.
사실 이런 독이 내 안에 있는지도 몰랐다. 입 밖으로 그 독을
뱉어버리고 나니 입안이 쓰다.

가이아가 눈물을 글썽인다. "그러니까 나를 그렇게 생각

하고 있었구나." 그녀는 내가 한걸음 물러서거나 사과해주길 바라기라도 하듯 가만히 나의 반응을 기다린다. 하지만 나는 아무 행동도 하지 않는다.

말없이 그녀의 눈을 본다. 내가 한 말이 전부 다 사실은 아니지만 취소하기에는 자존심이 너무 상한다.

그러자 가이아가 화장실에서 나가 문을 쾅 닫는다.

나는 잠시 숨을 크게 들이쉬고 코를 벌름거리며 입술을 깨문다. 그러고는 바닥에 쓰러지듯 주저앉아 벽에 등을 기대고 고개를 앞으로 숙인다. 난 이제 충고와 비난과 걱정하는 얼굴에 지쳐버렸다. 내가 어떤 사람이었는지를 다른 사람의 입을 통해 듣는 일에, 나를 괴물로 몰아세우는 소리를 듣는 데 지쳤다. 방금 나는 내 가장 친한 친구에게 상처를 주었다. 하지만 이제 달리 어찌할 수가 없다. 그러니 그녀가 내게서 멀어지는 게 좋다. 벌써 결혼식을 망쳐버렸으니. 어쩌면 가이아 인생에서 가장 아름다운 날의 추억은 망치지 말았어야 했는지도 모른다.

우리를 걱정해주는 사람들이 가끔 짜증스러울 수 있다. 그런데 그들이 우리 주위에 없으면 우리는 우리 스스로에게 상처를 주게 된다.

결혼식에서 엄청난 위업을 달성하고 로마로 돌아왔지만 마음이 편치 않다. 당연히 가이아와 통화를 하지 않았다. 그녀는 지금 세이셸 군도에서 신혼여행을 즐기고 있는데 그 시간을 방해할 생각은 꿈에도 없다. 그리고 화해를 위한 첫발을 떼어놓고 싶은 생각도 기운도 없다. 상처가 아무는 데 시간이 많이 필요할까 봐 두렵다. 하지만 분명 아물게 될 거라고 믿는다.

가이아와의 말다툼이 고통스러웠지만, 어쩌면 내게는 피할 수 없었던 전환점이 되었다. 마치 나 자신도 모르게 씁쓸함과 환멸을 간직해두고 있었던 마음 깊은 곳, 상처받기 쉬운 지점을 그대로 노출시킨 기분이다. 예고도 없이 폭발해버렸는데, 가이아를 거기 끌어들였던 게 유감이다. 마음속의 독이 이제 내 모든 사고를 점령하고 내 감정을 오염시킨다. 나는 무기력해졌고 그 독에서 자유로워질 수 없다.

어쩌면 마르티노의 순수함과 다정함이 내 마음속에 응

어리진 슬픔을 조금이나마 없애줄지도 모른다. 그래서 지금 그를 만나러 가는 중이다. 5시에 포르타 포르테제에서 만나기로 약속했는데 보통 때처럼 지각을 하지 않으려면—난 이미 상습적인 지각생이 되어버렸다—빨리 움직여야 한다. 마르티노는 나와 베네치아에서 밤을 보낸 그다음 날 로마로 돌아왔고, 그때부터 내게 여러 차례 전화를 했다. 전화는 계속 받았지만 나는 약간 냉랭하게, 거의 거리를 두듯이 응답했다. 우리 사이에 일어났던 일을 생각해보았고, 그와 보낸 밤이 최근 몇 달 중 가장 아름다운 밤이기는 했지만 다시 되풀이하지는 않으리라 결심했다. 순진한 생각일 수도 있겠지만 우리 사이의 이상한 우정을 지키고 싶다. 그리고 지금 분명히 알 수 있듯이, 결국에는 내가 저지르게 될 실수로부터 마르티노를 보호해주고 싶다. 그와 관계를 계속하는 건 멋지고 즐거운 일일 테지만 그것도 당분간일 게 분명하다. 지금 상황에서 나는 누구도 진정으로 사랑할 수가 없어서 안타깝게도 그에게 상처만 줄 것이다. 그건 옳지 않은 일이다. 나는 마르티노를 실망시키고 싶지 않고, 내게 전혀 중요하지 않은 다른 남자들에게 하듯 그와 가볍게 즐기고 싶지 않다. 마르티노는 소중하고 연약하다. 그를 다치게 하지 않으려면 내게서 멀어지게 해야 한다.

테베레 강을 건널 무렵 마르티노에게서 문자가 온다.

미안해요. 좀 늦을 것 같아요.

학교에 일이 있어서요.

30분 후에 봐요.

기다려줘요.

:*

나도 모르게 웃는다. 우리는 맹세했다. "제발 이모티콘
은 쓰지 말자!" 그런데 그가 그 맹세를 어겼다. 지금은 나도
이모티콘을 쓰고 싶다.

걱정 마. 기다리며 주위 좀 둘러보고 있을게.

조금 있다 봐. :*

트라스테베레의 골목들을 산책하다가 산 프란체스코
아 리파 성당 앞에 도착한다. 막연한 호기심과 좀 시원한 곳
으로 들어가야겠다는 생각에 끌려 성당 안으로 들어간다.
가장 무더운 시간은 지나갔지만 돌로 포장된 도로와 건물들
의 외벽에서는 아침부터 내리쬐던 태양의 열기가 아직도 뿜
어져 나온다.

안으로 들어가서 어둑한 실내에 눈이 적응되자 중앙의
신도석을 따라 걸어간다. 어두컴컴한 작은 예배당 안에서,
일종의 커튼 같은 것 뒤에서 놀랄 만큼 멋진 조각상이 갑자

기 선명하게 모습을 드러내며 시선을 사로잡는다. 조각상에 다가가니 설명할 수 없는 강력한 에너지가 나를 압도한다. 예배당 한쪽에 붙어 있는 작품 이름이 눈에 들어온다. 〈축복받은 루도비카 알베르토니〉, 잔 로렌초 베르니니(1598~1680. 이탈리아의 조각가·건축가. 교황의 총애로 성당의 조각 제작에 많이 참여하였으며, 베드로 대성당 건축도 담당하였다—옮긴이), 1674년.

지금껏 베르니니 작품을 직접 본 적은 없었는데! 이렇게 우연히 보게 돼서 정말 기쁘다. 말 그대로 숨을 죽이고 빨려 들어 가고 있으니까. 지복의 여인은 대리석을 믿기 어려울 정도로 정교하게 조각한 침대에 누워 있는데, 한줄기 빛이 보이지 않는 창에서 들어와 그녀를 뒤덮으며 정말 손으로 만질 수 있을 듯한 신비한 후광을 선명하게 만들어낸다. 이상한 것은 분명 복된 사람을 표현하고 있는데 조각된 신체에서 관능성이 넘쳐흐른다는 것이다. 조각상은 입을 반쯤 벌리고 눈을 가느스름하게 뜨고 있다. 고개를 옆으로 기울였고 왼손은 배 위에, 다른 손은 심장을 가리키기 위해 가슴 바로 밑에 놓여 있다. 그리고 얼굴은 베르니니에 의해 영원히 고정된 표정, 그러니까 쾌락과 고통에 빠진 얼굴인데, 두 감정이 완벽하게 균형을 이루고 있다. 지복의 여인은 정신적인 황홀을 경험하고 있지만, 그런 무아의 상태에 자신을 맡기고 있는 그녀가 전혀 다른 걸 즐기고 있는 것처럼 보일 정도로 관능적이다. 어쩌면 내가 인생의 특별한 순간에 있기 때문에 그런 생각밖에 하지 못할 수도 있지만, 루도비카의 표정은 거의 육체적 쾌락을 즐기는 표정에 가깝다. 게다가 그녀가 입은 옷은 흐트러져 있고 부풀어 올라 마치 그녀의 육체가 거기서 빠져나와 하느님과 하나가 되고 싶어 하는 것처럼 보인다. 그녀가 느끼는 긴장감을 고스란히 느낄 수 있을 뿐만 아니라 조각가에게서 생명력과 영원성을 얻은 그 돌을 더욱 생기 있게 만드는 숨겨진 열기가 어렴풋이 전해지는 듯하다. 간단히 말해 지복의 여인은 오르가슴과 유사한 뭔가를 느끼고 있는 듯한 생각이 든다.

이런 생각을 당장 떨쳐버리려 하지만 멀리 쫓아내지는 못한다. 나는 생각에 잠겨 가만히 조각상을 바라본다. 그 대리석 여인이 내게 무슨 할 말이라도 있는 것처럼 보인다. 그녀가 입을 열면 강렬한 어떤 이야기를 하리라고 짐작해본다. 육체와 영혼은 대척점에 있는 게 아니라 동전의 양면과 같다는 그런 이야기일지도 모른다. 나는 타고 있는 초 냄새, 밀랍 냄새를 맡는다. 숨을 들이쉬자 나도 촛불과 함께 타오르는 기분을 느낀다. 내장이, 배 속이.

나는 겨우겨우 생각의 틀을 만들어가는 직관을 좇으며 잠시 그렇게 서 있다. 잠시 후 마르티노의 문자메시지를 받고 다시 현실로 돌아온다. 5분 후면 포르타 포르테제에 도착할 거라는 문자다.

자, 이제 여기서 나갈 진짜 이유가 생겼다. 서둘러 생각들을 다시 정리하고 뒤도 돌아보지 않은 채 고개를 숙이고 출구로 향한다.

마르티노와 나는 어떤 카페에 앉아 있다. 날씨가 덥지만 높은 건물들 때문에 약간의 그늘을 즐길 수 있다. 우리 테이블 주위는 거의 다 관광객들인데 실내 장식으로 봐서 이 카페는 트라스테베레가 관광안내서에 실려 유명해지기 전부터 이곳에 자리 잡은 듯하다.

마르티노의 얼굴이 환하게 빛난다. 솔직하고 나를 향한 신뢰가 가득 담긴 그의 미소를 보자 마음이 아리다. 그의 학업과 가이아 결혼식 이야기를 조금 나누지만 우리 둘 다 이 만남의 진짜 이유를 이야기하지 못하고 겉도는 대화를 나누고 있다는 걸 잘 안다.

"있지……" 잠시 침묵이 이어지자 그 기회를 이용해서 내가 불시에 말을 꺼낸다. "그날 밤 얘기 하고 싶었어." 잘 생각해보면 웃음이 나긴 하지만, 내가 마르티노보다 나이가 많으니 먼저 얘기를 꺼내야 한다.

그는 갑자기 진지해지면서 고개를 끄덕이고 본능적으로 자기 앞에 놓인 스프리처(백포도주에 탄산수를 섞어 만든 베네치아의 전통적인 애피타이저 칵테일—옮긴이) 잔을 두 손으로 잡더니 빨대로 얼음을 초조하게 휘젓기 시작한다.

"사실 할 말이 뭐 있겠어요." 마르티노가 쉰 목소리로 말한다. 그는 다시 용기 있고 차분하며 단호한 눈으로, 마치 자발적으로 교수대에 오른 희생자처럼 나를 바라본다. 그는 이미 다 이해하고 있었다. 내가 그를 과소평가했다. 그 말을 하면서 그는 억지로 미소를 지어보려고 한다. 마르티노는 내가 할 말을 좀 더 쉽게 꺼낼 수 있도록 애쓰고 있다. "멋있었어요, 엘레나. 다시는 그런 일이 일어나지 않겠지만. 앞으로 다시 그럴 일 없으리라는 거 잘 알아요."

심장이 돌덩이처럼 무거워져서 우리 테이블 밑의 포장도로로 뚝 떨어져 산산이 조각나는 기분이 든다.

"그러는 게 좋아, 내 말 믿어." 나는 힘내서 대답한다.

"한 가지만 말해줘요. 나이 차이가 나지 않았다면 얘기가 달라졌겠죠, 맞죠?" 그가 양미간을 찡그리며 말한다.

순수한 마르티노 때문에 마음이 따뜻해진다. 어른스럽게 이 문제를 넘겨보려 애쓰지만 그는 아직 어린 청년이다. 다행히.

"그걸 어떻게 알겠어?" 나는 어깨를 으쓱한다. 내가 열 살이나 더 많지만 대답할 말을 찾기가 힘들다. "베네치아에서 있었던 일은 내게도 아주 소중해." 그에게 자신 있게 말한다. "단순한 성관계가 아니었어. 의미가 있었고 영원히 아름답게 기억될 거야. 그렇지만 우리가 우리 관계를 완전히 망가뜨리고 싶지 않다면, 서로를 잃고 싶지 않다면 그냥 자연스레 이대로 지내는 게 좋을 거야."

마르티노가 고개를 끄덕인다. 수업 시간에 열심히 메모를 하는 학생 같다.

"널 정말 소중하게 생각해, 알지?" 내가 그의 머리를 쓰다듬으며 덧붙인다.

그래, 이게 내 말의 요점이었다. 마르티노는 내 생각을 바꿔보려고 애쓰지 않는다. 이제 한결 가벼워진 기분이다. 우리는 자리에서 일어나 마르티노가 트램을 타야 하는 정거장까지 나란히 걸어간다.

"며칠 있다가 전화할게." 트램이 오는 걸 보며 그에게 약속한다. 그는 즉시 대답하지 않는다. 마치 올스타의 끝부분에 자신이 연기해야 할 역할의 대사가 적혀 있기라도 한 듯 그곳만 내려다본다.

"저기, 우리 잠깐 시간을 가져요, 오케이?" 그가 단숨에 말해버린다. "지금으로서는 당분간 안 보는 게 좋을 것 같아요."

뺨을 한 대 맞은 듯 충격적인 대답이다. 하지만 그렇게 하는 게 맞다. 정말로 예전으로 돌아가자고, 아무 일 없었던 듯 우리 관계를 지속하자고 주장할 수는 없다. 나는 순진한 이기주의자다. 마음이 좋지는 않지만 그 제안을 받아들인다.

"오케이." 내가 결론을 말한다. 이번에는 겨우 미소를 짓는다. "네가 원할 때 언제든 널 위해 시간 낼 수 있다는 거 잊지 마."

"그럼 잘 가요." 마르티노는 날 보는 둥 마는 둥 하고 트램에 오른다. 트램이 그를 싣고 떠난다.

빨리 달아나, 마르티노. 그리고 가능하면 내 생각 하지 마.

집에 들어가다가 현관 거울 앞에서 머리를 손질하는 파올라와 거의 부딪힐 뻔했다.

"어디 가?" 내가 호기심에 묻는다.

"약속 있어."

어떤 종류의 약속인지 금방 알아차린다.

"왜 나한테 아무 말 안 했어?" 보통 우리는 있는 얘기 없는 얘기 다 나누고 있다.

그녀가 빗질을 멈추고 화가 나기도 하고 모욕을 느끼기도 한 표정으로 나를 본다. "말할 방법이 있어야지……."

"무슨 소리야, 같이 살고 있는데."

"그래, 안타깝게도 네가 항상 집을 비우는 게 문제지……. 집에 있을 때도 대개 자거나 컴퓨터 하거나 뭔지 모를 일을 하잖아."

분명 비난의 소리로 들린다. 이런 대화가 우리 동거의 결말로 이어질까 두렵다. 그러고 싶은 생각은 전혀 없다. 지금은 아니다.

"어쨌든 오늘 만나는 사람은 모니크야. 나와 동갑이고 프랑스인이고 빌라 메디치에서 일해." 파올라가 내게 털어놓으며 나의 불안감을 단번에 없애준다. 적어도 지금은 더 이상 나를 자극하지 않기로 결심한 게 틀림없다.

"빨리, 좀 더 자세히 얘기해줘!" 나는 그녀의 어깨를 주먹으로 살짝 치며 부추긴다. 어쩌면 이야기를 해달라고 더 졸라볼 시간적 여유가 있을지도 모른다.

파올라는 일을 하다가 그녀를 알게 되었다고 얘기해준다. 모니크는 빌라 접수처 책임자인데 남자 애인이나 남편 없이 자유롭게 동성애자로 살고 있다고 한다. 나의 복원 교수이기도 한 파올라의 옛 애인 가브리엘라 보라치니와는 다르다. 보라치니 교수는 몇 년 동안 파올라와의 관계를 남들에게 비밀로 했었다.

"솔직히 말하면 얼마 전부터 밖에서 만나자고 했는데 내가 계속 거절했어." 파올라가 말한다. "그런데 오늘 저녁에 혼자 생각해보는데 '왜 안 되는 거지'라는 생각이 들었어."

올해 파올라는 보라치니 교수와 헤어지고 나서 많은 인내심을 가지고 용기 있게 고통과 당당히 마주했다. 그런 용기와 인내심을 가진 사람을 난 거의 만나본 적이 없다. 파올라는 자포자기하지 않았고 단 1초도 자기 연민에 빠지지 않았다. 그녀는 계속 예전과 다름없이 살았다. 다만 그녀의 눈은 약간 활기가 없어 보였다. 파올라는 자신의 심장을 꽁꽁 싸매서 마음 깊은 곳에 무거운 짐처럼 담아두었다. 그녀는 혼자 있기를 고집했고 여러 달 동안 누구도 만나고 싶어 하지 않았다. 하지만 이런 상황에서 흔히 볼 수 있는 완전히 폐쇄적인 사람은 되지 않았다.

그리고 방금 말한 "왜 안 되는 거지"라는 말 속에 새로운 인생과 새로운 행복을 찾을 가능성이 담겨 있다. 파올라가 그 사실을 인지하고 있는지는 모르겠다. 그런데 자신없는 눈으로 나를 바라보는 그녀를 보니 아마 그녀도 알고 있으리라 생각된다.

"맞아, 왜 안 되겠어?" 내가 그녀의 말을 따라 하며 살짝 웃는다.

"네 눈에 내가 속물처럼 보인다는 거 알아." 그녀가 반짝이는 눈으로 거울을 보며 말한다. "그렇지만 모니크는 과거에 내가 만났던 여자들과 달라. 가브리엘라와 만날 때도 난 늘 쫓아다니기만 했고 함께할 시간을 조금이라도 얻어내려고 싸워야 했어. 그런데 모니크는 내게 관심을 잔뜩 보이고 있어. 솔직히 고백하자면 거의 당황스러울 정도야. 난 이런 데 익숙하지 않거든."

"느낌이 아주 좋은데." 내가 그녀에게 가방을 건네며 말한다. "모니크에게 벌써 호감이 생겨." 실제로 파올라는 이런 게 아닐까 저런 게 아닐까 생각하지 않고 자신이 사랑받고 있다는 사실을 받아들이는 법을 배워야 한다.

"어때? 괜찮아?" 그녀가 내 쪽으로 돌아서며 묻는다.

"완벽해." 나는 이렇게 말하며 그녀를 문 앞까지 배웅한다.

파올라가 샤넬 넘버5 냄새를 남기며 계단을 달려 내려가는 동안 나는 문을 닫는다.

혼자 현관에 서서 거울에 비친 내 얼굴을 잠시 바라본다. 거울에 다가가다가 마치 낯선 사람에게 하듯, 약간의 경계심을 가지고 내 얼굴을 하나하나 자세히 뜯어본다.

어쩌면 파올라는 새로운 사랑을 만나러 가는 중일지도 모른다. 그런데 나는 오늘 밤 뭘 하지?

아니다, 나는 손쉽게 일탈을 즐길 수 있는 내 길을 계속 가려 한다. 오늘 밤 어쩌면 다비데에게 전화를 할지도 모르겠다. 그에게 뭐라도 마시자고 해보고 그다음은 되는 대로 맡길지도. 다비데는 한 달 전 체육관에서 만났다. 광고 그래픽 일을 하고 있고 개를 두 마리 키운다는 사실밖에 모른다. 하지만 그 정도면 충분하다. 벌써 한 번 같이 잤고 결론적으로 보면 유쾌한 남자다.

오늘은 그 어느 때보다 더, 집에 혼자 남아 생각에 빠지고 싶지 않다.

오늘 밤 외출을 해도 사랑은 찾을 수 없을 게 분명하다. 그래도 어쨌든 그럴 필요가 있다고 생각한다.

다비데는 출근하려고 아침 일찍 일어났고 사실상 나를 침대 밖으로 몰아내다시피 했다.

나는 비몽사몽 중에 버스를 두 번 갈아타고 시내에 있는 집으로 돌아왔다. 그리고 지금 집 앞의 바에서 아침 식사를 하는 중이다. 다 먹고 집에 올라가자마자 다시 자겠다는 확고한 계획을 세운 채. 시원한 에어컨을 즐기며 내가 시킨 카푸치노를 단숨에 마시는 동안 지난밤의—아직 난 잠에서 깰 준비가 안 되었으니 아직은 지나가지 않은 밤의—몇몇 장면들이 머리를 스친다. 배려도 없이 내 몸을 더듬던 다비데의 차가운 손이며 내 몸 위에서 헐떡이던 그의 몸, 각본대로 신음하던 내 모습 들이. 그러나 우리 두 사람 다 그 거짓을 기꺼이 받아들였다. 마치 그것이 정상이고 즐겁기라도 한 듯이 말이다. 지난밤 나를 기분 좋게 해준 건 우리가 잔뜩 마셨던 포도주와 테라스에서 키우는 허브였다. 하지만 지금은 물에 번지는 수채화처럼 기억 속에서 모든 게 뒤죽박죽되고 무색무취하다.

찻잔에서 눈을 든다. 유리창 너머를 바라보다가 자석같이 사람을 끌어당기는, 절대 잊을 수 없는 어떤 사람의 눈과 마주친다. 루크레치아다. 나는 눈을 깜빡이며 지난밤의 후유증 때문에 헛것을 보는 거라고 나 자신을 이해시켜보려 한다. 하지만 그녀는 거기에 그대로 있다. 나를 기다리고 있는 것 같다. 아침 식삿값을 지불하고 거의 살금살금 걷다시피 해서 바에서 나온다. 잘못 봤기를 간절히 바란다. 다른 여자를 그녀로 착각했을지도 모른다. 그리고 혹시 그녀라 해도 우연히 이곳을 지나게 되었겠지. 나 때문은 아닐 것이다.

"엘레나." 루크레치아가 내게 다가와서 걸음을 멈춘다. 그녀가 내 이름을 알고 있다는 사실에 머릿속에서 순간적으로 불꽃이 튄다. 우리는 레오나르도의 아파트 앞에서 딱 한 번 만났을 뿐이고 그때 분명 통성명은 하지 않았다.

"잠깐 얘기 좀 할 수 있어요?" 그녀가 담배꽁초를 던지며 묻는다. 그녀가 담배를 피우고 있었다는 것도 지금까지 알아차리지 못했다. 그녀를 좀 더 자세히 본다. 키는 나보다 조금밖에 안 크지만 얇은 티셔츠 위로 뚜렷하게 드러나는 골격이 큰 어깨 때문에 위풍당당해 보이고 두려움을 불러일으킨다. 벌써 여러 달이 흐르기는 했지만 지난번 만났을 때보다 훨씬 지치고 피곤해 보인다. 두 뺨이 홀쭉하고 눈 밑은 푹 꺼진 채 시커멓다. 하지만 창백한 아름다움은 이 여름의 태양 아래서도 여전하다. 내게는 보이지 않는 등에, 루크레치아와 레오나르도의 첫 알파벳 L, 지울 수 없는 결합의 표시인 그 알파벳 문신이 여전히 새겨져 있으리라.

"우리 사이에 무슨 할 말이 있는지 모르겠네요." 나는 지금 기분이 어떤지, 그녀의 등장에 어떤 반응을 보여야 하는지도 모르는 채 퉁명스레 말한다.

"레오나르도 이야기요."

지난 몇 달 간 꿈속에서를 제외하고는 입 밖에 내본 적 없는 그 이름이 그녀 입에서 나오자마자 우리 주위로 무거운 침묵이 내려앉는다. 이 여자와 나는, 그러니까 역할상 적대

관계에 있다고 할 수 있다. 그녀는 배우자이고 나는 그냥 애인에 불과하다. 이렇게 우리 두 사람 사이에 넘을 수 없는 벽이 있는데 어떻게 대화를 할 수 있을지 모르겠다.

"두 사람 관계 다 알아요." 그녀가 내 눈을 노려보며 말한다. "당신이 우리 아파트 초인종을 눌렀던 그날, 단번에 알게 됐어요. 그리고 레오나르도가 다 시인했고요."

내가 부부간에 고백해야 할 사건의 당사자가 되었다는 생각을 하자 구역질이 난다. 하지만 무엇보다 말할 수 없이 고통스럽다. 레오나르도가 그녀에게 뭐라고 했는지, 이 문제를 어떻게 정리했는지 알고 싶지만 물어볼 수가 없다. 말이 목에 걸려 나오지 않는다. 어쩌면 둘이 함께 교통사고처럼, 극복하고 나면 부부간의 신뢰를 더욱 돈독히 해주는 사소한 사건처럼 나를 정리하기로 결정했는지도 모른다.

"난 내가 없을 때 내 남편이 한 일은 모두 용서했어요. 그렇지만 지금은 달라요⋯⋯." 그녀의 눈에 음울한 빛이 스쳐 지나가고 목소리가 심각해진다. "두 사람 아직도 만나죠?" 질문이 아니라 확신이 담긴 말이다.

"뭐라고요?!" 너무 터무니없이 넘겨짚는 그 말에 나도 모르게 신경질적으로 웃고 만다. "레오나르도를 마지막으로 만난 게 몇 달이나 됐는지 모르는데⋯⋯."

그녀가 속눈썹이 짙은 눈으로 나를 뜯어본다. 내 말을 믿지 않는 게 분명하다. "레오나르도처럼 당신도 부정할 수 있겠죠." 그녀가 말한다. "그 사람은 아무 일 없다고 날 안심시키려 하지만 예전과 틀림없이 달라요. 항상 멍하니 얼이 빠져 있고 부주의해요. 생각이 다른 데 가 있는……."

"설사 그렇다 해도 그건 나하고 상관없는 일이에요. 만난 적 없다고 말했잖아요." 내가 날카롭게 그녀의 말을 가로막는다. 이제 내 입에서 웃음기가 사라졌다. 이런 상황이 점점 짜증스러워진다.

"당신이 레오나르도를 놔줘야 해요. 난 그 사람과 다시 예전처럼 살고 싶어요." 루크레치아가 집요하게 계속 말한다. "당신…… 그 사람이 사로잡혀 있는 당신 생각만 벗어나면 되는 일이에요."

너무 나갔다. 더 이상 이 여자 말을 들어줄 수가 없다. 이 여자 때문에 내 평생의 사랑을 잃어버리고 괴로워하며 절망했는데 이제 이 여자는 날 비난하기까지 한다. 이 여자의 남편이 내 생각에 사로잡혀 있을 수는 있지, 당연하지 않은가……. 심장이 쿵쾅거리지만 진정시키려 애쓴다. 루크레치아의 심리 상태가 불안정하다는 걸 잘 알고 있다. 어쩌면 지금 현실 감각을 완전히 잃어버린 상황일지도 모른다. 그러니 균형 잡힌 건강한 정신을 가진 내가 조금이라고 이성을 되찾아야만 한다.

"이봐요……." 내가 아주 침착하게 말한다. "당신 두 사람 사이에 무슨 문제가 있는지 모르지만 그건 내 탓이 아니에요. 내가 아니라 당신 남편하고 해결하도록 해요."

"우리 사이에는 당신 말고 아무 문제가 없다니까."

그녀의 눈에 거만함과 절망감이 동시에 스쳐 지나간다. 거의 연민을 느낄 정도다. 내 앞에 있는 이 여자는 사랑에 빠진 여자다. 사랑에 빠져 있기에 자신의 남자를 다시 차지하기 위해서라면 어떤 일이라도 불사할 각오가 된 그런 여자다.

"하지만 이 말을 꼭 해주려고 당신을 찾아왔어요." 그녀가 계속 말한다. "레오나르도에게는 여자들이 아주 많았어요. 당신이 그런 여자들과 다르다고 생각하지 말아요……. 결국 당신에게도 싫증이 나서 내게 돌아올 거예요. 지금까지 그랬듯이."

사실이다. 나는 비싼 대가를 치르고 그걸 알았다. 레오나르도는 이미 그녀에게 돌아가 있다. 난 교훈을 얻었다. 그 사실을 제대로 받아들이지 못하는 사람은 그녀 한 사람밖에 없다.

"알아요." 내가 고통을 삼키며 결론을 내린다. "그러니까 우리 서로 동의한 거예요. 당신들은 당신들 인생을 살고 난 내 인생을 사는 거죠. 난 더 이상 존재하지 않으니 날 영원히 잊어버려요." 이렇게 말하고는 길을 건너려고 옆으로 움직이지만 그녀가 나를 막는다.

"잠깐만!" 그녀가 단호하게 외친다. 두 눈에 맹목적인 분노가 담겨 있다. "아직 할 말 다 안 끝났어." 그녀가 앙상한 손으로 내 팔을 움켜쥔다. 약탈물을 괴롭히려는 약탈자 같다.

"놔요!" 나는 화가 나서 소리를 지른다. 결국 내 안에 있는 고통을 모두 드러내버리고 만다. 팔을 거칠게 움직여 그녀의 손아귀에서 벗어났지만 균형을 제대로 유지하지 못해 인도에 발이 걸리고 만다. 한쪽 발이 불안정하게 인도 가장자리에 떠 있다가 발 디딜 곳을 찾지 못해 쓰러지고 만다. 바로 그 순간 급제동하는 자동차 소리와 공포에 사로잡힌 비명만이 겨우 들린다. 내가 지른 것일 수도 있고 루크레치아의 비명일지도 모른다.

나는 자동차와 완전히 부딪쳐버린다. 내 몸에 닿는 철판과 다리의 날카로운 통증만이 느껴진다.

사람들의 목소리나 소음은 서서히 사라진다. 그리고 사방이 깜깜하다.

내가 어디 있는지, 어떻게 여기까지 왔는지 도통 알 수가 없다. 눈꺼풀이 천근만근이고 턱에는 아무 감각이 없으며 입안은 바짝 말랐다. 겨우겨우 눈을 떠본다. 내 평생 이렇게 힘들게 잠에서 깨어난 적은 없다.

희미한 빛이 창문에서 스며들어 온다. 늦은 오후쯤 된 것 같다. 그런데 무슨 요일이지? 몇 달은 잔 것 같은데…….이상한 림보(세례를 받지 못하고 죽은 유아의 경우처럼, 원죄 상태로 죽었으나 죄를 지은 적 없는 사람들이 머무는, 천국과 지옥 사이에 있는 곳—옮긴이)에, 균형을 이룬 꿈과 현실 사이에 있는 기분이 들면서 혼란스러운 이미지들이 머리에 떠오른다. 내 주위로 사람들이 정신없이 오가며 수군거린다. 그림자들이 나타나는가 하면 아버지 목소리와 엄마의 울음소리도 들리고…….그리고 무엇보다 레오나르도의 향기가 난다. 열쇠로 잠가버리고 그 열쇠를 던져버린 내 기억 속의 감옥에서 탈출한 냄새일지도 모른다. 어쩌면 내가 혼수상태에 빠져 있어서 환각을 봤는지도 모른다. 하지만 마약을 투여한 것 같지는 않은데……. 맨 마지막에 기억나는 일은 루크레치아와의 만남이다. 이제 드디어 상황을 분명하게 파악할 수 있다. 그리고 그 자동차. 나는 자동차에 치였다, 바로 이거다! 내가 병원에 있다는 걸 그제야 알아차린다. 실내는 모든 게 깨끗하고 하얗다. 코를 찌르는 소독약 냄새에 모든 의심이 사라진다.

일어나 보려 하지만 어지러워서 힘을 잃고 만다. 그래서 다시 기운 없이 베개에 머리를 떨군다.

"엘레나……."

마음을 편안하게 해주는 부드럽고 익숙한 목소리다.

내 시야에 마르티노의 얼굴이 나타난다.

"차오." 내가 힘없이 중얼거린다. 며칠 만에 처음 하는 말이 틀림없다. "어떻게 된 거야?"

"교통사고를 당했어요. 당신 집 앞에서." 그가 내 이마를 쓰다듬는다. "잠을 자게 하려고 진통제를 주사했어요……. 그래도 안심해도 돼요. 다 괜찮아요."

"언제부터 이러고 있는 거야?"

"하루하고 반나절 전부터요. 계속 잠만 잤어요."

몸을 서서히 움직일 수 있게 되어 침대에서 뒤치락거린다. 오른쪽 다리만 빼고는 다 내 마음대로 움직일 수 있을 것 같다. 베개에서 고개를 조금 들어보니 오른쪽 다리에 붕대가 감겨 있다.

"발목이 탈골되고 인대도 두 개 끊어지고 여기저기 찰과상을 입었어요. 심각한 데는 없어요." 마르티노가 미소를 지으며 내게 설명한다.

나는 침을 삼킨다. 혀가 입천장에 달라붙는다.

"물 좀……." 내가 애원한다.

마르티노가 내 등 뒤에 베개들을 받쳐 나를 조금 일으켜 세운 뒤 물을 따라주고 마실 수 있게 도와준다.

"계속 여기 있었던 거야?" 내가 묻는다. 이제 혀가 다시 자유롭게 움직이는 것 같다.

그가 고개를 끄덕인다. "의사들에게 연락을 받았어요. 당신 휴대전화에서 최근 통화를 확인했나 봐요. 당신 부모님에게 먼저 알리지 않아서 다행이었죠……. 얼마나 놀랐는지 알아요?"

"세상에, 미안해……."

"쉬잇, 이 정도만 다친 게 천만다행이죠. 그러다 생각해보고 연락을 취했어요. 당신 부모님도 베네치아에서 오셨어요."

"우리 엄마, 아빠가? 그럼 지금 어디 계셔?"

"당신 집에요. 파올라가 모시고 있어요. 나하고 교대로 간호했는데 당신이 의식을 회복하면 곧장 연락해달라고 부탁하셨어요."

그러다가 갑자기 마르티노가 입을 다무는데 표정이 이상하게 변한다. 뭔가를 알리기 위해 적당한 말을 찾는 것 같다.

"그런데…… 그보다 먼저 당신을 보고 싶어 하는 사람이 있어요."

"누구?"

"여기, 밖에 있어요."

"누군데?"

"기다려봐요……."

어디 가는 거지?

문으로 다가가서 복도로 사라지는 마르티노를 눈으로 좇는다.

잠시 후 한 남자의 형체가 문에 나타난다. 눈을 감고도 그릴 수 있는 독특한 어깨선과 넓은 가슴을 가진 남자다.

레오나르도다.

낯선 사람을 쳐다보듯 그를 보고 있는 동안 그가 내 쪽으로 온다. 환영일까 봐, 진통제의 부작용으로 헛것을 본 것일까 봐 두렵다.

그가 침대 옆으로 와서 나를 보고 웃는다. "우리에게 다시 잘 돌아왔어." 그가 말한다. "기다리고 있었어."

레오나르도가 나를 기다리고 있었다고? 허락도 구하지 않고 내 인생에 뛰어들어 내가 겨우 만들어낸 미래의 가능성들을 다 뒤집어놓는 레오나르도 특유의 말투다.

그의 향기, 앰버향과 바다 냄새가 뭐라 표현하기 힘들게 뒤섞인 그 향기가 방 안으로 퍼지며 병원의 소독약 냄새를 지워버린다. 그러니까 꿈을 꿨던 게 아니다. 내가 무의식 상태일 때 그가 정말 여기 있었던 것이다.

"그래, 좀 어때?" 그는 마치 어젯밤에 헤어진 사람처럼 묻는다.

"엉망진창이야. 그래도 아직 여기 살아 있네……. 사실 겨우 살아남았지." 교통사고만이 아니라 올해의 내 생활을 말하는 것이다.

어떻게 하면 그를 다시 만날 수 있을지, 거짓말하지 않고 수백만 번은 나 자신에게 물어보았다. 그런데 지금은 행복한지 화가 나는지, 기쁜지 혹은 죽을 만큼 부끄러운지 내 감정을 정확히 알 수가 없다. 그저 끔찍하다는 생각뿐이다. 지저분한 머리에 우스꽝스러운 환자복을 입고 있는 데다 얼굴도 수척할 게 분명하다. 꼴이 말이 아닐 텐데. 지금 이런 생각을 할 때가 아닌 건 잘 안다. 어쨌든 대수롭지 않은 데 신경을 쓰는 나 자신에게 감사를 해야 할지도 모르겠다. 아주 깊은 우울증에 빠지지 않게 해주었으니 말이다.

반사적으로 한 손을 머리로 가져간다. 손에 닿는 부분의 머리카락들이 서로 뭉쳐 머리에 딱 달라붙어 있다. 내 의심이 근거 없는 게 아니었다. 하지만 이미 너무 늦었다.

레오나르도가 침대 옆의 의자에 앉는다. 팔꿈치를 무릎에 기대고 기도를 하듯 두 손을 모은 뒤 내 쪽으로 몸을 기울인다.

"미안해, 엘레나……."

"뭐가 미안하다는 거야?"

"이런 일이 일어나서……. 어쨌든 내게도 책임이 있으니까."

그의 검은 눈이 점점 더 어두워지고 날카로워져서 나는 숨을 조금 쉬어보려고 눈을 돌린다. 그 눈 때문에 숨을 쉴 수가 없다. 마비되어 작동을 하지 않던 내 뇌가 서서히 돌아가는 기분이다. 내 머릿속의 사악한 목소리가 내게 소곤거린다. 이 사람은 그저 연민 때문에, 양심의 가책 때문에 여기 온 것일 뿐이라고.

"당신하고는 아무 상관 없어. 그냥 사고였어." 나는 앞쪽 하얀 벽의 한 지점을 뚫어지게 바라보며 무미건조하게 대답한다. 나 자신에 대한 분노와 연민이 내 마음속에서 요동치며 뒤섞인다.

"사고가 났다고 루크레치아가 당신에게 말했어?" 마침내 나는 다시 용기를 내어 그의 얼굴을 똑바로 바라보다가 불시에 묻는다.

"아니, 어제 오전에 마르티노가 알려줬어. 당신 휴대전화에서 내 번호를 찾았나 봐. 번호는 지워졌는데 다행히 아직 내 문자메시지가 남아 있었다더군."

갑자기 따뜻한 감동의 물결이 밀려든다. 내가 그렇게 상처를 줬는데도 마르티노는 질투심을 한쪽에 밀어놓은 채 나를 위해 레오나르도에게 전화를 해주었다. 내가 의식을 되찾았을 때 그를 볼 수 있게 해주려고. 그리고 우리 둘이 이야기를 나누도록 자리를 피해줬다. 고전 연애소설의 주인공 같다. 반드시 자신의 수준에 맞는 귀부인을 만나야 하는 그런 주인공. 물론 그 귀부인은 내가 아니다.

"어제 병원에 와야겠다고 루크레치아에게 말했는데, 그때는 루크레치아가 사실을 털어놓을 용기가 나지 않았나 봐. 밤늦게 병원에서 집으로 돌아갔더니 전부 이야기하더라고." 그가 조그맣게 말한다. 변명이라도 하고 싶은 듯이. "최근에 루크레치아 상태가 다시 불안정해졌어. 내가 자기를 배신하고 있다고 굳게 믿고 있는데……."

"그 정도는 나도 눈치 챘어." 내가 그의 말을 가로막는다. 빈정거려주고 싶었으나 내 뜻대로 됐는지 모르겠다. 그 여자는 지금 자기 혼자 드라마를 찍고 있고 난 그녀를 용서해줄 수가 없다. 내게 용서를 구할 수도 없으리라.

"우리 사이는 끝났어." 레오나르도가 아무런 설명 없이 말한다. 이 소식을 이해하려면 정신을 제대로 차려야 한다. 하지만 지금은 잘되지 않는다. 나는 멍한 눈으로 그를 본다. 설명이 필요하다는 걸 알아차리고 그가 계속 말한다. "당신에게 그런 짓을 하고 나서 심각하게 다퉜거든. 그러고 나서 루크레치아가 집을 나갔어."

"아……." 내가 중얼거린다. 다른 말은 할 수가 없다.

"우리가 합치고 나서 같이 잘 지낸 건 얼마 되지 않았어. 더 이상 같이 사는 게 불가능했고 우리 둘 다 그걸 금방 깨달았지. 루크레치아는 병적으로 의심을 하게 됐어. 내가 항상 당신만 생각한다고 비난했고. 당신이 내게 무슨 짓을 했다고, 일종의 마법 같은 걸 걸었다고 하더라고. 내가 옛날의 내가 아니라고 말이야." 그는 피식 웃었지만 쓸쓸해 보인다. "나는 루크레치아에게 미쳤다고, 전부 병적인 질투 때문이라고 대꾸하곤 했어……. 그런데 그 사람이 나보다 먼저 전부 다 알아차렸던 거지. 미치광이는 나였다는 걸."

이제 그의 손이 시트 위에 힘없이 놓인 내 손을 찾는다. 그와 살이 닿자 나도 모르게 흠칫한다.

"엘레나, 당신이 항상 내 곁에 있었어. 내가 그걸 너무 늦게 알아차렸을 뿐이지."

내 가슴속에서 미친 듯이 심장이 뛰기 시작한다. 날 여기서 내보내줘! 심장이 외친다. 이건 너무해! 나가고 싶어!

"맞아……. 너무 늦었어." 내가 그의 말을 되풀이하는데, 목에 뭔가 걸린 듯하다. 나는 이 남자를 증오하고 내 인생에서 사라지게 해야 할 이유들을 모두 떠올려본다. 내게 준 고통을 스펀지로 한 번 닦아 지울 수는 없다.

"엘레나……." 그가 다시 말하려 하지만 바로 그때 병실 문이 열리며 엄마와 아버지가 달려 들어온다. 레오나르도가 내 손을 놓고 일어서서 옆으로 비켜선다.

부모님이 대가를 전혀 바라지 않는 무조건적인 사랑을 내게 쏟아 붓는 동안 나는 방금 일어난 일을 정리해보려 애쓴다. 레오나르도가 나를 잊지 않았다. 이걸 어떻게 받아들여야 하나? 행복해해야 하나? 아니면 더더욱 분노해야 하나?

"괜찮니, 아가?" 엄마가 두 손으로 내 머리를 감싸고 홀쩍거린다. "얼굴이 너무 창백하구나."

괜찮아요, 엄마. 다만, 엄마가 아실지 모르지만…… 처음에는 교통사고로 정신을 잃었고 지금은 1년이나 지난 뒤에 받은 사랑 고백에 정신이 없어요.

나는 미소를 지어 보인다. 그리고 다른 때였다면 불같이 화를 내고도 남았을 "아가"라는 호칭에 눈감아버리며 엄마에게 관심을 집중하려 애쓴다. 아버지는 조금 떨어져 있는데 수상한 방해자에게 은근히 시선을 던지신다. 부모님에게 소개를 해야 할 상황인지도 모르겠다. 그런데 뭐라고 소개하지?

"레오나르도예요. 제…… 친구." 이것저것 따져봐도 제일 받아들이기 쉬운 소개 방식이다. 레오나르도는 더없이 편안한 미소를 지으며 내 연극에 장단을 맞춘다.

엘리사베타 볼페와 로렌초 볼페가 레오나르도 페란테와 악수를 나누는 광경을 보니 어찌나 이상한지! 이런 광경을 보게 되리라고는 상상조차 하지 못했다! 레오나르도가 부모님과 몇 마디 나누더니 조심스럽게 병실을 나간다. 그러나 나가기 전에 나를 다시 한 번 보며 빙그레 웃는다. 다시 찾아오겠다는 뜻이다.

잠시 후 파올라와 마르티노도 찾아왔다. 내 침대는 곧 배려와 사랑의 중심지가 된다. 새로운 사람이 병문안을 올 때마다 어떻게 교통사고가 나게 되었고(루크레치아가 있었다는 말은 하지 않는다) 지금 기분이 어떤지 말해야 한다. 그리고 온갖 음식과 음료와 친절을 거절해야 한다. 면회 시간이 끝나 마침내 다시 잠을 청할 수 있게 되었는데, 침대에서 꼼짝도 하지 않았는데도 굉장히 힘든 마라톤을 하고 난 기분이다.

오늘은 키가 크고 마른 데다가 얼굴이 약간 말상인 의사가 진찰을 하기 위해 찾아왔다. 그는 제일 먼저 내 눈을 살펴본다. 그러니까 망막에 손상을 입지는 않았는지 확인하는 것이다. 그런 다음 팔과 어깨 심지어 이마에까지, 여기저기 조금씩 난 타박상을 진찰한 다음 마지막으로 다리를 확인한다. 발목은 부어올랐고 사방에 긁힌 상처다. 의사가 상처를 진찰하고 치료를 한 뒤 다시 붕대로 감는다.

"언제 걸을 수 있을까요? 곧 걸을 수 있죠, 그렇죠?" 내가 초조하게 묻는다. 입원한 지 이틀밖에 안 지났지만 더 이상 참을 수가 없다. 침대에 누워 있다기보다 우리에 갇힌 기분이다.

의사의 설명에 따르면 난 일종의 보조 장치를 착용해야 하고 약 3주 정도는 목발을 사용해야 한다. 하지만 꼭 필요할 때만 움직이면 훨씬 좋아질 거라고 덧붙인다.

그럴 줄 알았다. 감옥살이가 매우 길어질 모양이다.

"정말 운이 좋았다고 할 수 있습니다. 상태가 매우 심각했을 수도 있어요." 이상한 위로 방식이지만 의사의 말을 가만히 듣는다. "어쨌든 사흘 후에, 최대 사흘 후에 퇴원할 수 있을 겁니다."

이건 정말 좋은 소식이다.

소시지처럼 발목에 붕대를 하고는 사실 아무것도 할 수가 없다. 그래서 이제 나를 간호하는 문제가 생긴다. 부모님은 당연히 나를 베네치아로 데려가려 하시지만 나는 대답을 회피하고 있다. 거의 한 달가량을 꼼짝도 하지 못한 채, 엄마의 요리에 대한 의욕과 아버지의 연극 이야기를 견디며 지낼 생각은 꿈에도 하기 싫다.

내게 집착하는 부모님에게서 멀리 떨어져 파올라 집에 머물기를 바랐다. 하지만 요즘 파올라는 피렌체에서 일한다. 빌라 메디치 복원 책임자가 그녀를 그곳으로 출장 보내버렸다. 그 사람은 멀리서도 내게 분노를 퍼붓고 있는 것 같다. 물론 파올라의 아파트에서 완전히 혼자 생활할 수는 없다. 계단도 올라갈 수 없으니.

가이아에게서는 전화가 없다. 결혼식 날 이후로 소식이 없어서 내가 사고를 당했다는 걸 아는지조차 모르겠다. 엄마는 내가 가이아와 연락도 하지 않고 얼마 전부터 그녀의 이름을 입에 올리지 않는다는 것을 알아차리고는 왜 그러느냐고 물었다. 그래서 가이아가 외국에 있다는 걸 상기시켜주면서 어쨌든 전화 통화는 하고 있다고 말한다. 미치도록 가이아가 그립지만 전화를 하고 싶은 유혹에 넘어가지는 않을 것이다. 사고라는 카드를 이용해서 그녀를 괴롭게 만들 생각도 없다. 아직은 자존심이 남아 있는 것 같다……. 아마도.

퇴원하기 하루 전이고 나는 절망에 빠져 있다. 베네치아에 가서 가족과 함께 지내야 한다고 생각하니 걱정이 앞서지만 이미 선택 가능성이 위태롭게도 현실화되어 가고 있다. 오히려 여기 이 병실에 계속 있고 싶다. 거실 카펫에 발이 걸려 넘어져 대퇴골을 다친 80대 할머니 환자들과 함께 친절한 간호사들의 보살핌을 받으며, 이미 내가 불건전하게 의존하게 되어버린 클로로포름에 취해서 말이다.

"오늘 나하고 같이 가."

레오나르도가 말한다. 내가 제대로 들은 건지 잘 모르겠다. 그는 내가 깨어난 뒤 매일 찾아왔다. 하지만 우리 둘 다 '우리 사이에 일어났던 일'에 대한 화제를 입에 다시 올리지는 않았다.

나는 무슨 뜻이냐고 물어보듯 그를 본다. 아마 내가 잘못 들었을지도 모른다.

"내가 태어난 스트롬볼리(시칠리아 섬 북쪽에 있는 화산섬
—옮긴이) 섬으로 돌아가려고 해." 그가 설명한다. "요리 연구

를 해야 하거든. 고향 집 공기도 마시고 싶고. 당신도 같이 가면 좋겠어. 함께 말동무하며 시간을 보내고 싶어."

내가 제대로 들은 게 맞다. 나는 즉시 대답하지 않고 시간을 벌어보려 한다. 레오나르도의 제안은 터무니없으면서도 그와 동시에 믿기 어려울 정도로 매력적이다.

"그게, 잘 모르겠어……. 말동무가 되지도 못하고 오히려 발에 걸리는 공처럼 성가실 텐데." 내가 그의 말을 정정한다.

"시칠리아까지 발로 찰 수 없을 정도로 그렇게 무거워 보이지는 않는데." 그가 마치 눈으로 내 몸무게를 재듯 나를 보며 대답한다.

"진심으로 하는 말 아니지?"

하지만 그는 진심이다. 침대에 앉아 저항할 수 없게 마음속으로 파고드는 그 눈으로 나를 뚫어지게 본다.

"스트롬볼리의 아름다움에 매료될 거야, 분명히 말할 수 있어. 그리고 휴식을 하기에 거기보다 더 좋은 곳은 없어. 다리가 다 낫고 나서 떠날지 내 곁에 있을지 결정하면 돼."

"있잖아, 나한테 책임감 느낄 필요 없어. 동정 따윈 원하지 않아." 갑자기 자존심이 되살아나서 그에게 말한다. 본능적으로 불신을 안겨주는 이런 제안을 왜 하는지 이해할 수가 없다.

레오나르도는 도발을 받아들이지 않는다. 그는 하나도 변하지 않아서 도발할 권리는 자신만이 가지고 있다고 생각한다. 그가 상처가 아물며 조그맣게 흉터가 남은 내 이마를 쓰다듬는다.

"엘레나, 이건 그냥 내가 원하는 일이야. 이게 전부야. 당신하고 같이 가면 좋겠어. 생각이라도 해봐 줘."

그렇게 했다. 오후 내내, 밤까지 생각을 했지만 어떤 결론도 내리지 못했다. 레오나르도와 함께 스트롬볼리에 가는 건 미친 짓이다. 미친 짓이지만 저항할 수 없게 나를 유혹한다. 그를 잊으려 애쓰면서 1년을 보냈기에 당연한 듯 내 이성은 지금 반대 보고서를 제시하며 길고긴 반대 이유들을 보여준다. 무엇보다 그에게 모든 걸 의존해야 할 테고 그 때문에 불편할 게 뻔하다. 그리고 우리는 무슨 관계지? 무슨 관계가 될 수 있지? 서로를 치료해주는 친구? 애인? 결국 레오나르도가 내게 원하는 게 뭘까? 이 여행이 우리에게 무슨 의미가 될까?

아침이 되어 퇴원할 때가 되었는데도 결정을 내리지 못했다.

부모님이 나를 데리러 왔다. 걱정하는 두 분 앞에서 각본대로 아픈 어린 딸 노릇을 몇 분 하고 나니 벌써 머리가 아프다. 기분은 어때? 아침 식사는 정말 한 거야, 맞아? 옷장에 뭐 놓고 가는 건 없어?

"먹어봐." 엄마가 맛있는 냄새를 솔솔 풍기는 잼 타르트가 든 종이봉투를 내밀며 말한다. "오늘 아침에 구웠어. 파올라가 친절하게도 부엌을 사용하게 해줬단다."

"고마워요, 엄마. 그런데 아까 말했지만 벌써 아침 먹었어요. 이 병원은 이상하게 퇴원 환자들에게 식사를 제공하더라고요."

"한 조각도 안 먹어볼래?"

엄마는 내 말을 받아들이지 않는다.

"아니요, 정말. 생각해줘서 고마워요."

"조금도?"

그렇다. 바로 이 순간 난 결정을 내린다. 이렇게 다시 어린아이가 되어 어마어마하게 투여되는 애정에 압도된 채 3주를 보내고 나면 죽을 수도 있다. 그나마 긍정적인 가정을 해보자면 20킬로 정도 살이 찌고 신경쇠약에 걸릴지도 모른다. 갑자기 어떻게 해야 할지 분명해진다.

"저기요, 말씀드릴 게 있어요……."

두 분 모두 내 쪽으로 돌아서서 내 입술을 쳐다본다. 나는 숨을 깊이 들이쉰 뒤 최대한 부드러운 목소리로 말한다.

"엄마, 아빠와 같이 베네치아로 돌아가지 않을래요."

"뭐라고?" 두 분이 동시에 말한다.

"저번에 소개해 드렸던 친구 있잖아요, 레오나르도. 그 친구가 회복될 때까지 자기 고향인 스트롬볼리 섬에 가 있지 않겠냐고 제안했는데 그렇게 할 생각이에요."

"그렇지만…… 결정한 거야? 간호는 누가 해주고?" 엄마가 묻는다.

"믿을 만한 사람이야? 언제부터 알던 사람인데?" 엄마의 말이 끝나자마자 아버지가 묻는다.

나는 부모님이 안심할 수 있게, 최대한 차분한 목소리로 두 분이 묻는 말에 빠짐없이 대답한다. 두 분 다 기분이 좋지 않은 게 분명하지만, 잠시나마 나와 함께 지낼 수 있게 되어 그 생각만으로도 기뻐하고 계셨다는 걸 알지만 우리 부모님은 내 의사를 존중해주기 때문에 반대를 하지는 않으신다. 과보호 경향이 있지만 분별이 없는 분들은 아니다.

그래서 볼페 부부는 그들의 어린 딸을 베네치아로 데려가는 걸 단념하고 두 사람만 돌아가기로 한다. 나는 엄마와 아버지를 꼭 껴안는다. 잘 지낼 테니 걱정하지 않으셔도 된다고 안심시켜 드린다. 결정을 하고 나니 이상하게 마음이 차분해진다.

부모님이 떠나고 나서 협탁에 있던 휴대전화를 들어 한참 동안 사용하지 않던 그 번호를 누른다.

"차오, 나야……. 당신 제안 아직 유효해?"

새파랗고 거대한 공간에서 새벽이 서서히 물러나며 새 날에 자리를 넘겨준다. 하늘에는 붉은 빛이 서서히 감돌고 바다는 짙푸른 색이다.

우리는 나폴리에서 배를 타고 밤새 여행을 했다. 아직 잠에 취해 있는 우리에게 인사하는 이른 아침의 희미한 빛을 받으며 지금 여기 갑판에 나와 있다. 스트롬볼리 섬이 점점 더 가까워진다. 섬이 너무나 매력적이어서 그 매력에 푹 빠져 들고 말 것만 같은 예감이 든다.

사고가 난 지 일주일이 지났지만 나는 무거운 짐처럼 끌 고 다니는 붕대에 감긴 다리에 아직도 적응하지 못했다. 계 속 극심한 통증을 느끼는데 의사들은 보름 정도 지나면 완 쾌될 거라고 자신 있게 말했다. 그동안 목발 사용법을 배웠 지만 생각보다 훨씬 힘든 일이라는 게 드러났다. 운전면허를 따는 것과 거의 비슷할 정도로 최악의 경험이다. 움직일 때 마다 균형을 잃고 뭔가와 부딪칠 뻔한다.

하지만 난 혼자가 아니다. 레오나르도가 내 곁에 있어서 근육질의 튼튼한 그의 몸이 필요할 때마다 나를 든든히 보호해준다.

그와 떠나도록 나를 떠민 깊은 이유를 아직도 잘 모르겠다. 한때 내 심장을 갈가리 찢어놓았던 남자의 말을 따르는 게 아니라 그런 제안을 당당하게 거절했어야 한다는 걸 나도 너무나 잘 안다. 내가 제일 허약해졌다고 느낀 바로 그 순간에 어쩌면 머리를 한 대 맞아 허공으로 몸을 던져버린 것인지도 모른다. 1년 동안 겨우 만들어놓은 그와의 거리를 지켰어야만 했을지도. 하지만 만일 그가 정말 달라졌다면 앞으로 어떻게 될지 알고 싶기도 하다. 언제나 그렇듯이 레오나르도가 중간에 개입되면 나는 스스로도 깜짝 놀랄 만한 결정을 내리곤 한다. 인생이 내 손을 빠져나가 제어할 수 없는 힘에 지배당하는 것 같다.

함께 지내다 보면 우리 둘 다 피폐해질지도 모르고 어쩌면 새로운 균형을 찾을지도 모른다. 하지만 지금 이 순간 그걸 자문해보는 건 의미가 없다. 그저 이 모험을 경험하기만 하면 된다. 이미 선택을 했고 더 이상 잃을 게 없다는 생각을 하자 마음이 한결 가벼워진다.

지금 레오나르도는 나와 함께 갑판에 나와 의자에 앉아 있다. 한 손을 내 목에 올려놓아 나와 접촉을 하면서 예전과 같은 친밀감을 만들어낸다.

로마를 떠난 뒤부터 여러 가지 행동과 대화로 우리 사이의 거리가 서서히 좁혀졌다. 처음에는 오로지 필요에 의해서였다. 내가 한쪽 다리를 쓸 수 없어 자주 그의 부축이 필요했으니까. 하지만 차츰 우리의 육체가 서로를 기억하고 있기라도 하듯 모든 게 훨씬 자연스럽고 자발적이 되었다.

지난밤 항해 도중 우리는 많은 이야기를 나누었다. 이상하게도 마음을 다 털어놓고 내가 느꼈던 감정을 공유하고 싶었다. 우리를 일반적인 관계와 일상성의 경계 그 너머로 이끄는 뭔가가 우리 사이에 존재한다고 믿게 되었다. 나는 단념을 하고 그렇다는 걸 받아들여야만 한다.

레오나르도는 우리가 만나지 않았던 그 시간에 대해 알고 싶어 했다. 나는 미친 듯이 보낸 최근 몇 달을, 의미 없는 남자들과의 일회성 만남과 그들과 보낸 밤 들을 가감 없이 말해주었다. 그의 눈앞에서 나의 자유분방함을 오만하게 과시하기 위해서였다. 그가 없이도 내가 잘 살았다는 걸 알려야 하니까. 그리고 사실 질투를 불러일으키고 싶은 은밀한 바람도 있었다. 하지만 그는 슬쩍 웃으며 나를 보기만 할 뿐 아무 말도 하지 않았다. 이해할 수 없는 사람이다.

나는 그런 이야기를 하면서 제일 중요한 문제에 대해선 입을 다물고 있다는 것을 의식하고 있었다. 그렇지만 그와의 관계에서 오르가슴을 느낀 이후로 한 번도 그런 경험을 하지 못했다는 말을 어떻게 할 수 있단 말인가? 나의 애정 행각이 절망감만 느낀 시간 때우기에 불과했다는 걸 말이다.

그러다가 결국에는 태연하게(그렇게 보였길 바란다) 화제를 바꾸고 그의 일에 관해 물어보기 시작했다. 레오나르도는 자기 고향에서 영감을 받은 요리법을 모아서 책을 쓰고 싶다고 고백했다. 그래서 스트롬볼리로 돌아가는 것인데, 어린 시절 먹었던 음식의 맛과 섬에서 전통적으로 내려오는 요리 비법을 다시 찾아내고 싶다고 한다. 바로 그 순간 루크레치아가 자기 남편과 내가 이렇게 여행하는 걸 아는지 물어볼 뻔했다. 하지만 그 생각을 쫓아버린다.

시원한 산들바람이 내 얼굴을 스친다. 바람이 머리카락 사이로 스며드는 느낌이고, 숨을 들이쉴 때 바다 냄새도 나는 듯하다. 스트롬볼리의 이미지와 매혹적인 형태, 눈부신 색깔 들을 내 기억 속에 영원히 새겨둘 준비가 되어 있다. 길게 늘어선 집들이 보이기 시작한다. 여기서 보니 집들은 나란히 붙어 있는 작은 정육면체 같다. 곧 항구와 검은 모래사장이 보인다. 하지만 그 모든 것들 위로 그것이 우뚝 서 있다. 회색빛 흙의 거대한 화산추가 하늘을 위협하며 연기처럼 엷은 구름들 사이로 모습을 드러낸다.

감사와 감탄의 눈으로 레오나르도를 본다. "저건 항상 저래?"

"이두?" 그가 턱으로 화산을 가리키며 웃는다. "여기서는 화산을 그렇게 불러." 그가 흡족한 얼굴로 설명한다. "저

화산은 스트롬볼리를 지배하지만 착한 거인이야."

"솔직히 말하면 조금 무서워." 화산은 강력하고도 사나운 힘을 발산해서 그걸 바라보자니 갑자기 무방비 상태가 된 기분이다.

레오나르도가 내 머리를 쓰다듬으며 나를 안심시킨다. "봐." 그가 둘째손가락으로 하늘을 가리킨다. "지금은 꼭 우리에게 환영 인사를 하는 것 같잖아. 저 연기들은 화산이 자기식으로 우리에게 인사하기 위해 내뿜는 거야. 매시간 더 많아지거나 적어져. 자신이 저기 조용히 있지만 여전히 살아 있다는 걸 상기시키기 위해서 신호를 보내는 거지."

"그럴 수도 있겠네……." 나는 여전히 회의적으로 윗눈썹을 치켜세우며 말한다. 그의 말이 믿기지 않는다.

"내 말 믿어. 차츰 화산을 알게 될 거고 결국 사랑하게 될 테니."

여름의 향기와 휴가 분위기를 서서히 느낄 수 있는 5월 초다. 섬은 두 팔을 활짝 벌리고 나를 부른다. 하지만 나는 정말 그 품에 안길 준비가 된 걸까? 난 여기서 뭘 찾길 바라나? 최근 몇 달 동안 나는 전혀 다른 여자가 되었다. 자립적이고 인간관계에 무감각하며 세상과 싸우고 있다. 그리고 마음속의 공허를 느끼지 않으려고 무슨 일이든 할 준비가 되어 있다. 하지만 여기서 즐거운 시간을 보내려면 무기를 내려놓아야 한다. 그리고 다른 누군가에게 의존해야 하는데 그 누군가가 레오나르도라는 사실을 받아들여야만 한다.

배에서 내리자 이런 생각들이 사라지며 깊은 평화가 내 마음을 관통한다. 심장 박동이 느려지고 마음이 훨씬 가벼워진다. 로마에서와는 다른 공기, 꽃향내가 옅게 나는 공기를 들이마신다. 시간이 정지된 공간에 빠져 있는 기분이다. 이 공간에서는 내 불안과 두려움이 싹을 틔울 비옥한 땅을 찾지 못할 게 분명하다.

"우리 집은 별로 안 멀어." 레오나르도가 한 손으로는 내 트렁크를 끌고 다른 손에는 구깃구깃한 그의 큰 가방을 들고 가면서 말한다. "그렇긴 해도 물론 걸어갈 만한 거리는 아냐."

"저 낡은 자동차를 타야 한다는 말은 아니겠지?" 우리 앞에는 색색의 낡은 아페 카(이탈리아 피아지오 사에서 나온 삼륜 경트럭—옮긴이)가 일렬로 서 있다.

"이 섬엔 승용차가 없어." 그가 두 팔을 벌리며 재미있다는 듯 얼굴을 찡그리자 눈가에 잔주름이 생긴다. 웃고 있을 때도 그 눈에서는 신비한 빛이 사라지지 않는다.

"시작이 좋네……." 나는 어떻게 하면 고통스럽지 않게 아페 카를 탈까 생각하면서 약간 시무룩하게 말한다.

"그래도 운이 좋은 거야. 얼마 전까지는 나귀만 타고 다녔으니까." 그가 짐칸에 가방들을 실으면서 말한다. 그의 팔 근육이 얇은 티셔츠 위로 고스란히 드러난다. 잠시 후 그가 우리 운전사에게 지폐를 내민다. 운전사는 태양에 검게 그은 작고 마른 남자인데, 감사 인사를 하며 이가 거의 다 빠진 잇몸을 드러내고 웃는다. 이름이 주세페인 운전사와 레오나르도가 시칠리아 사투리로 몇 마디 나누는 걸로 보아 서로 아는 사이임이 분명하다. 그들이 하는 말은 내게 아랍어나 다름없다.

가방을 다 실은 레오나르도가 나를 차에 태운다. 마치 내가 조심해서 다뤄야 할 짐이라도 되듯 내 팔을 잡아 부드러운 폼러버 의자 두 개가 놓인 아페 뒤쪽의 빈 공간에 나를 태운다.

"피시타로 가는 거지?" 주세페가 시동을 걸기 전에 묻는다. 좋다, 적어도 내가 갈 곳의 이름은 알게 되었다.

"아, 그렇죠. 항상 거기, 집이죠." 레오나르도가 대답한다. 그의 억양이 이곳의 억양에 맞게 살짝 변한 게 감지되는 듯하다.

주세페가 엑셀러레이터에 무겁게 발을 올려놓더니 걱정스러울 만큼 자유자재로 미궁 같은 좁은 골목길을 쏜살같이 달린다. 아페를 타고 가는 내내 꼭 타가다(회전하는 원반형 놀이기구―옮긴이)를 타는 것 같다. 불운한 내 다리에는 물론 좋은 상황이 아니다.

마을은 거의 황량할 정도다. 지금은 휴가철이 아니니 관광객들이 몰려오기 시작하면 아마 달라질 것이다. 사방이고요하고 향기로운 공기가 쉴 새 없이 나를 취하게 한다. 히비스커스와 부겐빌레아 같은 꽃들과 선인장이며 협죽도, 레몬나무와 검은 모래, 그리고 하얀 집 들이 보이고 부드러운 바람은 내 가슴으로 곧장 불어온다……. 카오스인 로마와 떠들썩한 베네치아는 이제 흐릿한 기억으로만 남아 있다.

레오나르도의 집으로 가는 동안 잉그리드 버그만이 주연한 로셀리니의 명작 「스트롬볼리」의 한 장면이, 흑백이 아니라 컬러로 내 눈앞에 생생하게 되살아난다. 마치 내가 여주인공인 카린이라도 된 기분이다. 난민이던 그녀는 스트롬볼리에서 태어난 남자와 결혼한다. 질투심 많고 강압적인 그녀의 남편 안토니오와 나의 레오나르도……. 잠시지만 비슷한 면을 찾다 보니 불현듯 이런 생각이 든다. 지금 내게 레오나르도는 어떤 사람이지?

대답을 찾으려고 서두르지 마, 엘레나. 나는 속으로 생각한다. 그 영화가 촬영된 지 반세기도 더 지났지만 이곳은 무엇 하나 변하지 않은 것 같다.

우리는 길모퉁이에서 운전사에게 인사를 한다. 레오나르도가 나를 집으로 안내한다. 오래된 집으로, 까마득히 먼 옛날부터 거기 있었던 것 같은 분위기다. 섬의 다른 건물들처럼 완전히 하얗고 문설주는 파란색으로 칠해져 있다.

레오나르도가 철책문 앞에서 걸음을 멈추고 거의 관조하듯, 가만히 집을 바라본다. "내가 태어나고 자란 집이야.

내가 떠난 뒤로 하나도 변하지 않았어."

"얼마 만에 오는 건데?"

"아주 오래됐지. 그렇지만 실은 내 일부분이 계속 여기 남아 있었고 이곳에 고정되어 있었던 것 같아." 잠자는 동물을 어루만지듯이 그가 다시 거친 돌담을 손으로 만져본다.

그러더니 철책문을 열어서 우리는 몇 그루의 레몬나무들 사이에 오래된 석류나무 한 그루가 서 있는 정원을 가로지른다. 내가 가만히 서서 석류나무를 구경하는 동안 레오나르도가 우리의 짐을 입구의 계단 앞으로 옮긴다. 계단은 위로 이어진다. "2층에서 지내도록 해. 그러면 테라스에서 항상 바다를 볼 수 있을 거야."

나는 가파른 돌계단을 보고 절망한다. "완벽하군그래!" 빈정거리듯 슬며시 웃으며 내가 소리친다. "나하고 내 다리가 당신에게 감사 인사를 해야겠어."

레오나르도는 눈길을 주거나 말 한마디 건네지 않고 내게서 목발을 빼앗더니 나를 담벼락에 기대놓고 두 팔로 안는다. 그에게 꼭 안겨 있으면 어린아이처럼 가벼워진 기분이 든다. 이미 이런 식으로 그가 나를 이동시켜주는 데 익숙해졌다. 그의 목을 잡고 이런 여행을 즐기는 사이 한 계단 한 계단을 오를 때마다 숨이 멎을 듯 아름다운 풍경이 내 눈앞에 펼쳐진다.

2층에 도착하자 레오나르도가 반쯤 열려 있는 문을 살

짝 발로 찬다. 문설주에 그려진 파란 하트 같은 게 눈에 띈다. 하트 위에는 십자가가 그려져 있다. 혹시 양식화된 나뭇잎인가? "멋져! 왜 하트를 그렸지?" 그 이상한 그림에 호기심이 생긴다. 상당히 원초적이면서도 신성해 보인다.

그가 웃는다. "하트가 아냐. 이 섬의 상징인 케이퍼지." 방으로 들어가며 그가 설명한다. "오늘 저녁에 스트롬볼리의 진짜 케이퍼를 맛보게 해줄게. 지금까지 먹은 건 케이퍼도 아니었다는 생각이 들 거야."

우리는 향신료 냄새가 나는 넓은 부엌에 있다. 여기가 이 집의 심장인 게 틀림없다. 한가운데에 식탁이 있고 짙은 색의 작고 단단한, 오래된 가구들이 하얀 벽에 기대져 있다. 구석에 오래 사용해서 검게 그은 커다란 벽난로가 보인다. 쾌적함을 피부로 느낄 수 있다. 두꺼운 돌벽이 우리를 외부 세계와 분리시키고 보호해준다.

레오나르도가 나무와 짚으로 만든 의자에 나를 앉힌다.

"나머지 짐 가지고 올게."

"여기서 기다리고 있을게." 난 목발 없이는 한 발짝도 움직일 수가 없다.

호기심 어린 눈으로 주위를 둘러본다. 벽난로 말고도 장작을 땔 때는 오래된 화덕이 있는데 아직도 사용이 가능해 보인다. 그리고 내 앞의 창밖으로 주랑이 있는 테라스가 보인다. 파랗게 칠한 벽에 벤치들이 놓여 있다.

잠시 후 레오나르도가 가방들을 가지고 다시 나타난다. 회색 머리를 하나로 틀어 올린, 자그마한 체구에 허리가 약간 굽은 노부인이 그를 따라왔다.

"이분은 니나야." 레오나르도가 부인보다 몇 발짝 앞장서며 그녀를 내게 소개한다. "우리가 온다고 집 정리를 다 해주셨어."

부인이 내 쪽으로 온다. 약간 특이한 얼굴로, 작은 두 눈은 짙은 파란색이고 입술은 얇으며 이마에는 주름들이 깊게 잡혔다. 금으로 된 링 귀걸이를 하고 있는데 귀걸이 때문에 귓불이 눈에 띄게 늘어졌다.

"반가워요." 그녀가 주름이 많은 딱딱한 두 손으로 내 손을 잡는다.

"저도 반갑습니다. 엘레나예요." 나는 의자에서 일어나보려고 하지만 발을 디딜 수가 없어 조금 휘청한다.

"가만히 있어요, 애쓰지 말아요." 한없이 부드러운 목소리로 그녀가 말한다.

"내 유모셨어." 레오나르도가 설명한다. "어릴 때 니나의 손에서 컸지."

"이 피치리두('꼬마'를 뜻하는 시칠리아 방언—옮긴이) 때문에 얼마나 많이 돌아다녔는지." 부인이 사랑이 넘치는 엄마 같은 눈으로 그를 바라본다. "바람 같아서 한시도 가만히 있지 않았다니까요!"

내가 웃는다. 어떤 면에서는 아직도 그렇다.

"스트롬볼리에 쭉 사셨어요?" 내가 묻는다.

"그럼요." 이 외딴 섬에 사는 게 이 세상에서 제일 자연스러운 일이라도 되듯 그녀가 평화롭게 대답한다.

"화산 무섭지 않으세요?" 내가 다시 묻는다.

"이두는 하느님 같아요. 자신이 원하는 대로 하니까……. 그래도 여기 사람들은 무서워하지 않아요."

"섬에 사는 분들에게 배워야겠어요."

"생각하지만 않으면 돼요." 원주민의 지혜와 숙명론을 단 한마디로 요약하며 그녀가 나를 안심시킨다. 그러고는 레오나르도에게 말한다. "빨리 가서 할 일이 좀 있는데. 필요하면 언제든 찾아오면 되는 거 알지?"

"고마워요, 니나." 그가 부인의 뺨에 다정하게 입을 맞추며 인사한다.

점심을 먹고 몇 시간 쉬고 나서 우리는 넓은 테라스로 나가 해가 지기 전의 노을빛을 즐긴다. 아름다운 분홍 부겐빌레아 꽃들이 정자의 하얀 기둥들을 스친다. 우리는 벤치에 앉아 있다. 피부를 어루만지는 가벼운 바람을 쐬며 바다를 바라본다.

"니나는 저쪽, 집 몇 채가 모여 있는 곳에서 혼자 살아." 레오나르도가 턱으로 마을을 가리키며 설명한다.

"굉장히 친절하셔." 내가 말한다. "정말 니나가 당신을 키웠어?"

"응." 그가 다른 추억들이 떠오르는 듯 웃는다. "아버지는 그물 판매상이어서 어부들에게 어망을 팔았고 어머니는 재봉사로 일하셨지. 날 하루 종일 니나에게 맡겨놓고 말이야. 그래서 니나가 나를 데리고 섬을 돌아다니며 케이퍼를 땄어. 아니면 몇 시간이고 니나가 요리하는 걸 지켜보기도 했고. 니나네 남자 식구들은, 섬사람들이 다 그렇듯이 전부 어부였거든. 그래서 집에 항상 싱싱한 생선들이 있었어."

"그러니까 음식과 맛에 대한 관심이 거기서 탄생했네?"

"그런 것 같아. 니나가 요리하는 걸 보기만 해도 굉장했거든. 마술사 같다고 생각했어. 니나의 제자가 돼서 정말 니나만 아는 요리 비법을 배우고 싶었다니까." 그가 우리 아래쪽 정원에 있는 석류나무를 가리킨다. "저 나무 보여? 석류가 열리면 어머니가 석류를 따서 니나에게 가져다주셨어. 그러면 니나가 맛좋은 석류주를 담갔는데 내가 마신 어떤 술보다 맛있어. 우리 부모님은 내가 아직 어려서 그 술을 못 마시게 했지만 니나가 가끔 몰래 마시게 해줬지."

나는 넋을 놓고 그의 이야기를 듣는다. 지금까지 레오나르도가 자기 이야기를 이렇게 자연스럽게 들려준 적은 없다. 그가 계속 이야기를 해주었으면 좋겠다. 갑자기 봇물이 터진 것 같다.

"그런데 부모님은 어디 계셔?" 내가 대담하게 물어본다.

"두 분 다 병으로 돌아가셨어." 그가 말한다. 잠시 그의 얼굴이 어두워진다. "7년 전에 아버지가 돌아가시고 얼마 되지 않아 어머니도."

다시 잠깐 침묵이 이어진다. 그러다가 레오나르도가 멀리 바다에 있는 호박색 바위를 가리킨다. 바위는 해변에서 그리 멀지 않은 곳에 홀로 장엄하게 우뚝 서 있다.

"저 바위 보이지? 스트롬볼리키오('작은 스트롬볼리'라는 뜻의 시칠리아 방언―옮긴이)라고 부르는 바위야."

이름이 우스꽝스러워 내가 웃는다.

"옛날엔 화산이었어." 레오나르도가 설명한다. "전설에 따르면 스트롬볼리 화산의 마개였는데 천 년 전쯤 화산이 폭발했을 때 바다로 튕겨져 나갔대."

"그럼 다시 가져다 막을 수는 없나?"

레오나르도가 웃으면서 고개를 젓는다.

"저 꼭대기, 저건 등대야?" 내가 눈을 가느스름하게 뜨며 묻는다.

"응, 1950년대까지는 관리인이 손으로 작동했었나 봐. 지금은 태양열로 움직여."

"그럼 올라가볼 수 있어?"

"올라가고 싶구나, 그렇지?" 그가 공범자 같은 눈으로 나를 자극한다.

"물론이지!" 내가 고개를 끄덕인다.

"좁은 돌계단이 있는데 계단 수가 이백 개가 넘어. 바다에서 저 위로 갈 수 있어." 그가 설명하더니 내 얼굴에 자신의 얼굴을 가까이 가져온다. 배 속이 꽉 조이는 느낌이다. "가고 싶다면……."

"중요한 건 당신이 날 안고 가야 한다는 거지." 내가 웃으면서 그를 약 올린다.

레오나르도가 잠시 내 눈을 뚫어져라 본다. "그런 건 생각하지도 마." 그러고는 예고도 없이 힘센 두 팔로 나를 품에 감싸 안는다. 그의 두 손이 내 머리카락 사이로 들어오고 그의 뜨거운 입김이 내게 와 닿는다.

그때 이후로 이렇게 가까이 있어본 적이 없다. 하지만 변한 게 전혀 없다는 사실을 순간적으로 깨닫는다. 나는 다른 어느 곳이 아닌 바로 여기 있는 게 좋다. 긴장했던 근육이 서서히 풀리며 그의 냄새를 맡는다. 그의 냄새를 사랑한다.

레오나르도가 손가락으로 살며시 내 목을 쓰다듬는다. "병원에서 당신을 다시 만났을 때부터 키스하고 싶었어." 그가 내 귀에 대고 속삭인다. "그리고 지금 그러려고 해, 당신에게 미리 알리는 거야." 그가 두 손으로 내 머리를 잡는다. "반대하고 싶으면 말해도 돼." 그가 내 입술로 다가온다. "그런데 아무리 반대해도 멈출 수 없을 것 같아." 그의 입술이 감지할 수 없을 정도로, 거의 우연처럼 내 입술에 살짝 닿는다. 거부하고 싶지만 그럴 수 없을 것이다. 욕망으로 몸이 마비되어버렸다. 레오나르도가 맛있는 과일을 쥐듯 두 손으로 내 턱을 잡고 부드럽게 내 입술을 깨문다. 그러고는 입을 벌려 내가 그의 혀를 느낄 수 있게 한다. 그러나 곧 혀를 빼버려 나를 고통스럽게 한다. 마침내 그의 혀가 다시 내 입안으로 들어와 뜨겁고 촉촉한 느낌으로 나를 완전히 감싼다. 나는 그를 받아들이고 그를 좇는다. 혀로, 입술로, 이로.

이런 키스를 간절히 바랐다. 다만 인정을 하지 않았을 뿐이다.

그가 내게서 약간 떨어지더니 내 눈을 바라본다. 그리고 엄지손가락으로 내 입술을 만진다. "얼마나 그리웠는지 몰라, 엘레나."

그러더니 내 코에, 목에, 어깨에 입을 맞춘다. 내 뺨에 닿는 그의 수염이 느껴진다. 그의 귀걸이가 내 목에 닿고 그의 향기를 맡을 수 있으며 풍성한 머리숱을 피부로 느낀다. 새롭고도 친밀한 느낌인데, 이런 접촉으로 내 감각을 깨우려 한다.

"자, 안으로 들어가자." 그가 한 손을 내민다.

그 순간 태양이 바다를 스치며 붉은빛과 분홍빛으로 온 하늘을 물들인다. 우리 등 뒤로 태양의 마지막 빛이 퍼진다. 태양이 바다에 잠기는 동안 우리는 포옹을 한 채 스트롬볼리에서의 첫날밤을 향해 조금씩 발을 떼어놓는다.

레오나르도가 샤워를 하는 동안 아까 그 의자에 앉아 그를 기다린다. 나는 붕대를 하고 있는 동안은 샤워를 할 수 없으니 곡예를 하듯 조금씩 씻을 수밖에 없겠지. 하지만 빨리 땀에 젖은 이 옷을 벗고 레오나르도와 같이 침대에 눕고 싶다. 이런 기다림으로 인해 흥분되고 모든 게 더 달콤해진다.

끝났다. 물소리가 들리지 않는다. 이제 그가 샤워부스에서 나와 수건으로 온몸을 닦은 뒤 수염과 머리의 물을 털고 수건을 허리에 두르겠지. 거울을 보며 자신 있는 미소를 짓고 늘 사용하는 향수, 앰버향을 한 방울 뿌릴 거야. 가죽 플립플롭을 신고 상반신에 아무것도 걸치지 않은 채 휘파람을 불며 복도를 가로질러올 거야.

아직도 믿을 수 없지만 지금 이런 일이 일어나는 중이다. 그의 발소리가 바닥을 울린다.

레오나르도가 문 앞에 나타나는데, 꼭 살아 있는 그리스 조각상 같다. 그가 내게로 오더니 아무 말도 하지 않고 나를 안는다.

"어디로 데려가려고?" 내가 묻는다.

"욕실로, 당신 차례야." 그가 당연하다는 듯 자연스레 대답한다.

"혼자 할 수 있어!" 내가 반박한다.

"알아, 그렇지만 당신을 도와주는 게 아주 즐거운걸."

레오나르도가 날 욕조 옆에 내려놓은 뒤 물을 틀고 욕조가 차기를 기다린다. 그사이 그가 내 면 원피스를 머리 위로 벗겨준다. 팬티와 브래지어만 남는다. 약간 부끄럽다. 다리가 서로 달라서 내 몸이 이상하고 균형이 맞지 않아 보인다. 동작도 어색하다.

"너무 아름다워, 엘레나." 그가 나를 눈으로 애무하듯 바라보며 속삭인다.

내 입에 키스를 하고 두 손을 내 등 뒤로 가져가서 브래지어를 푼다. 그러고는 엉덩이를 붙잡고 천천히 팬티를 벗긴다. 그런 다음 손가락으로 물 온도를 확인해보더니 나를 들어 올린다. 한쪽 다리를 욕조에 걸쳐놓게 한 뒤 나를 욕조 안에 앉힌다. 물속에 들어가자마자 순식간에 긴장이 다 풀려버린다.

레오나르도가 수도꼭지를 잠그고 천연 스펀지에 향기 좋은 오일을 적셔 내 목과 가슴과 등을 부드럽게 문지르기 시작한다. 난 눈을 감고 내 몸을 닦아주는 그의 손길만을 느낀다. 욕조에 앉아서 내 몸을 그대로 맡긴다. 이제 아픔이나 고통은 다 사라져버리고 황폐해진 내 몸이 다시 힘차게 박동하기 시작한다.

향기로운 물이 피부 위로 가볍게 미끄러진다. 능숙한 그의 손에 들린 스펀지가 가슴에 잠시 머무르다가 유두 주위에서 나선을 그리더니 배와 다리로 미끄러져 내려갔다가 다시 위로, 나의 은밀한 부위 쪽으로 올라온다. 레오나르도가 다리 사이를 계속 문지른다. 부드럽고도 섬세한 터치이지만 온 몸을 달아오르게 할 정도로 힘이 있다. 나는 눈을 뜨고 그의 눈을 본다. 그의 얼굴에 나타난 욕망을 본다. 동공이 확대된 두 눈은 탐욕스럽고 미소는 관능적이다. 그가 내 손에 스펀지를 들려주더니 손을 가슴으로 갖다 놓으며 거기를 닦게 한다. 그러더니 그는 손가락으로 다시 내 다리 사이를 애무하고 탐색한다. 배 속으로 부드러운 물결이 퍼지는 느낌이 든다. 탐욕스러운 그의 손가락이 내 몸속으로 들어와서 둥글게, 길게 원을 그린다. 나를 즐겁게 해줄 수 있는 사람은 레오나르도뿐이다.

나는 갑자기 몰려드는 쾌감에 기분 좋게 빠져들며 욕조 가장자리를 두 손으로 꽉 잡는다. 그러다가 우리의 두 눈이 마주쳐 서로를 바라보는 동안 점점 더 흥분이 고조된다.

레오나르도가 입술을 깨문다. 그의 눈에서 순수한 욕망을 읽을 수 있다. 잠시 후 그가 내 쪽으로 몸을 숙이더니 키스를 하고 내가 밖으로 나갈 수 있게 도와준다.

레오나르도가 나를 수건에 감싸서 품에 안고 방으로 데려가 침대에 내려놓는다. 나는 두 손으로 그의 허리를 잡아서 수건을 들추고 불두덩에 키스하기 시작한다. 그곳의 살이 팽팽하고 단단해진다. 곧 단호하게 수건을 벗겨내 버리자 발기한 성기가 나타난다. 조금 전 그가 테라스에서 내게 키스할 때와 똑같이 자연스럽게 내가 그 끝에 입을 맞추고 애무하기 시작한다. 그의 엉덩이와 다리 근육이 수축한다. 성기는 아주 예민하다. 마침내 내가 입을 벌리고 그것을 입에 넣어 거기서 나는 야생의 꽃 같은, 바다 같은 맛을 즐긴다. 내 입에 그의 살이 닿는다. 그가 앞뒤로 움직인다. 내 혀가 귀두를 애무하다가 페니스를 전부 핥아나간다.

레오나르도가 깊게 신음하며 허리를 뒤로 젖히더니 더욱더 내 속으로 들어온다. 그러다가 갑자기 몸을 뺀다.

그는 내가 침대에 누울 수 있게 도와준다. 그제야 나는 천장에 조개 풍경이 달려 있어 바람이 불면 방 안에 그 소리가 울려 퍼진다는 걸 알아차린다.

레오나르도가 내 곁에 누워 머리와 얼굴과 가슴에 입을 맞춘다. 그의 입술이 내 살을 간질이는데, 잠시나마 상념을 떨쳐버리게 하는 힘이 있다. 나는 지금 이 상황에 나를 맡기고 예전처럼 그의 품에 안겨 있어도 되는지 확신이 없다. 이 생각을 하니 끔찍하다. 하지만 지금은 의문을 품을 때가 아니다. 지금 이 순간에는 그저 맛있는 주스를 마시듯이 내 유두를 힘껏 빠는 그의 입만이 있을 뿐이다. 잠시 후 그가 내 왼쪽 가슴 밑에 있는 하트 모양의 검은 점을 찾는다.

"여기 있네, 아직 있어." 그가 이렇게 말하며 그 위에 가볍게 키스한다. 그러더니 내 배에서 성기로 이어지는 중앙의 선을 따라 계속 키스를 한다. 내 피를 금방 뜨겁게 달아오르게 하는 그의 입과 혀가 자유로이 움직일 수 있게 다리를 벌린다. 그의 애무로 인해 내 심장 박동이 빨라지고 온몸은 욕망에 젖어든다. 레오나르도가 신음한다. 그의 몸에서 일종의 부드러운 떨림이 전달되어 내 몸에서 그것이 쾌감으로 되살아난다.

그가 다시 내 입에 키스를 한다. 그는 나를, 내가 느끼는 쾌감을 알고 있다. 그가 내 다리 사이로 들어와 내 다리를 자신의 엉덩이에 걸친다. 그의 페니스가 나의 은밀한 부위에 닿는 게 느껴진다.

"엘레나, 이제 당신하고 섹스하려고 해." 그가 내게 속삭인다. "그래야만 하니까." 그러면서 내게 천천히 들어온다. "사랑해. 다른 건 하나도 중요하지 않아."

내가 거의 잊고 있던, 말로 표현하기 힘든 최고의 느낌이 전해진다. 우리의 몸은 완벽하게 하나가 된다. 그는 처음에는 천천히, 그러다가 점점 빠르게 들어왔다 나가고를 반복한다. 우리의 뜨거운 호흡이 방 안의 고요를 깨고 바람 소리며, 파도 소리, 화산에서 들려오는 소리와 딸랑이는 풍경 소리까지 다 압도한다.

내 몸 안에 레오나르도가 들어오는 순간을 얼마나 꿈꿨는지 모르지만 갑자기 내가 쉽게 즐길 수 없다는 사실을 깨닫는다. 호흡이 빨라지고 몸이 떨리기는 해도 오래전 잃어버린 그 한없는 기쁨을 다시 느낄 수가 없다.

"날 위해 긴장을 풀어봐. 아무 생각 하지 말고……."

그렇게 해보지만 성공하지 못한다. 육체와 영혼의 덫에 걸려 차단되고 억압당해 내가 원하는 대로 내 몸을 떨리게 만들 수 없다. 아직도 내 마음속에서 절대 떨어져 나가지 않는 고통의 찌꺼기가 남아 있어 다친 다리보다 더 나를 움직일 수 없게 하고 내 감각을 짓눌러 절정에 오르지 못하게 한다.

내가 만난 수많은 남자들, 그들과 보낸 하룻밤 정사의 소득이라면 거짓 오르가슴을 흉내 내는 법을 배웠다는 것이다. 이미 절망감을 느끼며 어쩔 수 없이 그렇게 한다. 레오나르도를 위해, 그의 쾌락을 위해, 이제는 내가 시도할 수 없는 오르가슴을 그에게 선물하기 위해 흉내를 낸다.

그가 절정에 오른 게 느껴진다. 오르가슴을 즐기려 한다. 그가 두 손으로 내 팔을 꽉 잡는다. 움직임이 점점 더 빨라진다. 마지막으로 힘차게 밀고 들어왔다가 갑자기 나가더니 거칠게 신음하며 내 가슴에 무너졌다가 옆으로 쓰러지듯 내려간다.

나는 목에 걸린 뭔가를 삼키려는 듯 깊게 심호흡을 한다. 뭐라 말할 기운이 하나도 없고 생각도 뒤죽박죽이다. 내가 제대로 연기를 해서 그가 눈치 채지 못했을지도 모른다. 너무나 그럴듯해서 나도 자기와 함께 절정에 올랐다고 믿을 수도 있다.

레오나르도가 내 쪽으로 돌아눕더니 나를 속속들이 파헤치기라도 할 듯이 바라본다. "당신은 못 느꼈어." 그가 내 눈동자 색을 말하기라도 하듯 무심하게 말한다.

"아니야, 무슨 소리야?"

"엘레나, 난 당신이 오르가슴 느낄 때를 알고 있어." 비난하는 말투는 전혀 아니지만 그 말만으로도 즉시 내 뺨이 붉게 물들고도 남는다.

레오나르도는 다른 남자들과 다르다. 그걸 알았어야 했는데. 그에게는 연극을 할 수가 없다.

"그냥 피곤해서 그런가 봐." 내가 방어하듯 말한다. "여행 때문일 수도 있고 깁스가 거추장스러워서 그럴지도……" 계속 말을 하면서 너무나 인정하기 힘든 진실을 덮을 다른 변명들을 찾고 싶다.

하지만 그가 아무 말도 하지 못하게 막는다. "쉬잇, 이리와." 레오나르도가 나를 끌어당겨 자기 쪽으로 돌아눕게 만들더니 내 등에 자신의 가슴을 댄다. "다 괜찮아. 아무 말 하지 마." 고마운 마음으로 그의 품에 안겨 눈을 감는다. 내 목을 스치는 그의 숨결과 내 몸과 뒤섞인 그의 체온을 느낀다. 그렇게 조용히 누워 우리 머리 위를 스치는 풍경 소리를 들으며 잠들기를 기다린다.

다 괜찮은 건 아니다. 솔직히 말하면 이런 포옹 이외에 괜찮은 건 아무것도 없다.

스트롬볼리는 자연 그 자체로 원초적인 색을 고스란히 간직하고 있다. 화구를 가져왔더라면 검은 흙에 뒤덮인 땅과 미묘한 음영을 가진 눈부신 푸른 바다, 새하얀 집 들을 그리는 데 몰두했을 것이다. 이 섬에 온 뒤로 내가 경험한 첫 번째 기적은 다시 그림을 그리고 싶다는 마음이 생긴 것이다. 눈과 손을 움직이고 옷과 몸에 물감을 묻히고 금방 완성한 그림의 냄새를 맡고 싶은 욕망이 걷잡을 수 없게 되살아난다. 그런 바람을 완전히 잃어버린 줄 알았는데 지금 예전보다 훨씬 더 생생하게 마음속에 되살아나고 있다.

우리가 여기 온 지 어느새 일주일이 지났다. 하루하루 섬을 발견하는 방법을 배우는 중이다. 웅얼거리는 대지, 향기로운 꽃, 고요한 주변, 가로등 없는 거리 등등……. 한밤에 달빛과 화산의 섬광만이 거리를 밝히는, 불빛 없이 희미한 어둠 속을 걷는 건 독특한 경험이다. 스트롬볼리는 다른 세상이다. 나는 이 세상에 매료되었고 매번 놀라곤 한다. 마치 레오나르도에게 그렇듯이.

지금 테라스에서 레오나르도를 기다리는 중이다.

해가 높이 떴고 바다는 노란 비늘들이 반짝이듯 장관이다. 덥긴 해도 혹서가 아니라 기분 좋은 더위다. 하지만 8월이면 이 섬에서 견디기 힘들 거라는 생각이 든다.

레오나르도는 오늘 아침 새벽녘에 나갔다. "부두에 가서 어부들 좀 만나고 올게." 아직 잠에 취해 있을 때 그가 내 귀에 대고 속삭였다.

그가 내게 키스를 했는지 기억나지 않는다. 아마 했더라도 뺨에만 살짝 했을 것이다. 이제 레오나르도가 나를 피하고 있다는 게 분명해졌다. 우리가 처음으로 딱 한 번 관계를 하고 난 뒤부터다. 다음 날 나는 약간 당황스러워하면서 오르가슴에 오르기 어려운 문제가 일회적인 게 아니라 한참 전부터 계속 그런 상태라고 그에게 고백했다. 솔직히 말하면 우리가 헤어지고 난 뒤부터였다. 그는 그리 크게 걱정하지 않는 듯이 보였다. 내 이마에 키스를 하며 안심시켜주었다. "다괜찮아질 거야. 너무 깊게 생각하지 마." 그러고는 다른 이야기로 화제를 돌렸다.

하지만 그때부터 우리는 다시 관계를 하지 않는다. 그가 내게 관심을 보이지 않는 것 같은 기분이 든다. 남매 같은 접촉 말고는 나와 살도 거의 부딪치지 않으며 내가 그를 유혹해보려 애써도 전혀 신경을 쓰지 않는 분위기다. 갑자기 싫어질 수도 있는 걸까? 내가 즐길 수 없게 되어 그의 욕망마저도 사라지게 된 걸까?

그에게 물어볼 용기가 나지 않아 먼저 그를 좀 더 자세히 살펴보고, 정말 내게 더 이상 매력을 느끼지 못하는 건지, 그저 언제나처럼 나를 가지고 노는 그의 잔인한 놀이에 불과한 건지를 알아보려 한다. 그가 내게 보이는 이런 이상한 무관심은 일종의 소리 없는 결투로 변해버렸는데, 그 의미를 완전히 이해하지는 못했지만 도전을 받아들였다.

안타깝게도 한 가지 확실한 사실은 난 아직도 그에게 전혀 싫증이 나지 않는다는 것이다. 시간이 지날수록 더욱더 그를 원한다. 그런데 레오나르도는 상체에 아무것도 걸치지 않고 집 안을 돌아다니며 일부러 나를 자극하는 듯하다. 버뮤다팬츠를 입고 플립플롭을 신은 포세이돈 같다. 살은 햇빛에 구릿빛으로 그을었고 다듬지 않아 덥수룩한 수염과 머리에서는 바다 냄새가 난다. 두 눈은 심연처럼 깊다. 이 섬은 그가 지닌 관능성을 오만하게 밖으로 모두 끌어냈다. 나는 그와 포옹하고 그를 만지고 내 것으로 만들고 싶은 제어하기 힘든 본능을 억눌러야만 한다. 그가 아니었다면 난 벌써 본능에 충실했을 것이다. 이미 나는 남자들에게 아주 적극적으로 행동하는 법을 배웠다. 지나치게 깊이 생각하지 않고 주도적으로 행동하며 누가 먼저 다가가야 하는지 골치를 썩이지 않는 법도. 하지만 레오나르도에게는 그렇게 단순하게 행동할 수가 없다. 우리 사이에는 아주 복잡한 유혹의 언어와 해석해야 할 메시지와 궁리해야 할 전략이 있다.

　무엇보다 모순적인 것은 최근 그가 육체적으로는 나를 그렇게 거부하면서도 그 어느 때보다 다정한 모습을 보인다는 점이다. 귀한 손님처럼 내게 관심을 쏟으며 이 땅이 선물하는 재료로 온갖 맛있는 요리를 만들어준다. 예를 들면 어제는 요리 재료와 조리법을 찾아 매일 나서는 순례에서 돌아오며 내게 선물을 가져다주었다. 전혀 기대하지 않았던 일이다. 레오나르도는 외출했다 돌아올 때 선물을 사오는 그런 남자가 절대 아니다. 하얀 새틴으로 만든 조그만 상자를 열자 은으로 만든 멋진 발찌가 모습을 보였다. "이 섬의 공예가 알피오 작품이야. 어릴 때부터 알던 사이지." 그가 흡족한 미소를 지으며 설명했고 내 왼쪽 발목에 발찌를 채워주었다. 그러는 동안 내 마음속의 불길이 뜨겁게 타오르는 걸 느꼈다. 잠시 후 그가 복숭아뼈를 쓰다듬더니 몸을 숙여 발목에 키스를 했다. 나는 무너져버렸다. 몸이 뜨거워지면서 짜릿한 전율이 다리를 타고 올라와 끈적한 욕망에 불을 붙였고, 그걸 통제할 수가 없었다. 나는 레오나르도가 계속 키스를 하리라 생각했고, 그 키스는 다른 행동의 전주곡이라고 생각했다. 하지만 아니었다. 그가 내게서 몸을 떼는 바람에 약간 아쉽기도 하고 당황스럽기도 했다. 왜 이렇게 나를 고문하는 걸 즐기는 걸까?

빨랫줄에서 수건을 걷으며 내가 얼마나 더 버틸 수 있을지 모르겠다는 생각을 한다. 수건을 걷은 뒤 부엌으로 가서 오렌지와 레몬 주스를 만들 준비를 한다. 갓 따온 오렌지와 레몬은 정말 맛이 좋다. 오렌지 주스를 전혀 좋아하지 않았는데, 이제는 이걸 마시지 않고는 견디기가 힘들다.

잠시 후 레오나르도가 한 손에 그물을 들고 돌아오는데 그물에서 둘둘 만 해초와 가시 들이 삐져나와 있다.

"금방 잡은 성게들이야." 그가 신이 나서 말하며 수확물을 개수대에 내려놓는다.

나는 다가가서 호기심 어린 눈으로 내용물을 본다.

"싱싱해." 레오나르도가 개수대의 물에서 그것들을 뒤섞으며 자랑스러운 듯이 계속 말한다. "가에타노에게 선물 받았어."

"그저께 만난 분?" 곱슬거리는 회색 콧수염에 하얗게 센 머리를 어깨까지 기른 남자와 만났던 기억을 떠올리며 내가 묻는다. 남자는 큼직한 두 손으로 어망을 짜고 있었다.

"맞아, 그 사람." 레오나르도가 웃으며 고개를 끄덕인다. "가에타노는 니나 아들이야. 열 살 때부터 고기를 잡았지."

"저것들을 보니 그렇게 맛있을 것 같지는 않은데." 내가 불신의 눈으로 보며 말한다. 성게는 테니스공만 한데 셀 수도 없이 많은, 무시무시한 가시에 뒤덮여 있다.

그가 깜짝 놀라서 나를 본다. "아직 안 먹어봤단 말이야? 믿을 수가 없어!"

내가 고개를 젓는다. "예전에 한 번 성게에게 내가 먹히긴 했었어. 리구리아에서. 한 열네 살쯤 됐을 땐가. 끔찍하게 아팠다니까."

그가 웃는다. "오늘 밤에는 성게 때문에 훨씬 기분 좋은 경험을 하게 될 거야." 외설스러운 제안처럼 들리는 예고다. 아니 어쩌면 내가 그렇게 받아들이고 싶을 뿐인지도 모르지만.

"기대되는데." 그의 손이 내 실크 비치웨어를 스치며 등을 쓰다듬다가 엉덩이 바로 위에서 멈추는 사이 나는 겨우이렇게 대답하고 만다. 피가 끓어오른다. 오, 세상에. 지금 키스하고 싶다. 그리고 그 이상까지도 다 하고 싶다.

하지만 레오나르도는 갑자기 내 곁을 떠나서 오렌지 껍질을 벗기기 시작한다. "발찌 정말 잘 어울려." 그가 차분하게 말한다. "그런데 오른쪽에 해야 해."

"뭐라고? 나 놀리는 거야?" 오른쪽 발목에 아직도 빌어먹을 보조 장치를 하고 있는데 말이야.

"완전히 다 나았을 때."

"그런데 왜 오른쪽에 해야 한다는 거지?"

"오른쪽에 한 발찌는 사랑하는 사람에게 정절을 지킨다는 표시야." 그가 짓궂은 목소리로 선고를 내리듯 말한다.

무슨 말을 하고 싶은 거지? 내 눈이 휘둥그레진다. "지금 나한테 뭔가 의미 있는 말을 하는 거야?"

"지금 이 순간부터 당신은 내 거고 다른 얘긴 필요 없다는 걸 분명히 해야겠다고 생각했어." 그가 너무나 자연스럽게 말하며 오렌지 조각 하나를 입에 집어넣는다. 그는 이런 사람이다. 이제 더 이상 놀랄 것도 없다. 온 세상을 다 변화시킬 수 있는 아주 중요한 이야기를 할 때도 마치 농담하듯 말한다. 그리고 항상 불시에 단호하게 행동해서 그때마다 난 완전히 당황하고 만다. 그러나 지금은 태연하려고 애써본다.

"그러니까 당신도 내 거고 다른 얘기는 필요 없어." 나도 팔짱을 끼고 말을 툭 던진다. 그러면서 변함없이 태연함을 과시하려 한다.

레오나르도가 계속 오렌지를 씹으며 육감적인 입술을 실룩이더니 미소를 짓는다. 세상에, 이건 너무 심하다. 갑자기 그의 입술을 깨물고 싶은 욕구가 생긴다. 버틸 수 있을지 모르겠다. 그에게 다가가려고 하자 그가 다시 움직여 개수대 쪽으로 돌아선다. 나는 바보처럼 멍하니 그의 등을 바라보고 선 채로 이제 어떻게 해야 할지 나 자신에게 묻는다.

이제 됐다. 반응을 보일 순간이 되었다. 유혹을 해야 한다. 나는 식탁에 등을 기대고 두 손으로 그 가장자리를 잡는다. "발찌 고리 제대로 안 잠근 거 아냐? 난 잠글 수 없는데……." 최대한 섹시한 어투로 말한다. 레오나르도가 내 쪽으로 돌아서더니 가까이 다가온다. 내가 발을 들어 그의 허벅지를 살짝 스치자 그가 두 손으로 발을 잡는다. 그러고는 재빠르고 정확하게 발찌의 고리를 꽉 잠가준다. "됐어." 부드럽고도 자신 있는 목소리다. 그가 슬며시 웃고 있나, 아니면 내가 잘못 본 건가? 그의 숨결이 내 발목을 애무한다. 빨리, 왜 키스하지 않지? 다시 내 몸에서 그의 혀를 느끼고 싶은데…….

레오나르도는 기대가 가득 담긴 눈으로 나를 보지만 잠시 후 내 발을 조심스럽게 바닥에 내려놓는다. "해변으로 산책 가자." 그가 턱을 쓰다듬으며 제안한다.

오, 그런 몸짓이 나를 더 뜨겁게 달아오르게 한다. 산책보다 방에 들어가서 자는 게 어떨까? 하지만 그런 말이 한마디라도 내 입에서 나올 리가 없다. "좋아." 나는 억지로 미소를 지으며 말한다. 가방을 집어 들고 약간 화가 난 채 어깨에 멘다. "가."

룽가 해변은 경이롭다. 이 섬에서 가장 아름다운 해변 아닐까? 투명한 푸른 바다 앞에 반짝이는 검은 조약돌들이 깔린 해변이다. 오늘 아침에는 아이들 몇 명과 해변 끝 쪽으로, 눈에 별로 띄지 않는 곳에 있는 나체의 연인 말고는 아무도 없다.

이제 상당히 힘들기는 해도 목발 없이 걸을 수 있다. 물론 속도가 아주 느리고 백 미터 정도 가고 나서 꼭 쉬어야 하지만 장족의 발전을 하고 있는 기분이다. 기후와 이곳에서 호흡할 수 있는 에너지, 그리고 레오나르도 덕일지 모른다. 사실 시간이 흐를수록 내 상태는 아주 좋아지고 있다.

검은 모래는 깜짝 놀랄 만큼 뜨거운 열기를 발산한다. 태양에 달구어진 그 작은 알갱이들을 밟으면 다리의 통증도 거의 느낄 수 없을 정도다. 레오나르도가 바다에 뛰어든다. 수영을 조금 하고 나더니 다시 돌아와 내 옆에 눕는다. 그리스 신처럼 신비롭고 아름답다. 물에 젖은 피부, 헝클어진 머리, 검은 조약돌들을 아무 생각 없이 만지는 손 모두. 이런 모습 하나하나에 내 몸이 떨린다.

"책 쓸 준비는 어떻게 돼가고 있어?" 갑자기 내가 묻는다. 며칠 전부터 나를 혼란에 빠뜨린 성적인 긴장감을 좀 풀기 위해서이기도 하다.

"잘되고 있어!" 그가 만족스럽게 웃는다. "오늘 아침에 조그만 부두에서 사람들을 만났는데 수다를 좀 떨다가 새로운 조리법 하나를 알게 됐어. 지금까지 내가 모르던 방식으로 요리하는 '파스타 알 푸오코'야."

"이름만 들어도 맛있을 것 같은데." 나는 잠시 아무 말 없이, 그가 이 요리를 준비하는 상상을 한다. "있잖아, 생각해봤는데……" 곧 내가 다시 말을 시작한다.

"뭔데?" 그가 호기심을 보이며 상체를 약간 일으킨다.

"당신 조리법을 그림으로 그리고 싶어." 내가 자신 있게 말한다. "수채화로 그리는 게 좋을지도 모르겠어. 어쨌든 사진을 싣는 기존의 요리책들과는 다른 식으로."

"엘레나, 정말 놀라운 아이디어야!" 그의 눈이 빛난다.

"아쉽지만 당장 시작할 수는 없어. 그림 그릴 도구를 하나도 안 가지고 왔거든." 나는 안타까워하며 얼굴을 찡그린다. "그렇기는 한데 여기 물감 파는 상점 없을까?"

"없을 거야." 그가 두 팔을 벌린다. "아마 당신에게 필요한 걸 사려면 메시나(시칠리아 섬 동북부, 메시나 해협 서안에 위치하는 항구도시—옮긴이)까지 가야 할지도 모르겠어." 그가 계속 말하는데 뭔가를 생각하는 듯하다.

"상관없어. 그래도 연필로 스케치는 할 수 있으니까. 나머지는 로마에 가서 생각해보면 돼."

"우리가 로마에 돌아갈 수 있다면……."

"응?"

"이곳에 한 번 와서 다시 돌아가지 못했던 사람이 한둘이 아니야."

"그래, 맞아. 잉그리드 버그만도 그랬지." 내가 그를 놀린다. "그래도 그건 영화잖아. 게다가 1946년에 촬영한."

"왜, 여기서 평생 살기는 싫어?"

"아냐, 사실 조금도 싫지 않아." 나는 앞쪽을 똑바로 바라보며 한숨을 쉰다. 이곳에서는 단 하나, 그가 나를 다시 원하지 않는다는 것만 빼고는 부족한 게 전혀 없다.

바다에서 눈부신 오후를 보내고 집으로 돌아와서 저녁이 되자 레오나르도가 주방, 그러니까 자신의 왕국과 하나가 된다. 그리고 오늘 아침부터 다시 끓어오르던 창의력을 유감없이 분출한다.

"그런데 이 성게는 어떻게 먹는 거야?" 나는 좀 더 자세히 관찰하고 싶어 개수대에 몸을 숙인 채 물어본다.

"니나에게 배운 스파게티를 만들어보려고." 레오나르도가 검은 면 손수건으로 머리를 묶으며 말한다. "성게 파스타는 니나의 특별요리였거든. 오늘 간청을 해서 드디어 요리 비법을 알아냈어. 그런데 알아? 10년이나 비법을 알려달라고 했는데 그동안 비밀로 해왔던 거야. 당신에게 요리해주고 싶다고 말했더니 그제야 알려주려고 하더라고." 그가 재미있다는 듯이 웃는다. "그건 그렇고 성게는 날것으로 먹을 수 있어." 레오나르도가 살기가 도는 눈으로 나를 보더니 맨손으로 성게를 하나 집는다. 그런 다음 조심조심 그것을 반으로 갈라 안쪽의 별 모양을 보여준다.

"속이 너무 예쁘네." 나는 껍질 안에 방사상으로 놓인 오렌지색 성게알들을 보고 감탄해서 말한다.

레오나르도가 손가락으로 가장자리를 벌린다. "먹어봐." 그가 내 입에 성게를 가져다 대며 권한다.

보통 때보다 가슴이 빠르게 뛰기 시작한다. 입을 벌리고 이로 성게알을 문 뒤 혀로 그것을 핥아 입안에 밀어 넣는다. 단단하고 짭짤한 새로운 맛으로 순식간에 내 입맛을 자극한다.

"맛있는데." 나는 성게알이 부드럽게 목으로 내려가는 동안 그 맛을 음미하며 눈을 가느스름하게 뜨고 말한다.

곧 우리 두 사람의 눈이 마주친다. 우리의 두 눈에서는 강력하고 기대가 가득 담긴 에너지가 발산된다. 성게의 맛이 배까지 전해져 배 속에서 요동치던 예리한 욕망을 한층 강화시킨다. 오늘 밤엔 이 남자를 다시 내 남자로 만들고 말겠어. 나 자신에게 맹세한다.

레오나르도가 남은 성게알을 먹고 나서 칼을 이용해 다른 성게들을 가르고 그 알을 그릇에 담는다. 손에 마법의 힘이라도 들어간 듯 모든 동작이 자연스럽다. 그는 망설임 없이 엑스트라 버진 올리브 오일을 집어서 프라이팬에 S자로 따른다. 요리를 하는 게 아니라 그의 머릿속에 떠오르는 맛의 그림을 그리는 중이다. 그는 화가이고 연금술사이며 맛의 장인이다. 그를 보면 볼수록 그에게 빠져든다. 이제 레오나르도는 불을 켜고 올리브 오일이 원을 그리며 퍼져나가게 한 다음, 마늘 한쪽과 작은 고추 두 개를 통째로 넣고 성게알을 몇 숟가락 첨가한다. 백포도주를 붓자 재료들에서 연기가 나며 은색 불길에서 나는 푸르스름한 빛이 주변을 물들인다. 불길은 더 번지지 않고 금방 쉿 소리를 내며 사라진다.

"스파게티 면 넣어볼래?" 그가 물이 끓는 옆의 냄비를 가리키며 묻는다.

"오케이." 나는 스파게티 상자를 열지만 금방 망설이게 된다. "반을 잘라 넣어야 하나?" 잘 기억은 나지 않지만 엄마가 그렇게 했던 것 같다. 하지만 정확히 알 수가 없다. 세계적인 명성을 가진 셰프를 도울 때는 조금만 실수를 해도 큰일이다.

"아니." 레오나르도가 대답한다. 나무라는 말투도, 너무나 바보 같은 말을 한 걸 부끄러워하게 만드는 말투도 아니다. "국수를 한 줌 쥐어서 냄비 한가운데에 넣으면 돼."

그가 말한 대로 한다. 레오나르도가 내 뒤에 서서 내 손을 잡고 인도한다. 그의 페니스가 내 엉덩이를 스치고 그의 입이 내 귀 옆에 있다.

"이제 손을 펴고 국수를 놔." 그가 속삭인다.

그렇게 하자 스파게티 면들이 꽃잎처럼 쫙 펴지며 끓는 물속으로 빨려 들어간다.

"잘했어." 레오나르도의 입술이 내 머리를 스치자 몸이 스르르 녹으며 속에서 불길이 확 번진다. 잠시 후 그가 내 곁에서 멀어졌다가 포도주 잔 두 개에 포도주를 따른다. "말바시아 조금 마실래?"

"아, 고마워요, 셰프님." 마지막 말에 힘을 주어 말하며 일부러 도발적으로 눈을 깜빡인다.

그가 고개를 옆으로 기울이며 나를 본다. "혹시 지금 나 유혹하는 거야?"

"네, 셰프님." 그의 조수들이 그에게 대답하듯 내가 무미건조하게 말하지만 계속 진지한 상태를 유지할 수는 없다. "싫어?"

"잘 모르겠어……." 그가 웃음을 참으며 한숨을 쉰다. "내가 당신을 뭔가 특별하게 생각해야만 한다는 뜻이겠지."

흥분으로 등이 살짝 떨린다. 분위기가 점점 뜨거워진다. 이번에는 당신에게 지지 않겠어요, 셰프님. 내가 선수를 칠 거니까. 당신을 유혹할 아주 좋은 계획을 세웠거든요. 나는 식탁에 포도주 잔을 내려놓는다. "미안해, 잠깐 욕실에 갔다 올게."

"몇 분만 있으면 준비 다 돼." 그가 스파게티를 맛보며 크게 소리친다.

"알았어, 금방 올게." 내가 작정한 일을 하는 데 시간이 많이 걸리지는 않을 것이다.

목발 없이 느릿느릿 걸어서 욕실에 도착한다. 내 그림자가 파란 화강석 타일에 반사되어 내 다른 면, 오랫동안 갇혀 있었던 그 부분을 내게 되돌려준다. 이제 나는 두려움을 모르는 여자, 간청을 하지 않는 여자다. 이런 모습을 레오나르도에게 보여주어야 할 때가 되었다. 분명 그는 이 여자에게 저항하지 못하리라. 나는 세면대에 두 손을 올려놓고 거울을 본다. 두 눈이 반짝이고 뺨은 발그레하게 상기되었다. 이런 게임이 짓궂지만 동시에 미치도록 좋다. 깊게 숨을 쉬고 옷을 입은 채 팬티를 벗는다. 벌써 온몸이 달아올라 흠뻑 젖어 있다는 걸 은밀한 부분에 손을 대지 않아도 알 수 있다. 이런 욕망을 진정시킬 수 있는 사람은 레오나르도밖에 없다.

잠시 후 그저 손만 씻은 사람처럼 주방으로 돌아간다. 레오나르도가 테라스에 식탁을 차려놓았다. 촛불들이 켜져 있고 식탁보 위에 부겐빌레아 꽃들이 흩어져 있다.

"굉장해." 나는 눈이 휘둥그레진 채 감탄한다.

"아직 중요한 건 나오지도 않았는데." 그가 대답한다. 그러더니 잠시 후 부엌에서 김이 모락모락 나는 스파게티 용기를 들고 나오는데 흡족한 미소가 그의 온 얼굴로 번진다. 머리에 묶었던 손수건은 풀었지만 어깨에는 아직도 하얀 행주가 걸려 있어 균형 잡힌 그의 근육을 스친다. "어서, 엘레나. 빨리 와."

나는 그의 앞에 앉아 무릎에 냅킨을 펼쳐놓는다. "나는 조금만 줘." 지금은 스파게티를 먹고 싶은 생각이 별로 없다.

하지만 그가 한 접시 가득 담아 내 앞에 놓는다. 나는 얼굴을 살짝 찡그리며 체념한다. "탄수화물을 잔뜩 먹여 날 죽이려는 거지!" 게다가 성욕도 사라지게 하고⋯⋯.

"정말 맛있어서 더 달라고 할 테니 두고봐." 그의 목소리는 나지막하고 매혹적이다.

레오나르도가 어깨에 걸쳤던 행주를 긴 의자에 집어던진다. 그러더니 식탁에 앉아 뚫어지게 나를 보며 포도주를 따라준다. 그의 뜨거운 눈길을 받자 몸이 녹아버리는 기분이다. 본능적으로 나는 냅킨으로 허벅지를 가린다. 속에 아무것도 입지 않았다는 걸 당장 들키고 싶지는 않다.

"자," 내가 스파게티를 처음으로 입에 넣자 그가 묻는다. "어때?"

나는 음식에 집중해서 천천히 씹은 뒤 삼킨다. "솔직하게 말해줄까?"

"거짓말하면 안 된다는 거 잘 알잖아……."

"이건……" 나는 눈을 가느스름하게 뜨고 살짝 신음한다. "오르가슴 같아." 마치 방금 그것을 경험한 사람처럼 소곤거린다.

레오나르도가 고개를 뒤로 젖히더니 듣기 좋게 웃음을 터뜨린다. 그를 웃게 만들고 싶었다.

"케이퍼를 사용하는 게 니나만의 특별한 비법이었어." 그가 설명한다. 레오나르도는 접시에서 케이퍼를 하나 집어 거의 내 입에 들어갈 정도로 가까이 가져다 댄다. 내 뺨이 새빨개진 게 분명하다.

나는 잘 익은 케이퍼를 맛보며 흥분한다. 레오나르도가 나를 만져주길 원한다. 미칠 정도로 그를 원한다. 더 이상 참을 수가 없을 만큼…….

하지만 그는 무심한 분위기로 다시 자신의 요리에 집중해 조용히 포크로 스파게티 면을 만다. 그는 나를 미치게 만드는 중이다. 지금이 바로 행동을 개시할 때라고 생각한다. 집중하려 애를 쓰고 계산된 동작으로 일부러 바닥에, 그의 발 근처에 냅킨을 떨어뜨린다.

그것을 주우려는 시늉을 하는데 그가 나보다 빠르다. "그냥 둬, 내가 주워줄게." 그가 말한다.

좋았어, 걸려들었다. 나는 서둘러 원피스를 허벅지 위로 들어 올리고 다리를 살짝 벌린다. 땀이 비 오듯 흐른다. 이미 젖은 내 성기가 떨리는 게 느껴진다.

레오나르도가 이해할 수 없는 표정으로 다시 일어선다. "받아." 그가 친절하게 냅킨을 돌려준다. 놀랐나? 흥분했나? 재미있어하는 건가? 뭐라 말할 수가 없다.

그가 다시 식사를 한다.

"그러니까 날 자극하기로 작정했군그래." 잠시 후 레오나르도가 혼잣말하듯 태연하게 말한다.

"그래, 계속할 계획이야." 내가 대담하게 대답한다. 그러고는 식탁 밑으로 한쪽 발을 뻗어 그의 다리를 살짝 건드린다. 거기서 조금 더 올라가 그의 허벅지 사이로 발을 넣는다. 그의 페니스가 단단하다. 바지 위로도 그걸 느낄 수 있다. 나는 포도주를 한 잔 더 마시고 혀로 윗입술을 핥는다.

우리의 시선이 마주친다. 거의 서로에게 도전하는 눈빛이다. 그가 흥분한 게 느껴진다. 잠시 후 그가 눈을 감는다. 눈을 다시 떴을 때 그의 눈동자가 풀려 있다. 최고야, 그러니

까 그도 유혹에서 자유로운 게 아냐······. 그는 내가 만들어
낸 효과를 즐긴다. 그 결과만으로도 나는 더욱 흥분한다. 이
남자를 원한다. 아마 곧 갖게 되겠지······. 하지만 그가 갑자
기 내 발을 잡아 자신의 몸에서 떼어놓는다.

"이제 됐어, 엘레나." 그가 심각하면서도 동시에 갈망하는
표정으로 경고한다. 지금까지 한 번도 본 적 없는 눈빛이다.

"당신하고 자고 싶어." 내 카드를 전부 보이며 말한다.

"나도 그래."

"그런데 요즘 왜 계속 날 피하는 거야?"

"나 혼자만 즐기고 싶지 않으니까."

"뭐라고?" 나는 깜짝 놀라 의자에서 벌떡 일어난다. "지
금 내가 오르가슴을 느끼지 못해서 날 원하지 않는다고 말
하는 거야?" 나는 폭발한다. 갑자기 이런 말들이 내 입에서
튀어나온다.

"엘레나, 난 당신도 다시 기쁨을 느낄 수 있게 하려고 애
쓰는 중이야."

"아, 그래? 그래서 내게 그렇게 금욕생활을 강요한 거야?"

"맞아." 그가 자신 있게 말한다. "얼마 전까지 지나칠 정
도로 관계를 많이 했다고 당신 입으로 말했잖아. 이제 당신
몸이 원래의 상태로 되돌아갈 필요가 있다고 생각해."

나는 아래를 내려다본다. 귀를 막고 싶다. 그가 옳은 말
을 할 때면 참고 듣기가 힘들다.

하지만 점점 부드러워지는 그의 목소리에서 다정함이 묻어난다. "미친 여자처럼 섹스를 하려고 하면 절대 기쁨을 느낄 수 없어."

"레오나르도 페란테 박사님께서 내게 맞는 치료법을 아시리라 생각했지." 나는 빈정거림으로 대꾸한다.

"치료법은 없어. 그저 시도를 해볼 뿐이지." 그가 부드러운 목소리로 계속 말한다.

"어리석은 형벌 같아. 당신은 못된 아이에게 벌을 주듯날 벌주는 중이야."

"나는 그게 벌이 아니라 자유라고 생각해." 그가 말한다. "식욕을 채우는 것과 기쁨을 느끼는 건 달라. 가끔은 금욕을 통해서만, 심지어 고통을 통해서만 기쁨에 도달할 수 있으니까."

나는 그에게 나를 맡겨야 할 필요와 반항하고 싶은 욕구 사이에서 싸웠다. 레오나르도가 나를 치료할 방법을 알고 있기를 진심으로 바라지만 이렇게 허약한 나를 그에게 보여준다는 게 굴욕스럽고 좌절감만 안겨준다.

"완벽하게 레오나르도 스타일이야. 당신은 전부 다 혼자 결정했잖아. 내 의견 따위는 하나도 중요하지 않은 것처럼." 마침내 내가 팔짱을 끼고 말한다.

"약간 장난을 치려고 했는데 어쩌면 그게 지나쳤는지도 모르겠어. 그래…… 알잖아, 내가 당신 자극하기 좋아한다는 거." 그가 특유의 사악한 미소를 지으며 부드럽게 말하려 애쓴다. 그러더니 내게 다가와 한 손가락으로 내 뺨을 만진다. "당신을 거부하기가 나도 힘들어, 알아?" 그가 입술을 깨물며 나를 뚫어지게 본다.

"내가 전혀 동의하지 않는다고 하면?" 나는 등을 꼿꼿이 세운 채 뾰루퉁하고 공격적인 얼굴로 다시 말한다.

"좋아." 그가 두 팔을 벌리며 수락한다. "도전을 받아들일게."

나는 잠시 그를 삐딱하게 보다가 내게 다른 대안이 없다는 걸 알아차린다. 그가 원하지 않으면 섹스를 강요할 수는 없다.

"날 과소평가하지 마!" 시간을 벌기 위해 그를 위협한다. "아직 내가 준비가 안 됐다고 생각하겠지만 나중에 두고봐……." 실제로 나는 잘못 구워진 수플레(거품을 낸 달걀흰자에 치즈와 감자 따위를 섞어 틀에 넣고 오븐으로 구워 크게 부풀린 과자나 요리—옮긴이)처럼 푹 꺼져가는 중이다. 나는 단념하고 한숨을 쉰다. "있지…… 날 언제까지 이렇게 고문할 것인지만이라도 말해줘."

"그걸 누가 알겠어? 사실 다 당신에게 달려 있는 거야."

"한 번만 안아주는 것도 안 될까?" 내가 지친 얼굴로 묻는다. 절망감이 절정에 이르면서 내 유머 감각이 얼굴을 내민다. 레오나르도가 웃으면서 힘센 팔로 나를 꽉 껴안고 흔든다. 강렬한 그의 향기를 맡으며 이런 접촉을 즐긴다. 1년 동안 조용히 그를 기다렸는데 그가 바로 눈앞에 있는 지금 그를 가질 수가 없다. 그를 증오하지만 사랑한다. 안타깝게도 그를 사랑하지 않을 수가 없다. 인정해야만 한다.

레오나르도가 내 귀 쪽으로 고개를 숙이더니 머리카락을 넘겨주며 속삭인다. "이제 좋아졌어?"

"당신을 너무 원해." 그의 어깨에 이마를 대며 내가 대답한다.

"나도 똑같아. 그렇지만 필요한 만큼의 시간을 기다릴 수 있어." 그가 내 턱을 들어 올려 부드럽게 입을 맞춘다. "당신을 만나기 전에 나는 늘 나 자신과 싸웠어. 인생이 내게 마련해준 걸 전부 다 없애버려야 한다고 생각했지. 극도의 기쁨이나 내 분야의 최고가 되어 누리는 직업적인 만족, 행복한 순간순간 들을 말이야. 그런데 당신이 나타났어. 그래서 살다 보면 가끔씩 선물을 받기도 한다는 걸 알게 됐지."

연금술로 변신을 하는 것처럼, 나는 소멸되면서 동시에 되살아나는 기분을 느낀다. 나는 그의 팔에, 그의 향기로운 피부에 굴복했지만 이번에는 내가 패배한 게 아니다.

우리를 보고 웃는 달의 환한 빛이 바다에 반사되고 스트롬볼리키오의 등대가 하얀 빛을 깜빡이며 달에게 인사한다.

나와 레오나르도는 이 섬의 일부이다.

이 섬에 온 뒤로 매일 아침 그랬듯이 레오나르도는 오늘
도 요리 비법을 찾아 아침 일찍 나갔다. 그의 요리책 윤곽이
서서히 잡혀가고 있다. 그가 집 안 여기저기 놔둔, 글씨가 빼
곡하게 적힌 수많은 메모지들을 통해 그것을 알 수 있다. 그
는 자신이 발견한 사항들을 병적일 정도로 정확하게 기록
한다. 재료의 품질이나 요리 방법, 접시에 요리를 선보이는
법, 혹은 '거품 걷어내기', '드레싱', '첨가'나 '쿠르부용(court
bouillon. 식초에 백포도주, 향신료, 채소, 물 등을 넣고 끓인 국물
로서 생선 또는 고기를 삶는 데 이용된다—옮긴이)'과 '카나페'같
이 나는 겨우 짐작으로나 그 뜻을 알 뿐인 기술적인 용어들이
잔뜩 적혀 있다. 레오나르도가 메모를 하는 동안 가끔 슬쩍
훔쳐보면 그가 호기심 어린 내 표정을 보고 웃곤 한다. 사실
나는 요리에 대해서는 아는 게 하나도 없다. 어쩌면 관심조차
없다고 해야 할지 모른다. 하지만 이제는 최소한 요리의 ABC
라도 배우는 데 전념하고 싶다. 요리가 어떻게 만들어지는지

막연하게라도 알지 못하면 그림을 그릴 수도 없을 테니까!

이런 나의 열의는 결과물로 상을 받게 되었다. 벌써 성게 알 스파게티와 이 섬에서 '뇨타'라고 부르는 생선수프, 이 두 가지 요리를 연필로 스케치했으니 말이다. 처음 그린 것치고는 나쁘지 않아서 항상 나 자신에게 최고를 요구하는 나 스스로도 꽤 만족스럽다. 물론 수채화 물감으로 그리면 얘기가 전혀 달라지지만 이 섬의 생활에서 나는 큰 가르침을 얻고 있다. 여기서는 뭐든 당장 원하는 건 의미가 없고 기다릴 줄 알아야 한다. 기다림이 시간 낭비가 아니라 다가올 일을 준비하는 귀중한 기회이기 때문이다. 여기 스트롬볼리에서는 아무것도 예측할 수 없지만 모든 일이 단순해지고 기다림의 시간을 요구한다는 것을 알게 되었다. 이 땅의 과일들, 그리고 화물과 사람을 잔뜩 싣고 오는 육지의 배들과 화산 폭발 모두가.

이제 나를 기다리는 누군가가 있다. 바로 레오나르도다. 이 매혹적인 장소에서, 오로지 여기에서만 우리는 완벽하게 하나가 될 수 있으리라. 하지만 그가 계속 이렇게 거리를 유지한다면 어떤 식으로?

이렇게 스스로 물을 때마다 괴로운 생각이 들어 지금 테라스에서 아침 식사를 하는 동안에도 평화를 누릴 수가 없다. 레오나르도가 내게 금욕에 대한 이야기를 했던 그날 밤부터 우리는 암묵적으로 그 문제에 대해 동의하고 있다. 우리는 서로를 갈망하고 있지만 그 욕구에 저항하기로 한 것이다. 문제는 저항을 하면 할수록 더욱 갈망하게 된다는 데 있다. 우리는 우리 욕망의 한계를 탐색하는 중이고 조만간 끊어질 줄을 끝없이 팽팽하게 당기고 있다. 그 줄이 언제 어떻게 끊어질지를 아는 일만이 남았다.

주스를 한 잔 마시고 거부할 수 없는 나카튤리를 다시하나 입에 넣는다. 나카튤리는 아몬드와 오렌지 껍질과 계피를 속에 넣은 에올리에 섬의 고칼로리 과자다. 너무 맛있어서 한없이 먹을 수 있을 것 같다.

"들어가도 돼요?" 부드러운 여자의 목소리가 현관에서 들린다. 레오나르도는 밤에도 문을 절대 잠그지 않고 항상 열어놓는다. 게다가 섬사람들 모두 그렇게 한다.

나는 천천히 현관으로 움직인다. 느린 동작이 이미 몸에 배어 있다. 거실에 들어와 있는 니나를 발견한다. 한 손에는 세탁한 수건이 가득 든 버들고리 바구니를, 다른 손에는 이상한 내용물이 담긴 병을 들고 있다.

"안녕하세요." 내가 반갑게 인사한다. 이 특별한 부인이 난 참 좋다.

"차오, 엘레나." 그녀가 내게 미소를 지으며 바구니를 바닥에 내려놓는다. "여기 놔둘게요, 세탁물이에요."

"고맙습니다. 그런데 너무 신경 쓰지 않으셔도 돼요." 우리가 섬에 온 뒤로 니나는 우리를 위해 너무 열심히 일한다.

거의 부담스러울 정도로 친절하다.

"걱정하지 말아요. 정말 내가 좋아서 하는 일이니까." 그녀가 활기 있게 빛나는 파란 눈으로 나를 안심시킨다. "이것도 가져왔어요." 그러더니 테이블에 병을 올려놓는다. "꼭 맛봐야 해요."

"뭔데요?" 내가 묻는다.

"석류주예요."

"멋져요." 내가 눈웃음을 친다. "그러니까 이게 아주머니만 담글 수 있다는 그 유명한 술이군요. 비법이 숨어 있는 술 맞죠? 레오나르도가 묘약이나 아주 희귀한 물건처럼 말하더라고요……"

"레오는 항상 과장해서 말한다니까." 그녀가 즐거워하며 고개를 젓는다.

레오라고 부르니 내 마음이 푸근해진다. 그 이름을 말할 때 니나의 얼굴도 환해진다.

"과장 같지 않은데요." 내가 자신 있게 대답한다. "그저께 저녁에 아주머니 요리법대로 성게알 파스타를 만들었어요. 정말 놀라운 맛이었어요."

"고마워요, 아가씨." 그녀가 나를 보고 활짝 웃는다. "그렇지만 레오가 요리에서는 나를 뛰어넘었지요."

"그래도 아주머니가 안 계셨다면 지금처럼 유명한 셰프도 못 되었을 거라고 레오나르도가 고백도 하던걸요. 어릴 때 얘기를 굉장히 많이 해줬어요. 아주머니가 자기에게 얼마나 소중한 분인가도."

니나가 한숨을 쉬며 고개를 젓는데 완전히 자기 생각에 빠진 사람 같다. "레오가 이 섬에 다시 와서 내가 얼마나 행복한지 아가씨는 상상도 못할 거예요. 오랫동안 찾지 않았거든요. 마지막으로 찾아오던 무렵에는 항상 어둡고 괴로워하는 모습이었어요."

그녀가 내 눈을 똑바로 본다. "한 가지 고백해도 될까요?" 그러더니 내 어깨에 한 손을 얹으며 대답할 틈도 주지 않고 계속 말한다. "난 루크레치아가 마음에 들지 않았어요. 그 여자 마음속에는 악마가 있었지요, 가여운 사람." 니나가 절망스러운 기색으로 천장을 올려다본다. "레오나르도는 루크레치아를 몹시 사랑했지만 두 사람이 함께 살면서 행복하지는 않았어요. 방법이 없었죠." 그녀가 거친 손으로 내 뺨을 부드럽게 어루만진다. "아가씨는 이렇게 사랑스러우니……. 레오가 당신하고 있으니 평온해 보여요. 어릴 때처럼 행복해하고."

나는 기분이 좋기도 하고 약간 당황스럽기도 해서 그녀를 보고 웃으며 그녀의 말이 사실이기를 간절히 바란다.

"그렇긴 해도 한 가지 조언을 해줄게요." 니나가 지혜롭고도 진지한 표정으로 계속 말한다. "레오의 성격에 너무 신경 쓰지 말아요. 레오는 자기 마음대로 만들고 파괴하니까.

변덕이 심하고 제멋대로죠. 그렇지만 마음속으로는 사실 자기 말을 고분고분 따라주길 바라지 않아요. 자기 뜻대로 조종되는 사람을 옆에 두고 싶어 하지 않는다는 거죠. 레오를 꽉 잡으려면 아가씨도 인격이 있고 레오가 없어도 잘 살 사람이라는 걸 보여줘야 해요."

이렇게 여자들끼리 마음을 터놓으며 이야기를 나누자 집에 온 듯 편안하다. 나는 말 그대로 니나의 입에서 눈을 떼지 않는다.

"레오나르도는 늘 그랬어요, 어릴 때부터." 그녀가 계속 말해준다. "어떻게 해서든 자기가 원하는 걸 손에 넣어야 하죠. 당나귀처럼 고집스럽다니까요. 그런데 무엇보다 자기가 예상하지 못했던 일이 벌어져서 깜짝 놀라는 걸 좋아해요. 자신이 원하는 건 너무나 잘 알고 있는 반면 뜻밖의 일은 자기가 어떻게 해야 할지 예측할 수 없으니까요."

나는 할 말을 잃는다. 니나는 레오나르도 때문에 괴로웠던 1년여의 세월 동안 내가 그려내지 못했던 그의 초상화를 선명하고도 정확하게 그려냈다.

"조언 고맙습니다." 그녀에게 말하는 동안 한 가지 생각이 머릿속에 자리를 잡는다.

이제 내가 할 일은 바로 이것이다. 그러니까 레오나르도와의 게임에서 이길 수 있는 방법은 오로지 그의 규칙을 따르지 않는 것이다.

니나가 돌아가려 한다. 그러다가 이제는 보조 장치가 없는 내 발을 잠시 내려다본다. "아주 좋아진 것 같군요." 그녀가 기뻐하며 말한다.

"네, 드디어." 내가 안도의 숨을 내쉰다. "오늘 드디어 이 붕대를 풀게 되었어요……. 크리사폴리 의사 선생님이 그래도 된다고 했거든요."

"아, 크리사폴리 선생님은 아주 훌륭하신 분이죠!" 그녀가 나를 안심시킨다. "섬에서 자라는 약초로 약을 만들어요. 최고의 의사에게 치료받은 거예요."

니나가 내게 인사를 하고 떠난 뒤 나는 홀로 남아 생각에 잠긴다. 그녀가 아주 소중한 조언을 해주었으니 이제 그걸 실제에 어떻게 적용할지 알아내기만 하면 된다.

저녁이 되어 나는 레오나르도가 돌아오기만을 기다리고 있다. 그가 붕대를 풀어주게 될 테니. 크리사폴리 선생님이 그에게 붕대 푸는 법을 설명했고, 정원에 있는 알로에 잎을 몇 장 잘라 거기서 추출한 액체로 습포를 만들라고 조언했다. 그리고 내게도 적어도 앞으로 일주일 동안은 근육을 무리하게 사용하지 말라고 일렀지만 사실 그래도 별 상관은 없다. 여러 날 동안 내 몸에 달라붙어 있던 이 이물질에서 드디어 해방되어 정말 뛸 듯이 기쁘기 때문이다. 그리고 무엇보다 한없이 매혹적인 바다에서 첫 수영을 할 수 있게 되었다.

나는 레오나르도의 손을 맹목적으로 신뢰한다. 그의 마음과 머리보다 더……

나는 부엌의 나무의자에 앉아 있고 레오나르도는 내 앞에 무릎을 꿇고 신뢰를 주는 시선으로 집중해서 다리를 본다. 그는 무릎에서 시작해 복숭아뼈까지 침착하게 붕대를 풀어나가며 손가락으로 여러 차례 내 다리를 스친다. 거의 살짝 간질이듯 가벼운 접촉인데 마비되어 있던 피부를 되살려놓는다.

"드디어 자유네!" 레오나르도가 말한다. 그는 붕대를 바닥에 놓고 두 손으로 마사지를 시작한다.

"꿈만 같아." 내가 좋아한다. 형벌이 끝나서 행복한 건지 그렇게 오래 나를 피하던 레오나르도가 마침내 내 살에 손을 대서 좋은 건지 잘 모르겠다.

그가 황홀한 마사지를 계속하는 동안 우리는 말없이 서로를 본다. 사실 내 다리 상태가 별로 좋지는 않지만(근육에 힘이 없고 얼핏 밀랍을 연상시키는) 이상하게도 전혀 당황스럽지 않다. 다시 온몸에 피가 도는 기분이고 구석구석이 숨 쉬기 시작한 것 같다. 레오나르도가 알로에 잎 하나를 스테이크 크기로 잘라서 거기에 칼집을 내고 연녹색의 끈적한 액체를 추출한다.

"그게 정말 효과가 있을까?" 내가 역겨운 듯 얼굴을 찡그리며 묻는다.

"어떻게 감히 페란테 박사님을 의심할 수 있지?" 그가 놀린다. "어릴 때 무릎이 다 까져서 집에 돌아올 때마다 엄마가 이렇게 해주셨어……. 그러니까 하루에 한 번씩은 그랬던 거야. 좀 개구쟁이였다고 할 수 있지."

섬의 자갈길들을 맨발로 뛰어다니던 어린 레오나르도를 생각하자 웃음이 난다. 활화산 그 자체였겠지.

레오나르도는 알로에 즙을 내 무릎에 바른 뒤 한없이 느리게 밑으로 흘러내려 가게 만든다. 거의 에로틱할 정도로 시원한 느낌이 온몸 구석구석으로 퍼져 은밀한 곳까지 전달된다.

나는 긴장한다. 불안한 진동이 배꼽에서부터 내 성기까지 전해지는 동안 금방이라도 폭발할 것 같은 에너지가 온몸에 넘친다. 레오나르도의 머리카락을 잡고 그의 얼굴을 내 얼굴 쪽으로 끌어당겨 있는 힘을 다해 키스하고 싶다. 너무나 섹시하고 자신감 넘치는 그의 손이 내 발목에서 무릎을 따라 움직이는 것을 지켜본다. 나는 등을 뒤로 살짝 젖혀 의자 등받이에 기댄 뒤 고개를 뒤로 젖힌다. 유두가 단단해졌고 입술이 뜨겁게 달아오른다. 내 온몸이 달콤한 고통 속에서 몸부림친다.

그가 먹이를 잡기 위해 잠복한 약탈자처럼 나를 관찰한다. 그의 손가락들이 차츰 힘 있게 내 살을 누르며 허벅지 위아래를 오간다. 이따금 내 은밀한 부위를 살짝 스치기도 한다. 팬티를 스치는 그의 손을 생생하게 느낀다. 됐어, 나는 속으로 생각한다. 이제 시작되려고 해. 이제 그가 내게 달려들어 날 안고…… . 하지만 아니다. 흥분이 절정에 달했을 때 레오나르도는 마치 불에 데기라도 한 듯 내 다리에서 손을 떼더니 다시 일어서서 알로에를 행주에 닦는다.

"이제 좀 쉬어. 난 저녁 준비할게." 그가 말하며 내 얼굴을 보지도 않은 채 주방으로 간다.

느릿느릿 저녁 식사를 하고 나니 벌써 어두워졌다. 우리는 테라스에 앉아 니나가 담근 맛 좋은 석류주를 마시고 있다. 석류주는 향이 강렬해서 모두의 취향에 맞는 맛은 아니지만 그것을 마시는 사람을 정복하려 한다. 레오나르도가 내게 했듯이. 석류를 보자 그가 내게 여러 가지 감각들을 모두 알게 해주었던 베네치아에서의 가을 오후가 불현듯 떠오른다. 그때가 까마득한 옛날 같기만 하다. 아마 나도 모르는 사이 그를 갈망하기 시작했던 게 바로 그때부터였을 것이다.

이제 레오나르도가 담배에 불을 붙이고 그것을 빨아들인다. 그가 길게 숨을 내쉬며 밖으로 뿜어낸 연기가 공기를 희끄무레하게 물들이다가 밝은 달빛 아래로 흩어진다. 그 뜨거운 연기가 이 섬의 혼인 화산에 도전하는 듯하다.

굉장히 덥다. 감각들을 되살려내고 열정에 불을 붙이는 더위다. 평범한 연인이라면 아마 이미 사랑을 나누고 있겠지.

나의 시선은 부드러운 그의 입술에서 땀에 젖은 근육질의 가슴으로 옮겨간다. 단추를 풀어놓은 셔츠 밑으로 마치 갑옷처럼 단단한 근육이 드러난다. 그의 관능적인 매력에 더 이상 저항할 수 없으므로 차라리 눈을 가려버리고 싶다. 아까의 흥분이 그대로 남아 있어서 계속 그 위에 휘발유를 쏟아 붓는다면 불을 끄기 어려울 것이다. 레오나르도가 천천히 담배 연기를 내뿜으며 태연하게 나를 본다.

됐어, 이 사람에게서 멀어져야 해. 지금 당장.

"화장실 좀 갔다 올게." 나는 의자에서 일어나 맨발로 바닥을 밟으며 말한다. 발에 느껴지는 놀랍고도 새로운 느낌 때문에 성적인 흥분이 다소 가라앉는다.

그의 시선이 내 옷에 와 닿는다. 그는 입술로 담배를 감싸듯 물고 다시 한 모금 빨아들인다. 내 입술에 저렇게 해야 하는데.

나는 순식간에 테라스에서 나와 할 수 있는 한 빠른 걸음으로 방을 가로질러 욕실로 간다. 욕실로 들어가서 세면대의 수도꼭지를 틀고 미친 듯이 얼굴을 씻기 시작한다. 그러다가 갑자기 거울에 내 얼굴을 비춰본다. 밤색 눈동자가 욕망으로 반짝이고 입술은 부어올랐으며 햇볕에 붉게 달아오른 피부는 활력 있어 보인다. 물이 얼굴에서 목으로 흘러내려 가슴이 살짝 드러나는 민소매 티셔츠를 적신다.

한참 만에 날아갈 것 같은 기분이 든다. 이제 목발도, 보조 장치도, 붕대도 없다. 마침내 두려움에서도 해방되었다. 나는 알몸으로 다시 태어나 새롭고 가볍다.

나는 레오나르도를, 그만이 내게 줄 수 있는 그 쾌락을 원한다. 하지만 니나가 분명하게 알려주었다. 이제 내가 원하는 것을 손에 넣을 순간이 되었다. 아마 그녀가 한 말의 속뜻은 레오나르도를 놀라게 하려면 먼저 나 스스로가 놀랄 만한 일을 해야 한다는 것이리라.

이제 이곳에 온 뒤 처음으로 뇌를 작동하지 않고 그저 상상에 나를 맡긴다.

나는 방으로 들어가서 침대에 걸터앉는다. 얼마나 여러 날을 그랬는지는 모르지만 꿈속에서라도 그에게 달라붙지 않으려고 몸부림치던 침실이다. 잠시 가만히 앉아 벽 한가운데에 손으로 써놓은 그리스어 문장을 뚫어지게 바라본다. Panta rhei hos potamós. 만물은 강물처럼 흐른다. 이곳에 온 뒤로 헤라클레이토스는, 이렇게 말해도 될지 모르지만, 나의 구루가 되었다. 하지만 지금 내 몸속에 흐르는 것은 억제하기 어려운 강력한 욕망이다.

레오나르도가 내 소리를 듣고 내가 뭘 하는지 알아차릴 수 있게 방문을 열어놓는다. 연철로 된 침대 머리판에 몸을 기댔다가 리넨 시트 속으로 들어가 똑바로 눕는다. 만물은 강물처럼 흐른다. 내 몸, 내 욕구, 내 손과 손가락은 이제 멈출 수 없다. 내 몸을 만지고 싶다. 그걸 갈망한다. 레오나르도 없이 혼자 그렇게 할 것이다. 순간의 일이었다. 나는 어느새 허벅지 사이를, 촉촉하게 젖은 불두덩을 누르는 짧은 반바지를 만지고 있다. 몇 초 동안, 그러니까 더 이상 멈출 수 없을 만큼 계속 그러고 있을 때 나를 부르는 레오나르도의 목소리가 들린다.

"엘레나?" 그의 목소리는 차분하다. 자신의 눈앞에 펼쳐지게 될 광경을 상상도 하지 못하겠지.

나는 대답하지 않고 베개를 머리 밑에 잘 받친다.

"어디 있어?" 복도에서 그의 발소리가 울린다.

다시 대답하지 않는다. 내 욕망으로 달구어진 이 방 안의 침묵을 가로질러 그가 나를 찾아내길 바란다.

나는 한 손을 가슴에 올려놓고 심장 박동을 느끼며 다른 한 손으로는 천천히 아슬아슬하게 내 허벅지를 계속 애무한다. 가운뎃손가락은 내 몸을 적시는 뜨거운 기운을 아무 장애 없이 느끼고 있다.

그동안 목말라하던 쾌락을 나 자신에게 선물할 준비가된 그 순간 갑자기 그가 나타난다. 레오나르도가 눈이 휘둥그레진 채 문가에서 걸음을 멈추는 동안 나는 다리에서 천천히 손을 뗀다. 그는 깜짝 놀란 얼굴이다. 한 번도 보지 못한 표정이어서 나도 동요한다. 내가 그를 깜짝 놀라게 만들었다. 분명하다.

레오나르도는 문설주에 몸을 기대더니 두 손으로 턱을

잡고 미소를 지어 보인다. "지금 뭐 하는 거야, 다시 날 자극
하는 거야?" 그가 묻는다. 하지만 이번에는 예전처럼 자신
있고 단호한 목소리가 아니다. 자신감 대신 약간의 떨림이 느
껴진다.

"아냐, 나를 자극하는 거야." 나는 뻔뻔할 정도로 분명하
게 대답한다.

나는 더 이상 누를 수 없어 넘쳐흐르는 관능성을 모두
담아 그를 본다. 그러다가 갑자기 그의 존재를 무시하고 눈
을 감아버린다. 다시 한 손으로 천천히 반바지 지퍼를 열고
그 속으로 손을 집어넣는다. 느릿느릿 팬티 속으로, 여전히
축축하고 뜨겁게 달아오른 채 레오나르도만을 기다리고 있
는 불두덩으로 내려간다.

눈을 뜨자 호기심으로 나를 바라보는 그의 검은 눈이
보인다. 그의 눈길이 뜨겁다. 나는 다른 손으로 티셔츠 밖으
로 내놓은 가슴을 어루만진다. 내 손가락 밑에서 유두가 딱
딱해지는 게 느껴진다. 주위에 팽팽하게 감도는 침묵 속에서
우리들은 도전하듯 서로를 본다. 그 침묵을 깨는 것은 조개
풍경에서 들리는 나지막한 소리뿐이다.

나는 반바지를 벗는다. 하지만 팬티는 벗지 않는데 레이
스가 내 살 위에서 미끄러져 살을 간질이고 성기를 자극하며
쾌락을 준비하게 하고 싶어서다. 나는 다시 눈을 감는다. 그
러고는 팬티 위로 힘을 주어 양쪽 불두덩을 꽉 눌러 안쪽으

로 힘껏 밀어 넣는다. 온몸이 팽창하고 확장되고 촉촉해진다. 나는 그 사람 앞에서 즐기고 있으며 다채로운 감각의 향연을 펼치는 중이다. 두렵기도 하지만 한 번쯤은 나 자신을 믿어보고 싶다. 지금은 그를 위해서가 아니라 우선 나 자신만을 위해 존재하고 싶다.

나는 팬티를 벗어 시트 속에 그냥 놔둔다. 이제 하반신에는 실오라기 하나 걸치지 않았다. 다리를 손으로 애무하다가 그가 보는 앞에서 두 손으로 벌린다. 그러고는 서서히 위쪽으로 움직이다가 한 손을 외음부로 가져가자 내 손길에 저절로 몸이 열린다. 다른 한 손은 계속 위로 올라가 배와 가슴을 지나 마침내 입에 이르고, 입술은 그 손을 탐욕스럽게 받아들인다. 내 입은 내 손길을 잘 안다. 기분이 좋다. 그사이 다른 손의 손가락들도 질 안에서 움직이고 들락날락한다. 다양한 시도로 내 기쁨의 원천을 찾아내기라도 하려는 듯이. 그 안은 놀랄 만큼 촉촉하고 매끄럽고 수분이 많다.

내 몸이 떨린다. 하지만 쾌락의 문들을 열기에는 내 손가락만으로는 충분하지 않다. 그 이상을 원한다. 충만함이 주는 놀라운 기쁨을 느끼고 싶다. 레오나르도는 나를 계속 바라만 볼 뿐 꼼짝하지 않는다. 돌처럼 굳어 있다. 지금 나를 그냥 내버려 둬야 한다는 걸 알지만 그래도 나를 원하고 있는 게 분명하다. 나는 협탁 쪽으로 한 손을 뻗어 조그만 앰버 향수병을 찾는다. 찾았다. 레오나르도에 대한 생각과 함께 내 손 안에 들어온다. 불투명 유리로 된 곡선의 몸통에 연고나 향수를 담아두던 골동품 항아리처럼 주둥이가 긴 형태의 작은 병이다. 매끄럽고 서늘하며 단단하다. 나는 배를 따라 천천히 그 병을 움직이다가 배꼽 주위에서 나선을 그린다. 그런 다음 밑으로 내려가 클리토리스에서 잠시 초조하게 멈춰 있다가 거기서 더 밑으로 내려간다. 난 그것을 받아들일 준비가 되어 있다.

부드럽게 원을 그리듯 움직여 천천히 병을 안으로 밀어 넣는다. 움직임이 온몸으로 퍼져나간다. 힘들지 않다. 병이 내 속으로 살며시 들어와 강렬한 기쁨을 선사한다. 이제 내가 앞뒤로, 위아래로 움직이기 시작한다. 병이 깊숙이 들어온 게 느껴질 때까지 처음에는 천천히, 그러다가 점점 더 빨리 움직인다. 순식간이다. 물 한 방울이 내 강물을 넘쳐흐르게 만든다.

레오나르도도, 나 자신도 잊어버린 채 점점 나를 통제할 수 없을 정도로 흥분한다. 빛이 폭발하며 내 마음에 숨겨져 있던 한쪽 구석에서 나 자신이 무너져 내린다. 그곳에서 뒤섞이던 과거의 고통과 공포는 현재의 완벽한 쾌락 속에서 지워져버린다. 자극의 속도가 빨라지며 나는 완전히 절정으로 향해 간다. 신음하다가 생전 처음 크게 소리를 지른다. 끝까지, 점점 더 강도 높게 즐기기 위해 허벅지를 꽉 잡고 근육을 수축시킨다. 놀랄 만한 오르가슴, 지난 몇 달 동안 어떤 남자도 내게 주지 못한 그 오르가슴을 경험하는 중이다. 더 이상 느낄 수 없던 그 오르가슴을 이제 입에서, 성기에서, 눈과 뜨거운 살에서 제어할 수 없을 정도로 강렬하게 느끼고 있다.

이 모든 게 레오나르도가 조용히 지켜보는 가운데 벌어지고 있다. 그의 눈에 사악하면서도 매력적으로 비춰져야만 한다. 느닷없이 뺨을 맞은 것처럼, 자극적인 아름다움을 지닌 〈축복받은 루도비카 알베르토니〉가 순간적으로 떠오른다. 대리석에서 금방이라도 튀어나올 듯한 그 몸과 흐트러진 옷과 제어할 수 없는 뭔가에 홀린 그 얼굴이. 그렇다, 지금 내 상태가 바로 그와 같다. 쾌락과 고통을 넘어서서 거의 황홀의 상태에 빠져 있다. 마치 이곳과 먼 곳에 내 육체를 놔두기라도 한 듯 나 자신을 벗어나서 유영하는 기분이 든다. 주위의 모든 게 꿈으로 변하는 중이다. 침대도 벽도 조개 풍경 소리도 레오나르도의 숨소리와 그의 향기까지. 긴장하고 있던 근육이 풀린다. 젖은 성기에서 향수병을 천천히 빼내면서 욕망도 두려움도 존재하지 않고 오로지 신비한 평화만이 존재하는 공간 속으로 미끄러져 들어간다.

눈을 다시 뜨자 이제 다리 사이에서 그의 냄새는 나지 않는다. 그가 여기 있다. 땀에 젖은 그의 머리가 있다. 그의 큰 손이 나를 애무하고 그의 입이 내 불두덩에 놓여 있다. 그가 내 쾌락의 잔재들을 모으는 중이다.

나는 그렇게 조용히 누워 있다. 내가 한 일이나 내 알몸,

내가 지른 소리, 욕망에 완전히 맡겨버린 나 자신이 당혹스럽지 않다.

잠시 후 레오나르도가 내 옆에 누워 다정하게 머리를 쓰다듬는다. 그러고는 내 턱을 잡아서 아직도 떨리는 내 얼굴을 자신의 얼굴 쪽으로 돌린다.

"해냈어, 엘레나." 그가 뜨거운 눈으로 내 눈을 보며 속삭인다. "이건 당신이 스스로에게 한 번도 선물하지 않았던 오르가슴이야."

무슨 말을 해야 할지, 어떻게 말을 이어가야 할지 모르지만 그에게 미소를 짓는다. 대담한 행동을 하고 장애를 뛰어넘어 내가 모르던 나의 일부분을 향해 갈 수 있게 해준 사람이 바로 그였기 때문이다. 그는 내 스스로 길을 찾을 수 있게 내버려 두었고 마침내 여기에 이르렀다. 나는 긴 여행을 한 사람처럼 몹시 지쳐 있지만 동시에 행복하다.

레오나르도를 보며 다시 그가 필요하다는 걸 느낀다. 내 몸속에 들어와 있는 그가.

그에게 키스를 하고 싶은데 그가 먼저 한다. 살아 있고 박동하는 키스, 욕망으로 떨리는 키스다. 우리의 뜨거운 입술이 만나고, 마치 연결된 두 개의 관처럼 우리 몸에 담겨진 에너지를 교환한다.

그러다가 거의 나도 모르는 사이에 레오나르도가 내 민소매 셔츠를 벗기고 혀로 내 유두를 애무한다.

그가 다시 시작하려 한다.

나는 드디어 준비가 되었다.

우리는 아무것도 걸치지 않은 채 마주 보고 누워 서로의 손을 잡고 있다. 그의 호흡이 나의 것과 뒤섞인다. 창문으로 희미한 빛이 스며들어와 우리 몸에 음영을 만들어내지만 이제 어둠이 그 빛마저 사라지게 한다. 서로의 내면을 들여다보고 다시 연인으로 돌아가기 위해 우리에게는 완전한 어둠이 필요하다.

　우리를 생각하며 트렁크 속에 넣어온 실크 스카프로 내가 레오나르도의 눈을 가렸고 그도 나에게 똑같이 했다. 그는 자신의 넥타이를 내 눈에 묶었다. 그가 스트롬볼리에 넥타이를 왜 가져왔는지는 알 수 없는 일이다. 다시 그와 내가 관능의 우주에서, 우리들만의 세계에서 하나가 되고 공범자가 되는데 이번에는 우리 둘 다 같은 위치에 있다.

　레오나르도가 내 뺨을 어루만지더니 목과 어깨로 손을 움직인다. 우리의 얼굴이 가까워지고 욕망과 생각이 넘치는 따뜻한 이마가 맞닿는다. 입술이 하나가 되고 혀가 서로를 찾다가 느리면서도 짜릿한 율동으로 뒤섞인다. 우리는 서로의 몸을 재발견하고 조잡한 모양을 다듬어 나가듯이 우리의 손으로 그 몸을 다시 만들어나간다. 이런 어둠과 침묵 속에서 진실하고 본질적인 육체적 욕망이 꽃피며 우리 주변의 세계를 사라지게 만든다.

그의 냄새가 내 머리로 올라왔다가 곧장 목 밑으로 떨어지는 게 느껴진다. 감각을 뒤흔들어놓고 거의 현기증을 불러오는 뭔가와 같다. 오늘 밤 그가 나를 완전히 다 발견하길 바란다. 나를 만지고 나를 느껴주길 원한다.

내가 그의 가슴을 애무하는 동안 그는 내 가슴에 손가락으로 원을 그리기 시작한다. 그의 손이 내 가슴 위를 맴돌며 검은 점에서 한참 머물렀다가 유두에 이른다. 유두는 단단하고 긴장해 있다. 레오나르도는 잠시 거기서 장난을 치다가 내 아랫도리에 손을 올려놓는다. 온몸이 끝없이 떨리며 불두덩이가 더욱 뜨겁게 달아오르고 촉촉하게 젖어든다. 그가 다시 내 배를 살짝 어루만지더니 허벅지 안으로 손을 옮긴다. 부드럽고 가벼운 애무인데 가벼우면 가벼울수록 더욱 짜릿하다.

그사이 내 손가락은 그의 몸에서 춤을 추며 천천히 다리에 난 털 속으로 들어가서 서혜부까지 올라간다. 뜨거운 열기가 느껴진다. 손으로 이 남자의 몸을 탐험하는 지금, 처음으로 그 몸을 발견하는 기분이다. 시야가 가려져 있어서 순

결한 처녀로 다시 태어난 기분이고 완전히 새로운 경험을 앞
둔 것 같다. 나는 혼란스럽고 자유로우며 호기심이 넘친다.

그의 페니스를 부드럽게 천천히, 불안해하면서도 대담
하게 손으로 애무한다. 내 손 안에서 그것이 커지는 게 느껴
진다. 어느 곳을 만져야 하는지 정확히 알고 있기 때문에 조
금씩 힘을 주어 위보다는 아래쪽을 더 애무한다. 손으로 페
니스를 감싸면서 엄지손가락과 둘째손가락으로 그것을 꽉
쥔다. 위에서 귀두까지 내려갔다가 다시 위로 올라오며 살짝
누르자 그가 신음한다. 이제 몹시 흥분한 레오나르도가 뜨
거워진 내 자궁을 찾으러 온다. 축축한 그의 손길이 느껴진
다. 손가락에 침이 묻은 게 틀림없다. 그가 조금 전 내 유방
에 했던 대로 클리토리스 주위에서 원을 그리듯 손가락을 움
직인다. 내가 바라는 대로 애무를 하는 중이다. 천상에 있는
기분이다. 내 욕망이 점점 커져 그가 더 진도를 나가주길 바
란다.

"레오……." 내가 중얼거린다. "손가락을 몸속에서 느끼
게 해줘, 부탁이야." 소곤소곤 그에게 부탁한다.

"여기 있어, 엘레나. 전부 다 당신 거야." 그가 대답하며
두 손가락을 내 몸에 넣는다. 나는 갑자기 온몸으로 뜨거운
열기가 퍼지는 것을 느끼며 신음한다. 그 상태로 가만히 있
으면서 쾌감이 내 몸속으로 퍼져 가슴과 머리까지 이르게 한
다. 레오나르도가 잠시 내 성기를 자극하자 곧이어 그에 답

하듯 애액이 흘러나온다. 그러는 동안 탐욕스러운 그의 혀가 내 입술을 덮친다. 곧 내 몸에 들어갔던 그의 손가락도 내 입에 닿는다. 손가락들이 내 입술을 괴롭히다가 안으로 들어와 내 혀와 장난을 친다. 내가 손가락을 빼고 나자 그가 다시 내 다리 사이로 손가락을 움직인다.

"올라와." 그가 갑자기 이렇게 말하더니 내 허리를 잡아 자신의 위에 앉힌다. 내 허벅지가 그의 허벅지 위로 올라가고 내 다리가 그의 허리를 조인다. 우리는 향기로운 리넨 시트 위에 떠 있는 연꽃이다. 이제 우리의 결합은 완벽하다.

레오나르도가 내 엉덩이 쪽으로 손을 움직여 나를 끌어당긴다. 내가 그의 목을 잡고 골반의 가벼운 움직임에 나를 맡기자 내 외음부가 발기한 그의 페니스를 스친다. 내 몸은 완전히 축축하고 그를 맞이할 수 있게 열려 있다.

"지금 내 안으로 다 들어와 줘." 내가 단숨에 말한다. 이건 거부할 수 없는 명령이다.

나는 그의 도움으로 몸을 세워서 단단해진 그의 페니스를 잡아 내 몸속에 넣는다.

이 순간을 얼마나 기다렸던가. 얼마나 크고, 얼마나 힘이 셌는지조차 기억나지 않는다.

"오, 그래, 엘레나." 그가 포효하며 내 허리를 잡아 격렬하게 움직이기 시작한다.

처음에는 느릿느릿, 그러다가 점점 더 빠르게 함께 박자를 맞추며 우리는 정열적인 리듬을 따라간다. 마찰 횟수가 늘수록 우리의 신음소리는 점점 거칠어지고 호흡은 짧아진다. 내 손이 그의 목 쪽으로 움직이다. 그의 목은 부풀었고 뜨겁다. 그가 즐기고 있다는 걸 눈으로 확인할 필요는 없다. 집중하느라 그의 힘줄이 불거져 나온 게 느껴진다. 내 손가락 밑으로 흐르는 그의 피를 느끼고 싶어 조금 더 세게 그를 껴안는다. 이제 그가 내 손 안에 있고 그의 모든 생명력이 내 힘에 복종하고 있다. 처음에는 알면 알수록 놀라웠던, 아니 거의 두려웠던 이 남자가 이제 내 것이 되었고 그의 육체는 내 육체에 복종하고 있다. 나는 그 어느 때보다 강하고 절대적인 존재가 된 기분이다.

그를 껴안는 내 손에 힘이 들어갈수록 그의 손톱이 내 엉덩이에 박히며 그의 움직임이 빨라진다. 그는 나를 소유하기 위해 내 의지에 굴복했고, 내 몸에 들어오기 위해 내 쾌락의 도구가 된다.

점점 가빠지는 우리의 숨소리와 침대 삐걱거리는 소리가 겹쳐진다. 눈앞은 깜깜하지만 마음에는 환한 빛이 비친다. 레오나르도가 크게 소리를 지른다. 삶과 죽음, 고통과 격정, 욕망과 포기가 뒤섞인 과거로부터 대대로 이어지는 소리다. 귀가 먹먹할 정도로 큰 소리다. 그의 에너지가 내 손가락 밑으로 전해지고 그의 목을 지나 입으로 발산되어 자기장처럼 나를 끌어당긴다. 바로 그 순간 나도 오르가슴을 느끼며 그와 함께 소리를 지른다.

이제 나로서, 그로서 존재하는 게 아니라 다만 우리로서 존재하는, 함께 숨 쉬는 하나의 육체와 하나의 영혼으로만 존재하는 이 공간 속에서 우리에게 전해지는 완전하고 광대한 오르가슴이다.

우리는 꽉 껴안은 채 그대로 침대에 쓰러진다. 레오나르도가 내 눈에서 넥타이를 풀어주고 나도 똑같이 스카프를 풀어준다. 방 안의 어슴푸레한 빛에 적응하기 위해 눈을 몇 번 깜빡이다가 황홀한 상태에 빠져 멍해 보이는 그의 눈과 마주친다. 우리는 아무 말 없이 서로를 바라본다. 둘 다 방금 일어난 일을 말로 표현할 수 없을 정도로 어리둥절한 표정이다.

나는 천장을 보고 똑바로 누워 근육을 완전히 이완시킨다. 눈을 감고 다시 어둠에 나를 맡긴다.

레오나르도가 내 옆에 누워 한 손으로 다정하게 내 머리를 긁어준다. "방금 새로운 사실 하나를 알게 된 것 같아, 엘레나. 아직 한 번도 경험하지 못한 일인데." 그가 천장 쪽으로 눈을 돌리며 말한다. 나는 의아한 눈으로 그를 본다. 그가 다시 내 쪽을 돌아본다. "난 당신 거야. 오로지 당신의 남자로만 살고 싶어."

나는 가만히 웃는다. 가슴에서부터 행복감이 밀려온다. 나는 그의 귀에 얼굴을 가까이 가져간다. "난 당신 여자로 살고 싶어." 이렇게 속삭이고는 그의 귓불에 가볍게 입을 맞춘다.

몸을 빼내려는 순간 그가 한 손으로 나를 붙잡고 입술을 찾는데, 내 입술은 그를 위해 금방 벌어진다. 내가 더 다가가 그의 가슴을 내 가슴으로 누르고 그의 다리에 내 다리를 얹은 뒤 한쪽 다리로 그의 허리를 꽉 조인다. 우리의 몸이 뒤얽히며 우리 사이에 경계가 사라진다. 이제 나는 뒤섞인 호흡과 침과 감각과 생각 들 속에 존재한다. 나는 여기서 행복하고 다른 어디로도 가고 싶지 않다.

이 사람과 근 1년을 어떻게 떨어져 살 수 있었는지 잠시 자문해본다. 다른 남자들과의 성관계를 어떻게 참아낼 수 있었는지, 다른 남자의 냄새를 어떻게 견딜 수 있었는지.

잠시 후 우리의 성기가 다시 서로를 찾는다. 그가 짜릿하면서도 부드럽게 내 성기에 자신의 것을 비비고 나는 그를 받아들인다. 바로 그 순간 격정적이면서 제어할 수 없는 열망이, 새로운 오르가슴으로만 만족시킬 수 있는 마르지 않는 욕망이 다시 올라온다.

레오나르도가 내 몸을 획 돌리더니 자신에게로 끌어당긴다. 내 등이 그의 가슴에 딱 달라붙는다. 그때 그가 내 귀에 탄식하듯 속삭인다. "당신이 내 거라면 이제 내가 하고 싶은 대로 할 수 있어." 그러더니 내 목에 키스를 한다. 그러다가 서서히 살을 깨물기 시작하는데 점점 더 강도가 세지면서 격렬한 쾌감이 느껴진다.

"내가 좋아하는 거라면." 나는 방어를 하듯 어깨를 움츠리며 대답하지만 잠깐일 뿐이다. 매끄럽고 단단한 그의 페니스가 내 엉덩이에 닿는 게 느껴진다. 그의 손가락들이 엉덩이 바로 아래를 스친다.

"그럴 거야." 그가 중얼거리며 더 다가와 골반을 내게 민다.

갑자기 단호하게 페니스를 밀어대서 나는 허리를 구부리고 엎드리는데 다리는 그의 다리에 막혀 움직일 수가 없다. 레오나르도의 얼굴을 보려고 고개를 겨우 돌렸다가 그의 눈에서 번득이는 악마 같은 빛을 발견한다. 이제 그가 손으로 내 엉덩이를 꽉 잡더니 애무를 해서 근육을 이완시키고 기분 좋게 만든다. 그러고는 손가락 하나가 내 성기 바로 위까지 미끄러져 내려오더니 둥글게 원을 그리다가 항문 바로 전에서 동작을 멈춘다. 그 안에 집어넣으려는 건 아니겠지? 그의 몸무게가 모두 내게 실려 있어 나는 숨을 헐떡인다. 잠시 후 그가 내 위에 두 다리를 벌리고 걸터앉는데, 발기한 그의 페니스가 내 다리를 스친다.

"오늘 밤에는 당신을 전부 갖고 싶어. 당신 몸 구석구석을." 레오나르도가 나지막이 말하면서 엉덩이에 키스를 하고 굶주린 사람처럼 핥는다.

갑자기 내 몸이 굳어버린다. "구석구석이라니 무슨 뜻이야?" 그의 품에서 벗어나 보려 하지만 그가 나를 막아서 계속 그 자세를 유지한다.

레오나르도는 대답 대신 내 허벅지 뒤쪽을 혀로 핥아 올라오다가 엉덩이 바로 밑에서 멈춘다. 근육이 다 수축되었다가 잠시 후 부드럽게 이완된다. 저절로 신음이 나올 정도로 기분이 좋다. 좋아, 레오나르도. 당신을 믿을게. 항복이야. 다른 선택의 길이 없잖아.

올리브 오일이 한 방울, 두 방울, 그리고 또 한 방울 더 내 등으로 흘러내리는 게 느껴진다. 레오나르도가 손가락 하나에 오일을 묻혀 내 엉덩이 사이에 바른다. 그러고는 부드럽게 내 몸 뒤에서 내게로 들어온다. 지금까지 누구에게도 허락하지 않던 곳이다.

하지만 지금은 다르다. 상상도 하지 못했던 일들을 그와 함께 해보고 싶다.

"천천히 해, 부탁이야."

"긴장을 풀어, 엘레나……. 아무 생각도 하지 말고 그냥 내버려 둬."

약간 간지러운 것 같다가 곧 유연한 뭔가가 몸을 꽉 채우는 기분이 들더니 그것이 나갔다 들어온다. 그 순간 관습에 도전하는 느낌과 새로운 행위로 인한 신선함이 강물처럼 온몸으로 퍼지다가 배에서 산산이 부서진다. 짜릿하던 전율이 다리 사이로 사라진다. 새롭고 색다르며 너무나 관능적인 쾌락을 느낄 수 있다.

레오나르도가 오일이 묻은 손가락을 위로, 엉치뼈 쪽으로 밀어 올리더니 살짝, 그렇지만 분명하게 움직이기 시작해서 안쪽 벽을 넓혀놓는다. 내가 신음한다. 순도 높은 쾌감이 느껴진다. 내 마음속에는 두려움과 호기심의 덩어리가 뭉쳐져 있는데 이것을 녹여낼 방법은 저항을 하지 않는 것밖에 없다.

그가 발기된 페니스를 내 항문에 가져다 대더니 비현실적일 정도로 천천히 안으로 민다. 마술처럼 근육과 피부조직이 이완되고 넓어진다. 그것을 받아들이는 동안 내 성기는 그의 손가락을 따뜻하게 받아들이고 목은 그의 혀의 유혹을 받는다.

"오, 세상에, 엘레나. 당신은 환상적이야." 그가 절정에 오른 목소리로 포효하듯 말한다.

평생 이런 쾌감은 느껴본 적이 없어서 믿기지 않을 정도다. 온몸이 뒤흔들릴 정도의 쾌락과 욕망으로 변하는 고통, 그리고 환희가 이어진다. 나는 지금 무방비 상태에 무기력하지만 나의 이런 항복에는 거대한 힘이 들어 있다. 내 모든 게 그에게 속하길 나 자신이 간절히 원하기 때문이다.

레오나르도는 내 몸에서 한 번도 탐험하지 않은 장소들, 존재하는지도 몰랐던 그런 곳들로 나를 인도한다. 우리는 함께 눈부신 빛으로 그 장소들을 물들인다. 그의 페니스가 내 몸속에서 움직이지 않고 가만히 있는 동안 그의 손가락은 내 성기를 탐색한다. 그러더니 천천히 그 안을 들락날락하고 나는 절정에 오른다. 그가 내게 하는 동작들은 하나같이 놀랍기만 하다.

깊고 거칠게 내지르는 그의 비명이 들린다. 나도 그와 함께 소리를 지르며 욕망을 토해낸다. 내가 다시 세 번째로 오르가슴을 느끼며 그의 이름을 크게 소리쳐 부르는 동안 그는 꼼짝하지 않은 채 내 몸속에 자신의 심장과 영혼을 쏟아 붓는다.

그의 몸이 내게로 쓰러져 내 몸을 완전히 덮어버리게 내버려 둔다. 내가 발로 그의 다리를 휘감자 그가 내 손목을 꽉잡아 꼼짝하지 못하게 한다. 내게 쏟아낸 모든 에너지를 그냥 가둬두고 싶은 듯이.

나는 진심으로 이 남자를 사랑하지만 언어가 지닌 무게로 지금 이 순간을 망치고 싶지 않다.

우리는 기진맥진한 상태이고 우리의 감정을 모두 소진했다. 우리 주위에는 평화와 고요만이 있을 뿐이다. 세상은 존재하기를 멈췄고 시간은 정지했다. 지금 이 순간에는 그와나 단 둘뿐이다.

이제 성기의 긴장이 다 풀린 게 느껴진다. 레오나르도는 내가 숨을 쉴 수 있게 내게서 몸을 뗀다. 나는 그를 돌아본다. 우리는 평생 처음으로 섹스를 해본 사람들처럼 서로를 보며 웃는다. 조금 전 내가 맛보았던 충만감이 계속 내게 스며든다. 우리는 아무 말 없이 또다시 포옹한다. 우리의 숨소리만이 우리를 감쌀 뿐이다.

잠시 후 레오나르도가 내게 등을 돌리고 누워 내 손을 잡더니 자신의 가슴에 올려놓는다. 나는 그를 꼭 껴안으며 그의 넓은 등에 얼굴을 묻는다. 그는 방패고 바위다. 하지만 여전히 그의 등에 새겨진 레오나르도와 루크레치아를 상징하는 L자 문신을 무시할 수가 없다. 이곳에 온 뒤로 그 이름을 한 번도 내 입으로 말한 적은 없지만 나는 그 여자의 환영으로부터 결코 자유로울 수 없을 것이다. 어쨌든 그녀가 아직은 레오나르도의 아내이니까. 난 그런 말을 입에 올릴 수도 없다. 루크레치아가 다시 나타나리라는 걸 예감하고 있다. 그냥 생각일 뿐이지만 생각만 해도 심장이 조여들어서 그것을 쫓아버리려 필사적으로 노력한다. 지금 나는 창문으로 얼핏 보이는 보름달처럼 충만하고 눈부신 행복을 누리고 있다. 그 어떤 그림자도 이 행복에 그늘을 드리울 수 없다.

하늘에는 별들이 총총하고 우리는 바다에서 불어오는 부드러운 바람을 테라스에서 즐기고 있다. 마을의 불빛들이 하나둘 꺼져가지만 저 위에서 타오르는 화산은 결코 꺼지지 않는다. 화산은 공중으로 용암을 분출해 끝없이 짙푸른 밤하늘을 환히 밝힌다.

거실의 스테레오에서 디페쉬 모드(Depeche Mode)의 〈Goodnight Lovers〉가 은은하게 들려온다. 예전에 여러 차례 들어본 것처럼 레오나르도가 그 노래를 흥얼흥얼 따라 부른다. 즉흥적이면서도 부드럽게 노래를 부르는데, 그는 기분이 좋을 때면 이렇게 어린아이처럼 단순하게 자신의 감정을 표현한다. 그래서 사랑스럽다. 나는 레오나르도 몰래 슬쩍 웃는다. 그러고는 다리를 뻗어 테라스 난간에 올려놓고 밤하늘을 배경으로 한 검은 바다를 바라본다. 멀리 홀로 서 있는, 등댓불이 켜진 스트롬볼리키오가 보인다. 달빛 아래 서 있는 절벽은 위풍당당하다.

"스트롬볼리 섬을 지키는 파수꾼 같아." 내가 크게 말한다.

"맞아……." 레오나르도가 깜깜한 수평선에서 눈을 떼지 않으며 동의한다. 그러다가 돌아서서 내 얼굴을 찬찬히 보더니 의자에서 벌떡 일어선다. 내 손을 잡고 뭔가를 생각하는 듯하더니 말한다. "나하고 같이 가자."

내가 양미간을 찡그린다. "어디를?"

"가보면 알아." 셔츠 밑의 그의 가슴이 팽창한다. "빨리, 일어나."

내가 웃는다. 무슨 생각을 하는 건지 알 수가 있나. 그렇지만 그를 기다리게 만들고 싶지는 않다.

잠시 후 우리는 조그만 흰색 보트를 타고 어둠 속에서 잔잔한 파도를 가르며 달린다. 우리 위에는 달이 떠 있고 스트롬볼리 섬은 등 뒤에 있다. 지금 우리는 스트롬볼리키오로 가는 중이다. 레오나르도가 나를 데려가기로 마음먹은 곳이 바로 거기다. 몇 분 뒤 우리는 조금 전까지 꿈속에서 본 듯하고, 환상 속의 장소인 것만 같던 그곳에 도착한다. 작은 섬과 같은 스트롬볼리키오는 바다에 깎아지른 듯 서 있는 가파른 절벽으로 이루어졌고, 그곳에 하나 있는 등대에서 바다로 투사되는 불빛이 수평선에 연노랑 띠를 만들어낸다.

레오나르도가 만입부에 고무보트를 정박시킨다. 거기서부터 돌계단이 시작되는데, 계단은 꼭 절벽에 박힌 긴 혀 같다. 희미한 불빛만 있어도 별문제 없이 계단을 올라갈 수 있을 듯하다. 곧 레오나르도가 가져온 조그만 손전등을 켠다. 그는 뭐든 완벽하게 준비한다. 스트롬볼리에 온 뒤로 레오나르도는 어떤 행동을 하든 신뢰할 만한 모습을 보여준다. 격정적이었던 베네치아와 로마에서는 결코 보지 못한 면이다.

가까이에서 보니 스트롬볼리키오는 집 테라스에서 상상했던 것보다 훨씬 컸고, 위협적이고 원시적인 신화 속 바다 괴물처럼 우리 위에 우뚝 서 있다. 이제 내가 한없이 작게 느껴진다. 오늘 밤 이미 온 힘을 다해 뜨거운 시간을 보내고 난 뒤라 위풍당당하게 서 있는 원뿔 모양의 바위로 오를 힘이 있을지 잘 모르겠다. 게다가 이유는 알 수 없지만 현기증이 조금 난다. 최근 며칠 동안 계속 현기증으로 고생하고 있다. 작업대에 올라 프레스코 벽화를 복원할 때가 아니라 지금 그런 증상이 나타난 게 그나마 다행이다. 벌써 속이 울렁거린다.

레오나르도가 나를 본다. 어두워 정확히 보이지 않는데

도 그가 웃고 있다는 걸 알 수 있다. "올라가는 거 무서워?"

"천만에." 내가 자신 있게 대답한다. "아니, 빨리 올라가고 싶어." 사실 몹시 겁이 나지만 그런 모습을 보여주고 싶지는 않다.

"계단이 이백 개야." 그가 손전등을 들고 앞장서며 설명한다. "그런데 사실은 내가 어릴 때부터 세어봤는데 항상 그보다 더 많았어."

"음…… 고무적인 사실이군그래!" 다리를 사용하게 된 지 얼마 안 된 여자에게는 굉장한 도전이다! 좀 더 자신감을 얻으려고 그의 손을 잡는다. 철난간은 아주 낮아서 계단을 오를 때마다 밑으로 떨어질 것 같은 기분이 든다. 올라가면 올라갈수록 그 계단 때문에 숨이 멎을 것만 같다.

"다리 어때? 아프지 않아?" 레오나르도가 묻는다.

"아냐, 아주 좋아." 아마 기적적인 알로에 덕일지도 모른다. 그리고 가끔 걸음을 멈추고 숨을 고르기 때문이기도 하다. 하지만 이제 걱정은 다리가 아니다. 나와 수면과의 거리가 문제다. 그 순간 꼭대기에서 떨어지면 치명적일 거라는 생각이 다시 난다.

네 번째 층계참에서 아래를 내려다보는데 내 밑의 세상이 아주 작아 보인다. 너무나 따뜻하고 단단한 레오나르도의 손을 꼭 잡는다. 그리고 그의 등에서 눈을 떼지 않으려 노력한다. 위쪽에서 두 개의 튀어나온 바위가 선명하게 보이는

데 마치 하늘에서 내려온 용 같다.

다시 몇 계단을 더 오르자 드디어 정상에 도착한다. 돌난간이 둘러쳐진 넓고 평평한 바닥이 나타나더니 제일 안쪽으로 외로이 서 있는 하얀 등대가 선명하게 눈에 들어온다.

숨이 가쁘지만 해발 50미터에 하늘과 닿을 듯한 이곳의 경치는 환상적이다.

이미 그 매력에 빠진 채 내 발아래의 허공을 마지막으로 슬쩍 내려다본다. 시커먼 바다는 끝도 없이 넓다. 그것을 바라보자 등줄기가 서늘해진다.

"여기서 보니 굉장하지 않아?" 레오나르도가 다가오면서 묻는다.

"정말 그래. 그런데 약간 무섭기도 해." 본능적으로 그의 허리를 잡자 그가 나를 자신의 품에 안는다.

우리는 등대 근처의 네모난 돌로 가서 앉는다. 레오나르도는 미지근한 밤바람에 땀을 말리기 위해 셔츠를 벗는다. 그의 균형 잡힌 어깨에 새겨진 문신에 나도 모르게 눈길이 머문다. 레오나르도와 함께 루크레치아가 다시 생각난다. 조금 전 생각을 멈추었던 바로 그 지점에서부터.

내 얼굴 표정이 변하자 레오나르도가 의아한 눈으로 나를 자세히 살핀다. "왜 그래?"

아무것도 아니야, 라고 대답하고 싶다. 하지만 나는 입술을 깨문다. 그런데 사실 숨겨야 할 이유가 하나도 없다. 이제 우리 사이에 금기 사항이나 하지 못할 말이 없길 바란다. 루크레치아 문제에 대해서는 어쨌든 곧 그와 이야기를 나눠봐야 한다. 그러다가 지금 그 이야기를 해야겠다고 마음먹는다.

"루크레치아 생각을 했어…… 통화한 적 있어? 한번 만나볼 거야?"

그가 숨을 깊게 들이쉬더니 내 앞에 서서 두 손으로 내 손 하나를 꽉 쥔다. "루크레치아와 통화한 지 오래됐어. 그렇지만 조만간 한번 통화하려고 해." 그가 차분하고 절제된 목소리로 말한다. "루크레치아는 내가 오랫동안 사랑했고, 좋든 나쁘든 모든 걸 함께 공유했던 여자야. 그녀를 지울 수도 없고 그러고 싶지도 않아."

"이해해." 내 입술이 살짝 경직된다.

"내가 지금 당신에게 하려고 하는 말은, 엘레나, 루크레치아가 날 필요로 할 때마다 난 다시 가야 한다는 거야. 그녀는 허약하고 몹시 복잡한 여자야. 난 그 여자를 버릴 수가 없어." 레오나르도가 사람을 끌어당기는 매혹적인 눈으로 내 눈을 뚫어지게 보면서 계속 말한다. 그러고는 길게 한숨을 쉰다. "그렇지만 그 여자를 사랑하지는 않아. 당신이 알고 싶은 게 이거라면 분명히 말할 수 있어. 그녀에게 느끼는 감정은 애정, 염려, 헌신…… 뭐 이런 거라고 할 수 있지. 사랑은 다른 거야. 이제 그걸 알게 됐어."

"사랑이 뭔데?" 내가 그의 눈을 피하지 않고 똑바로 본다.

"당신이야. 삶을 다시 시작할 수 있는 가능성, 바로 당신이 내게 준 그 가능성이지." 그가 내 이마에 살짝 입을 맞춘다. "분명히 말할게, 엘레나. 난 지금 새로운 인생을 시작하고 있어. 쉽지 않은 일이지만 시도해보고 싶어. 당신이 날 다시 태어나게 해줬어."

"좋아." 나는 그의 이마에 내 이마를 대며 속삭인다. "난 당신을 믿어."

우리는 같은 해안에 밀려온 조난자들, 서로에게 손을 뻗은 생존자들이다.

"봐." 레오나르도가 하늘을 향해 턱을 든다. 스트롬볼리가 바로 그 순간 용암을 분출하고 있다. 새빨간 불길에서 파란 불꽃들이 공중으로 퍼져나간다.

"우리에게 인사하고 있어." 그가 말한다. 지금은 여기 도착하던 날처럼 화산이 두렵지 않다.

그가 나를 뚫어지게 보다가 내게 도전하듯 웃는다. "다음번에는 저 위에, 분화구 입구로 올라가자고."

"좋아." 내가 대답하며 그의 따뜻한 품에 안긴다.

나 자신이 강해진 느낌이다. 이제 아무것도 두렵지 않다. 새로운 시도에 도전할 준비가 되어 있다. 불같은 우리의 사랑으로 모든 두려움이 녹아버렸기 때문이다.

레오나르도가 곁에 있어만 준다면 뭐든 할 수 있다.

이 섬에서 레오나르도와 함께 보내는 나날들은 놀랄 만
큼 느릿느릿 지나가며, 나른하고 관능적인 기쁨으로 넘친다.
시간은 무(無)로 이루어진 것 같다. 아니 태양과 바다와 음식
과 언어 들만은 가득하다. 무엇보다 사랑이 넘친다. 일을 하
는 것도—나는 스케치를 하고 그는 요리법을 연구하고—시
간이 멈춰버린 것 같은 이 천국에서는 특권이다. 어떤 미래
가 우리를 기다리든 우리는 함께할 것이다.

가끔 스트롬볼리가 참을성 없는 커다란 동물처럼 숨을
몰아쉬며 우리를 유혹한다. 머지않아 서두르지 않고 거기에
갈 예정이다. 이제 내 다리는 완전히 회복되기는 했지만 아
직 약간의 휴식이 필요하다.

무엇보다 근사한 일은 이곳에 온 뒤 며칠 동안 좌절감만
느끼며 바라보던 바다에 마침내 들어가서 첫 수영을 하게 된
것이다. 바닷물 속에서 자유를 얻었고 여름의 세례를 받았
다. 아직 5월인데도 여기는 이미 여름이 시작되었다. 다리 때

문에 조심스럽게 수영을 한 뒤에는 파도에 몸을 맡긴 채 거의 한 시간 정도를 물에서 나오지 않았다. 맑고 시원한 물이 몸에 닿기만 해도 활력이 생겼고 너무 오래 무감각해져 있던 내 몸에도 조금이나마 다시 탄력이 생겨났다.

그리고 어제 레오나르도는 스트롬볼리의 다른 면을, 그러니까 정말 마법의 장소 같은 곳을 내게 보여주었다. 우리는 배를 타고 섬 주위를 돌다가 지노스트라에 도착했다. 그곳은 주민이 사십 여명 정도 되는 작은 마을로 배를 타고서만 갈 수 있는 세상에서 제일 작은 항구 마을이다. 과거로 되돌아간 기분이었다. 이 마을에서는 스쿠터도 아페 카도 보이지 않는데 노새가 유일한 이동 수단이란다. 대부분의 집에서는 아직도 전등 대신 석유램프를 사용하고 불과 몇 집만 태양열판을 이용해 전기를 쓸 수 있다고 한다.

마을을 떠나기 전 레오나르도는 방금 고기잡이에서 돌아온 한 어부에게서 커다란 도미 한 마리를 샀다. 집으로 돌아와서 우리는 그것을 숯불에 구워 허브와 향신료를 넣은 소스로 양념을 했다.

며칠 전부터 그는 내게 요리의 기초를 가르쳐주고 있다. 나는 그것을 즐기고, 흥미를 느끼며 빠져들고 있다. 가스레인지라면 알레르기를 일으키던 내가 레오나르도 덕에 다양한 요리를 실험적으로 만들어보는 중이다. 내게 요리와 식재료에 대한 호기심이 있다는 사실을 발견하고 있다. 그는 세

프인 자신만이 아는 요리 비법들을 누구에게도 알려주지 않는다는 원칙을 세웠지만 내게는 해당되지 않는다. 사실 나는 하나부터 열까지 전부 다 배워야 하지만 훌륭한 수제자처럼 열심히 하고 있다. 일단은 아무 메모도 하지 않는다.

"섹스나 예술처럼 요리에서도 기술만으로는 부족해. 본능적인 감각이 필요하지." 내가 생선 양념에 필요한 향신료를 고르는 동안 레오나르도가 생선 배를 가르며 아주 진진하게 설명했다.

"혹시 약간의 광기도 필요하다는 뜻?" 방금 정원에서 따온 레몬 꽃들을 접시에 흩어 놓으며 내가 한마디 했다. 그가 내게 앞치마를 둘러주고는 끈을 묶었다.

"그 분야에서는 당신이 이미 달인인 것 같은데……."

우리는 생전 처음 키스하는 사람들처럼 키스를 했다. 파스타 면 삶을 냄비에서 물이 끓어올라 급히 그곳으로 주의를 돌려야 할 때까지.

저녁 식사를 마치고 나서 깜짝 선물을 받았다. 우리는 테라스에 앉아 별을 바라보고 있었는데 레오나르도가 갑자기 자리에서 일어나더니 집 안으로 들어갔다. 잠시 후 그가 돌아와서는 내게 상자를 하나 건넸다. 나는 어린아이처럼 호기심을 참지 못하고 급히 포장을 풀었다. 내가 받은 선물은 쉬민케 호라담(Schmincke Horadam) 수채화 물감이었다. 그러니까 굉장히 비싼 최고급 물감이다.

"이걸 어디서 구했어?" 내가 깜짝 놀라서 물었다.

"메시나에 가는 친구에게 부탁했지. 도착하는 데 시간이 좀 걸렸지만 마침내 오긴 왔어." 그가 태평하게 웃으면서 대답했다. "이제 당신 그림을 완성할 수 있겠지."

"고마워, 레오. 너무 멋져…… 빨리 써보고 싶어!" 고마운 마음에서, 그리고 지금까지 느끼던 감정과는 다른, 이상하게 따뜻해지는 기분을 느끼며 그를 포옹했다. 그리고 늦은 밤까지 그림에 몰두했다. 그러다 보니 새벽 4시경, 목에와 닿는 그의 따뜻한 입김과 내 허리를 잡는 힘센 손이 느껴졌다.

"예술의 뮤즈 몰래 당신을 훔쳐가도 될까? 저쪽에서 당신이 필요해서, 더 이상 기다릴 수가 없어……."

언제나 그렇듯이 난 그에게 저항할 수 없었다. 그래서 그를 따라 침실로 갔다.

요 며칠 활력이 넘친다. 창조적인 에너지와 뭔가를 하려는 의욕이 솟아오르고 있으며 집중도 잘된다. 한마디로 행복하다. 나의 행복의 퍼즐에 딱 하나 빠진 조각이 있다면 바로 가이아다. 결혼식 날 이후로 한 번도 가이아와 통화하지 않았는데 그녀가 정말 그립다. 얼마 전의 엘레나, 공격적이고 불만에 가득 차 있어서 제일 친한 친구의 인생에서 가장 중요한 날에 독설을 토해냈던 엘레나는 이미 내게는 낯선 사람 같다. 그때 내가 만들어냈던 인물은 이제 자신의 역할을 다 해버렸다. 표면적이고 의미 없는 관계들, 낯선 남자와의 성관계, 자제력을 잃어버린 광기 어린 데이트 들은 희미한 기억으로만 남았을 뿐이고 이제 나와는 아무 상관이 없다. 그 모든 것들은 다른 사람들과 나 자신을 속이기 위해 사용되었다. 결과가 좋지 않으리라는 것을 너무나 잘 알고 있으면서도 제동을 걸지 못했다.

하지만 이제 다르다. 얼마 전부터 가이아를 생각하고 있다. 지금 어디 있을지, 뭘 할지, 벨로티와 행복한지 궁금하다. 속으로 내 일상을 가이아에게 들려주는 상상을 하곤 한다. 먼저 손을 내밀고 용서를 구해야 할 사람은 바로 나다. 사실 어떻게 해야 할지 아직도 망설이고 있다. 이메일을 보내야 하나? 문자메시지? 직접 만날 기회를 기다리는 게 더 좋을지도 모르고…….

레오나르도에게도 조언을 구하는데, 그는 전화를 해보라고 권한다. 감동이 덜할지는 몰라도 지금 가장 빠른 방법인 건 확실하다. 만나서 이야기를 나누려면 꽤 시간이 걸릴 테니.

그래서 5월의 어느 무더운 날 아침, 레오나르도가 평상시처럼 산책을 나갔을 때 나는 침대에 누워 휴대전화 연락처에서 가이아의 번호를 찾는다. 아이폰의 신호음이 울리는 동안

심장이 터질 것만 같았다. 혹시 내 전화를 안 받지는 않을까? 앞으로 평생 내 전화를 안 받고 싶어 하는 건 아닐까? 그 순간 지나치게 과장하는 측면이 있는 내 성격에 제동을 건다.

"엘레?" 가이아가 전화를 받는다. 약간 놀라서 떨리기는 해도 그녀의 목소리는 늘 똑같다.

"차오……." 나는 침대에 웅크리고 앉아 우물우물 말한다.

"그런데…… 왜 이렇게 오랜만이야!"

가이아가 화를 내는 건지 좋아하는 건지 분간을 못하겠다.

"꼭 말하고 싶은 게 있어서, 가이아." 내가 숨을 들이마신다. "미안해." 드디어 말했다. 그러자 벌써 기분이 훨씬 좋아진다. "미안해, 미안해, 정말 미안해……. 네 결혼식을 망친 그 빌어먹을 애는 내가 아니었어." 나는 거의 속삭이는 듯한 목소리로 훌쩍인다.

"엘레, 울지 마." 가이아가 내 말을 자른다. "우린 싸우고 나서 1분만 지나면 벌써 서로 용서하곤 했잖아……. 아, 정말 1분은 아니었을지도 몰라. 하지만 화를 가라앉히는 데 한 시간 이상은 안 걸렸던 것 같은데. 그때 내가 딴생각을 하고 있어서 네가 무사했던 거야. 하얀 드레스를 입은 내 몰골이며…… 성당이며…… 꽃…… 너 기억나?" 가이아가 듣기 좋게 웃는다. "지금 잘 지내고 있고 원래의 너로 돌아왔는지나 말해봐, 제발." 그녀가 곧 다시 진지해진다.

난 이 여자를 사랑한다. 모든 일에 적절하게 무게를 둘

줄 안다. 항상 일을 너무 심각하게 만들지 않을 줄 안다.

"응, 이제 좋아." 나는 약간 당황해하며 대답한다. 달리 할 말이 별로 없다. 이미 가이아가 문제의 핵심을 말해버렸으니.

"네가 전화해줘서 얼마나 행복하지 알아? 어쨌든 이런 말 하면 안 되는데, 네가 전화 안 했으면 내가 했을 거야. 네가 얼마나 더 나를 기다리게 할 생각인지 보려고 기회만 엿보고 있었거든. 그렇지만 전화기에 손만 대면 손이 떨려서 몇 번이나 네 번호를 누르려다 말았는지 모를 거야……."

"내가 좀 부끄러워지는네." 나는 겨우 이렇게 더듬거린다. 하지만 마침내 긴장이 풀려 침대에서 두 팔다리를 완전히 쭉 편다. "어떻게 지내?"

"아직 완전히 실감 나지는 않아……. 그래도 지금으로서는 결혼 생활이 그렇게 나쁘지는 않아."

"벨로티와 한 집에 사는 건 좋아?"

"대략, 그런데 그 사람은 거의 집에 없어."

"그렇겠구나. 지금 지로 디 이탈리아(매해 5월에서 6월 사이에 개최되는 국제 사이클 대회. 국도를 포함해서 이탈리아를 일주한다—옮긴이) 참가 중이지……. 신문에서 읽었어."

"내일 코르티나에서 일정이 끝나서 만나러 가려고. 그 사람은 몰라. 깜짝 놀라게 해주려고."

"경기를 포기하게 하려는 거야?"

"남편으로서의 의무를 다해야 하잖아." 가이아가 말한다. 명령처럼 분명한 말이다. "벌써 경고했어. 정식으로. 한달에 적어도 네 번 정도 함께 지내지 않으면 이혼하자고."

내가 웃음을 터뜨린다. "불쌍한 사무엘……. 비극의 주인공이네. 아내에 대한 사랑과 자전거에 대한 사랑 사이에서 고민하는."

"내 비극은 생각 안 해?" 그녀가 전혀 어울리지 않는 가련한 말투로 대답한다. "너도 나 잘 알잖아. 난 이렇게 집착이 심한 여자가 아니었어……. 그런데 그 사람 문제는 완전히 달라. 늘 내 곁에 있어줬으면 좋겠어. 그 사람이 내게서 달아나면 달아날수록 더 원하게 된다니까! 난 완전히 구태의연한 여자가 되고 말았어. 너도 이런 내가 낯설 거야, 알아."

"그래도 혹시 참을 수 없는 단점 같은 게 있을 거 아냐!"

"당연히 있지. 아주 많아……. 입에 음식을 잔뜩 넣은 채 말해. 아니면 침실에서 창문을 활짝 열어놓고 자려고 해. 난 완전히 깜깜해야 자는데. 게다가 시어머니는 또 어떻고. 병적일 정도로, 놀랄 만큼 말이 많아. 그렇지만 엘레, 난 사무엘을 사랑해. 그 사람과 하는 거라면 난 백 번이고 다시 결혼할 거야."

"맙소사, 가이아. 듣기만 해도 병이 나려고 해. 그만해."

"이런 상황에서 내가 어떻게 변했는지 상상할 수 있겠니?" 그녀가 체념한 듯 묻는다.

"절대 못하지!" 내가 키득거린다. "그건 그렇고 너 지금 어디야?" 가이아 주위에서 사람들이 떠드는 소리가 들린다.

"카페 로소."

눈물이 난다. 우리가 애피타이저를 즐기던 베네치아의 바.

"방금 프랑스 고객하고 쇼핑을 마쳤어." 그녀가 마치 광산에서 일하고 온 사람처럼 한숨을 쉰다. "너는, 로마에서 어떻게 지내?"

"사실은 나 스트롬볼리야……."

"어디라고?"

"응, 네가 들은 대로야. 나 레오나르도랑 같이 있어." 나는 방금 수류탄을 던진 사람처럼 폭발음을 기다리며 어깨를 움츠린다.

"누구하고 있다고? '널 사랑하지만 곁에 있을 수는 없어'라던 그 사람?" 그녀가 자신의 새끼를 보호하기 위해 적을 갈기갈기 찢어 죽일 준비가 된 암사자같이 소리를 지른다.

"네가 모르는 일이 좀 있어……. 네 결혼식 날 이후에 여러 가지 일들이 있었거든."

"빨리 말해봐!" 가이아가 부추긴다.

"내가 교통사고를 당했어……."

"무슨 사고? 언제? 어머나, 세상에, 왜 나는 몰랐던 거야?" 가이아가 소리를 지른다. 이제 그녀는 화가 나 있다.

"전부 순식간에 일어난 일이라서……. 너 결혼하고 나서 얼마 안 됐을 때야. 우리 엄마가 말씀하셨을 거라고 생각했는데. 이번엔 어쩐 일로 엄마 입이 무거워진 것 같네. 하필 필요하지 않을 때 말이야."

"그날 이후로 너희 엄마 못 만났어." 그녀의 목소리에 걱정이 담겨 있다. "지금은 정말 괜찮은 거야?"

"지금은 괜찮아." 루크레치아와의 말다툼을 간략하게 말하고 난 다음—지금 다시 그때의 악몽을 수면에 떠오르게 하고 싶지 않다—교통사고와 최근 레오나르도와 함께하는 새로운 생활에 대해 들려준다.

"어쨌든, 너 완전히 미쳤구나……." 내가 말을 마치자 가이아가 말한다. "그렇게 많은 일들이 있었는데 여태까지 기다렸다가 지금 전화하는 거야!"

"나 용서하는 거지? 모아서 한꺼번에 말하려고 차곡차곡 쌓느라 고생했어."

우리는 같이 웃음을 터뜨린다. 그러다가 가이아가 깊게 한숨을 쉰다. "그러니까 지금은 레오나르도와 잘 지내는 거지? 레오나르도가 또 널 아프게 하면 내가 가서 가만 안 둘 거야, 맹세해."

"지금 내 인생에서 제일 행복해." 사실이다. 난 세상 사람들 모두에게 소리쳐 말하고 싶고 레오나르도의 귀에도 소곤거리고 싶다. 하지만 그는 이미 다 알고 있으리라 확신한다.

"잘됐어." 가이아가 안심하는 듯하다. "그런데 어디 말 좀 해봐. 스트롬볼리 산책하다가 도메니코하고 스테파노 만 났어?"

"누구?" 내 눈이 휘둥그레진다.

"뭐야, 몰랐어? 돌체 앤 가바나 디자이너, 도메니코 돌체 와 스테파노 가바나 집이 거기 있잖아. 가끔 거기서 파티를 열어서 패션계의 제트족(Jet set. 제트기를 타고 세계 각지로 여 행을 다니는 부자들—옮긴이)들을 모두 초대하는데. 그 집 문 한번 두드려볼 만해, 안 그래?"

가이아가 전해주는 이런 유명인들 이야기가 미칠 정도 로 그리웠다. 벨로티와 결혼하고 나서 그녀의 사교활동 범위 가 훨씬 더 넓어진 것 같다.

"알았어, 친구. 내가 소식 전해줄게." 가이아를 놀린다. "그런데 있잖아, 레오나르도와 나는 밤에 하는 일이 있어서 시간이 없어."

"아, 그래? 어서 얘기해줘, 엘레. 밤에 무슨 일을 그렇게 열심히 하는지 상상이 안 돼……." 그녀가 짓궂게 받아친다.

"네가 여기 있으면 얼마나 좋을까!" 내가 베개에 얼굴을 묻으며 웃는다. "내가 로마로 돌아가면 당장 만나야 해."

"당연하지." 그녀가 소리친다. 그러다가 목소리가 한층 부드러워지더니 거의 착 가라앉은 것 같다. "정말 보고 싶었 어, 엘레."

"나도." 마치 창밖에 가이아가 있기라도 한 듯 본능적으로 창 쪽을 본다.

"곧 다시 통화하자, 안녕."

"너도 잘 지내."

가이아가 여기 있다면 한참 전부터 꿈꾸던 대로 그녀를 꼭 껴안았을 텐데. 마음이 놀랄 만큼 가벼워진 느낌이다. 진작 용기를 내어 전화하지 않은 게 후회된다. 마침내 마지막 조각도 제자리를 찾았다.

이제 마음이 가볍다.

친구를 다시 찾았다. 가장 사랑하는 친구를.

레오나르도와 나는 오후에 석양을 보러 화산에 올라가기로 결정했다. 다리가 아직 완전히 회복되지 않았고 돌아올 무렵이면 깜깜한 밤이 되어 약간 위험할지도 모르지만 그래도 가볼 만하다고 그가 내게 장담했다. 건강상 오후에 낮잠을 잤다가 4시경에 일어난다. 기운을 되찾으려고 한 시간가량 잤는데 잠에서 깨어나 보니 부엌에서 딸그락거리는 소리가 들린다. 기지개를 켜고 이번 모험에 적당한 옷을 고르기 위해 옷장을 뒤진다. 어느새 제법 등산가라도 된 기분이 든다……. 어릴 때 이후로 산에는 한 번도 가본 적이 없는 내가 말이다. 짧은 반바지와 민소매 티셔츠를 입고 침대에 앉아 복숭아뼈의 중간 부분까지 오는 등산양말을 신은 다음 트레킹 운동화(레오나르도가 생각해낸 것이다)를 신는다. 머리를 흔들었다가 목 뒤에서 하나로 묶는다. 허리에 낡은 아디다스 후드 티셔츠를 묶고 거울도 보지 않은 채 방 밖으로 나간다. 운동복으로는 이 차림이 좋다. 기대감을 드러내지도 않고 보는 사람을 놀라게 하지도 않는 차림이다. 목적에 맞는다. 끝.

주방으로 가니 흰 티셔츠에 주머니가 많은 버뮤다 반바지를 입고 등산화를 신은 레오나르도가 보인다. 자신의 배낭과 그보다 조금 작은 내 배낭 두 개를 꾸리는 중이다. 등을 돌리고 있어서 반바지를 입은 그 멋진 엉덩이에 눈길이 머물지 않을 수 없다. 뒤에서 그를 포옹하며 내 몸을 그에게 싣는다.

"헤이! 잘 잤어?" 그가 인사한다. "방금 커피 만들었는데 마시고 싶으면 마셔."

나는 그에게서 떨어져 커피가 있는 곳으로 간다. 정신이 또렷해지길 바라며 예쁜 잔에 커피를 한가득 따른다. 그런 다음 그를 도와 함께 준비물을 챙긴다. 그러다가 식탁에 놓인 접이식 트레킹용 지팡이를 발견한다. "저건 뭐야?" 내가 묻는다.

"당신을 위한 거야. 저걸 사용하면 다리에 힘을 많이 주지 않아도 돼." 레오나르도가 하나를 집어 내 손에 쥐어준다. "높이가 맞는지 보자." 그는 이렇게 말하며 내 발밑에 무릎을 꿇고 지팡이가 바닥에 닿게 조절한다. "됐다, 120센티면 완벽해."

"목발에서 해방된 지 얼마 되지도 않았는데 이제 이런

지팡이를 짚어야 하는 거야?" 내가 약간 회의적으로 반박한다. "이런 것 없이도 잘 걸을 수 있으니까 두고봐."

"당신을 무시해서 그러는 게 아니야. 하지만 등산은 당신에게 도움이 될 거야. 노련한 안내자들도 이 지팡이를 사용해." 그가 일어서서 한 손으로 내 왼쪽 옆구리를 쓱 훑더니 목에 키스를 한다.

"당신도 사용할 거야?" 내가 묻는다. 그사이 그의 키스로 아직 잠에 취해 있던 내 몸이 깨어난다.

"아니, 내 손은 자유롭게 움직여야 해서." 그러더니 레오나르도가 두 손으로 내 가슴을 만진다.

"그거 흥미로운데……." 나는 조그맣게 대답하며 두 팔을 들어 그의 목에 두르고 내 살에 와 닿는 그의 수염에서 느껴지는 까칠함을 즐긴다. 그에게 몸을 완전히 기대자 내 등에 그의 페니스가 닿는 게 느껴진다.

"이렇게 입으니까 섹시한데." 레오나르도가 내 귀에 대고 속삭이며 혀로 내 목을 괴롭힌다. 오, 목은 안 돼! 거기에 키스를 하면 난 저항하지도 못하고 그대로 항복하고 만다. 그도 그 사실을 너무나 잘 안다. 잠시 후 레오나르도가 한 손을 반바지 속으로 슬며시 집어넣더니 팬티 속으로까지 밀고 나간다. 내 살은 어느새 젖어 있다. "음…… 날 위해 항상 이렇게 준비되어 있다니 멋져." 그가 미소를 지으며 중얼거리는데 벽에 붙은 거울에 그의 사악한 얼굴이 반사된다.

나도 그에게 미소를 짓는다. "당신이 그렇게 만들잖아. 내가 어떻게 하겠어?" 나는 그의 손을 잡아 내 손에서 떼어 낸다. 그러고는 휙 돌아서서 탐욕스럽게 키스한다.

그가 입을 벌려 내 입술을 받아들이지만 갑자기 떼는 바람에 동작을 멈출 수밖에 없다. "이 정도까지만."

"또 그 금욕의 형벌이 시작되는 거야?" 내가 투덜거린다.

"아니야." 그가 낄낄 웃는다. "힘을 비축해두는 게 좋아……. 당신 혈압이 내려가서 가다가 기절하는 건 원치 않거든."

"날 어떻게 생각하는 거야? 난 그렇게 허약한 여자가 아니라고!" 내가 주먹으로 그의 가슴을 치며 불평한다.

레오나르도가 웃으면서 항복의 표시로 손을 든다. 그러고는 내게 키스를 하더니 엉덩이를 가볍게 툭 친다. "힘내, 배낭 메고 출발하자고, 꼬맹이. 안 그러면 정말 늦을 거야. 올라가는 데 세 시간이 걸리니까 해질녘에 딱 맞춰서 도착할 수 있어."

나는 일부러 그를 재미있게 해주려고 손을 쫙 펴서 이마에 댄다. "명령대로 하겠습니다, 셰프님!" 그런 다음 어깨에 배낭을 멘다.

오후 5시경에 출발했는데 여전히 몹시 무덥다. 우리는 마을을 등지고 흙이 잘 다져진 좁은 길로 들어선다. 첫 번째

굽잇길을 돌고 나자 아슬아슬할 정도로 가파른 길이 눈앞에 나타난다. 올라갈 수 있을까? "시작이 좋은데." 내가 걱정을 숨기지 못하고 말한다.

"초입은 길이 좋지 않아. 그런데 가다 보면 평평해져." 그가 나를 안심시키며 배낭에 꽂아두었던 지팡이를 꺼낸다. 그러고는 내 키에 맞게 펴서 건네준다. "받아, 이게 도움이 될 거야."

레오나르도 말이 맞는다는 걸 인정하지 않을 수가 없다. 지팡이를 짚으니 경사가 가파른 길을 오르기가 훨씬 쉽다. 나는 위쪽을, 스트롬볼리의 정상 쪽을 올려다본다. 식은땀 한줄기가 등을 타고 흐른다. 저 위까지 올라갈 수 없을 것 같다. 이따금 다리가 아프다. 게다가 나는 걷기 훈련도 전혀 되어 있지 않다. 하지만 그런 생각은 하고 싶지 않다. 그래서 앞으로 걸어나갈 힘만 모은다. 결론적으로 말하자면 내가 이섬에 처음 발을 디딘 순간부터 원했던 게 바로 이것, 그러니까 화산의 분화구를 가까이에서 보는 것이었으니까.

몇 백 미터 걷고 나자 길이 오솔길로 바뀐다. 걸음을 옮길 때마다 발에 돌이 걸려 앞으로 걸어가기가 쉽지 않다. 수천 년 전부터 사람들이 참배해온 신전으로 순례여행을 하는 것만 같다. 위로 올라갈수록 공기 중에 연기와 수증기가 섞여 있고 우리 주위로 신비한 느낌의 냄새가 퍼진다.

힘내, 엘레나. 포기하지 마! 나는 말없이 되뇌며 절대 되돌아보지 않으려 한다. 레오나르도가 익숙한 걸음으로 앞장서서 길을 안내한다. 내가 제대로 잘 따라오는지 확인하기 위해 2분에 한 번씩 돌아본다.

"괜찮아?" 갑자기 내가 몇 미터 뒤처져 있는 것을 알아차리고 그가 묻는다. 전부 지팡이 때문이다. 지팡이 하나가 땅에 박혀버려서 발이 걸려 고꾸라질 뻔했다.

"응, 모두 오케이야." 서둘러 걸으며 내가 소리친다.

그가 고개를 옆으로 기울이고 내게서 눈을 떼지 않는다. "좀 쉬었다 갈까?"

"난 아무 문제 없어. 돌로미티 산으로 등산을 얼마나 오래 다녔는데." 나는 자신 있는 눈으로 그를 보며 거짓말한다. 말하자면 청소년 시절에 아버지와 함께 산장에 두 번 정도 가봤다는 뜻이다.

"날 감동시키려고 너무 애쓰는 거 아냐?" 그가 다 알고 있다는 듯이 묻는다.

"왜, 내가 감동 줬어?"

"아니, 전혀." 그가 무미건조하게 대답한다. "호흡을 아끼는 게 좋아. 길이 아직 많이 남았으니까!"

내가 그에게 혀를 삐쭉 내밀자 그가 웃기 시작한다.

왜인지 모르지만 숨이 턱에 닿게 헉헉거리며 첫 비탈길을 오르고 나자 이제는 에베레스트 산에라도 오를 만큼 힘이 넘치는 기분이다. 레오나르도 효과다. 그와 함께 있으면 육체적 고통도 피로도 잊는다. 모든 게 환상적인 모험 같다.

중간쯤 도착해서 우리는 잠시 쉬며 물을 마시고 간식을 좀 먹기로 한다. 오솔길 가장자리에 있는 바위에 앉는다. 매끈한 바위는 햇볕에 달구어져 아직도 따뜻하다.

레오나르도가 오늘 아침 내가 준비해둔 과일 타르트가 담긴 용기를 배낭에서 꺼낸다.

"잘됐는지 먹어볼까." 그가 요리 심사위원처럼 진지한 표정으로 말한다. 내 타르트가 정식으로 시식되는 중이다.

나는 엄마의 요리법을 따랐다. 여러 해 동안 엄마가 타르트 만들 준비를 할 때 반죽에 손 한 번 대지 않고 구경만 했었는데 마침내 도전해보기로 결심했다.

레오나르도가 차분히, 집중한 표정으로 타르트를 씹으며 맛을 보는 동안 나는 그의 평가를 초조하게 기다린다. "맛있어!" 그가 눈을 크게 뜨고 감탄한 듯 웃으며 판결을 내린다. "단, 오븐에서 1분만 일찍 꺼냈으면 좋았을걸 그랬어." 그가 정확하게 말한다. 물론 불완전한 뭔가가 당연히 있을 수 있다. 그래도 적어도 레오나르도는 솔직해 보인다.

약간의 자부심을 느끼며 나도 타르트를 맛본다. "음, 엄마가 만든 타르트하고 다르지만 아주 그럴듯하게 흉내는 냈어."

"어머니에게 맛있다고 전해 드려." 다시 한 조각을 먹으며 레오나르도가 말한다.

"그러고 보니 부모님과 전화 통화 안 한 지가 꽤 됐

네……. 전화해봐야겠어." 내가 말한다. "부모님을 오래 못 뵈면 그리워져. 물론 하루만 같이 지내면 당장 달아나고 싶은 생각이 들긴 하지만 말이야." 우리 가족들이 연출하는 막간극을 생각하며 내가 웃는다.

레오나르도가 눈을 가느스름하게 뜨고 나를 자세히 살펴본다. "내가 당신을 여기로 데려와서 당신 부모님이 날 미워하시겠는걸. 베네치아에 당신을 정말 데려가고 싶어 하셨잖아, 안 그래?"

"날 여기로 데려온 사람은 당신이 아니야. 내가 당신과 함께 오기로 선택했지."

"그렇지!"

"옳은 선택을 해서 행복해." 내가 그에게 속삭이며 입술에 살짝 키스를 한다.

그런 다음 일어서서 몸을 쭉 편다. "가볼까? 난 충전됐어!"

"훌륭해……. 그럼 올라가지, 이쪽으로." 그도 일어서서 오솔길이 갈라지는 조금 더 위쪽을 가리킨다. "미리 말해두는데 바람이 불 거야."

나는 노란 형광색 케이웨이(K-Way) 점퍼를 입고 소매를 걷어 올린다. 그러고는 레오나르도의 손을 꼭 잡고 그를 따라간다. 잠시 아래쪽을, 마을 방향을 내려다본다. 집들이 검은 땅에 흩어진 조그맣고 하얀 주사위들처럼 보인다. 어느 정도 높이까지 올라왔는지 모르지만 머리가 약간 어지럽고,

차가운 바람이 불어오면서 주변 공기가 무겁게 느껴진다. 하지만 목적지가 가까워오기 때문에 불평하지 않는다. 그저 힘을 잘 조절할 뿐이다.

그사이 해가 서서히 바다로 잠겨 들어간다. 산 위에서 석양을 바라보니 뭔가 특별하다. 다양한 색의 향연이 눈을 즐겁게 한다.

정상에 도착해 레오나르도가 울퉁불퉁 한 지점에서 걸음을 멈춘다. 바로 거기서부터 바다 쪽으로 깎아지른 듯이 서 있는 절벽이 시작된다. 나는 다리가 후들거려 몇 걸음 뒤로 물러선다. 또 현기증이 시작된다.

"가까이 와봐. 내가 붙잡아줄게." 그가 다정하게 내 손을 잡는다. 나는 안심하며 그의 팔에 매달린다.

"봐." 그가 둘째손가락으로 가리킨다. "쉬아라 델 푸오코야." 그는 분화구의 용암들이 분출되어 나오는, 가파르고 넓은 화산모래 벽을 가리킨다.

"여기서 보니 장관이야." 내가 숨을 죽이며 말한다. 그곳은 꼭 계곡으로 굴러가 바다에 떨어지며 진한 연기 회오리를 만들어내고 재를 날리는, 백열(白熱)성의 용암들이 핥고 지나가는 불카누스 신의 혀 같다. 이런 광경은 생전 처음 본다.

날이 어두워진다. 하늘이 어두워지면 어두워질수록 새빨갛게 타오르는 용암은 더욱 선명해진다. 그러다 용암을 분출하는 어떤 분화구에 도착했을 때 나는 순간적으로 밑으로 꺼지는 기분을 느낀다. 마치 대지의 배 속이 보이는 듯하고, 텅 빈 그 내부가 느껴지는 것 같다. 정신과 육체를 뒤흔드는 공포스러운 감정이다. 잠시 후 갑자기 천둥소리처럼 귀청을 찢을 듯 요란한 소리가 들린다. 대지가 흔들리고 빛의 분수가 하늘로 솟아올랐다가 다시 아래로 떨어지며 사방에 백열의 화산자갈들이 비처럼 쏟아진다. 기절할 듯 놀라 쓰러져버릴 만한 광경이다.

땀에 젖은 채 완전히 넋을 잃고 그 광경을 바라보는데 한없이 행복하다. 대지에서 올라오는 에너지가 내 몸에 전해져 피부 밑으로, 발끝에서부터 머리까지 전달된다. 나는 지팡이와 배낭을 땅에 내려놓고 점퍼를 벗는다. 몇 발짝 떨어진 곳에 레오나르도가 서 있다. 그는 티셔츠를 벗어 스카프처럼 목에 두르고 있다. 불길을 뚫어지게 보다가 수평선으로 시선을 돌린다. 그의 두 눈에 빨간 불빛이 반사되어 반짝인다. 자기 생각에 빠진 것 같다. 그러다가 내가 자기를 보고 있다는 걸 알았는지 갑자기 내 쪽으로 돌아선다. 눈으로 나를 부르는 듯하다. 그에게 다가가자 그가 나를 뒤에서 포옹한다. 우리는 이 특별한 광경에 홀려 한참 동안 그 자세로 넋을 잃고 바라본다. 이제 아무 말도 필요치 않다.

갑자기 어떤 이미지가 머리에 떠오르는데 그것을 이야기하지 않을 수가 없다. 그와 함께 그 이미지를 나누고 싶다. "대지에 벌어진 상처 같아. 우린 저 안에서 뛰는 대지의 심장을 보고 있는 거야."

레오나르도가 나를 더 힘주어 껴안는다. 대지의 에너지가 화산을 통해 분출되어 우리 몸의 에너지와 뒤섞여 확장된다. 내 몸속의 내장들이 불타오를 때 레오나르도의 혀가 내목을 애무하는데, 처음에는 느리고 깊은 애무였으나 점점초조하게 바뀌어간다. 나는 그의 팔을 꽉 잡고 아무것도 걸치지 않은 매끄러운 그의 가슴에 내 몸을 맡긴다.

"여기서, 대지의 심장 옆에서 하고 싶어." 그가 내 귀에대고 속삭이다가 귓불을 살짝 깨문다. 화산의 굉음과 뒤섞인 그의 목소리는 거의 포효하는 듯하다.

나는 눈을 감는다. 등줄기를 타고 흐르다가 다리 사이로급히 모여드는 뜨거운 전율은 우리 앞에 있는 화산의 전율이다. 그의 페니스를 찾아 더듬어보니 바지 속의 그것은 벌써단단해졌고 성이 나 있다.

레오나르도가 내 티셔츠의 목 부분에 한 손을 살짝 밀어넣어 천천히 애무를 하고 다른 한 손은 반바지 속에 집어넣는다. 손가락으로 클리토리스를 찾아 그것을 자극하기 시작한다. 그러면서 내 목과 어깨 사이의 오목하게 들어간 곳에입술을 대고 잘 익은 과일이라도 되듯 빤다.

그러더니 그가 나를 돌려세워 두 손으로 내 얼굴을 쥔다. 그의 검은 눈이 내 눈에 박힌다. 두 눈에서 욕망과 아주신비스러운, 조상 대대로 물려받은 무엇인가가 이글이글 타오른다. 이제 나도 어찌할 수 없는 무엇인가. "당신에게 저항할 수가 없어." 그가 내 민소매 티셔츠의 어깨 부분을 벗겨내며 말한다.

"그럼 저항하지 마." 내가 셔츠를 완전히 벗으며 말한다. 분화구와 레오나르도에게서 올라오는 열기가 이제 알몸으로 드러난 내 상체를 애무한다.

그가 묶인 내 머리를 풀고 두 손을 머릿속에 넣어 두피를 마사지한다. 반죽을 하듯 손가락으로 내 생각들을 매만지자 몸속에서 짜릿한 느낌들이 폭발해 배에서부터 입술까지 올라온다.

그의 손가락들이 이제는 목을 따라 내려가 내 머리카락을 잡아당기고 나는 어쩔 수 없이 고개를 젖힌다. 내 목은 고스란히 노출되어 그의 애무를 기다린다. 그의 이가 내 살을 깨물고 그의 혀가 목을 핥을 때 나는 크게 신음한다. 곧 그의 혀가 축축한 내 입술 사이로 들어온다. 육감적이고 폭력적인 키스, 모든 감각을 뒤흔드는 키스다. 레오나르도가 나를 놓치고 싶지 않은 사람처럼 양손으로 내 머리를 잡을 때 나는 그의 엉덩이를 두 손으로 쓰다듬으며 그의 욕망을 느끼고 싶어 그에게로 내 골반을 민다.

나는 땅에 누워서 다리 사이로 그를 받아들인다. 그가 땀에 젖은 근육질의 가슴을 내게 대며 길게 눕는다. 검은 흙이 내 등을 긁는다. 뜨거운 흙이 살짝 떨리면서, 울림통처럼 내 몸에서 울려 퍼지는 진동들을 사방으로 전달한다. 레오나르도가 내 허리를 잡더니 가슴까지 손을 올려서 격렬하게 나를 껴안는다. 믿기 어려울 정도로 머리가 텅 비는 기분이다. 나를 취하게 하는 그 향기, 화산 냄새와 뒤섞인 그의 냄새, 향냄새에 녹아든 앰버향이 내게 스며든다. 그가 내 유두를 입술로 문 뒤 능숙하게 빨고 핥다가 거의 아플 정도로 깨문다. 그의 혀가 격렬하게 공격을 해와 내가 신음한다. 그를 보고 그를 느낀다. 내 온몸으로 그를 원한다.

레오나르도가 내 눈을 계속 바라보며 내 반바지의 지퍼를 풀어 밑으로 내린다. 그런 다음 손으로 다리를 쓰다듬으며 불두덩까지 올라온다. 내 배꼽 주변을 혀로 핥다가 뱀처럼 길게 밑으로 내려간다. 내 팬티를 이로 물더니 굶주린 짐승처럼 성급하게 찢어버린다. 그의 이가 뜨겁게 달아오른 내 살을 파고드는 게 느껴진다. 벌써 흥분해서 뛰고 있는 내 질 속으로 그의 혀가 들어온다. 나는 그의 머리카락 속에 손을 집어넣고, 내 온몸을 갈기갈기 찢으며 나를 공격하는 쾌감을 발산하기 위해 인정사정없이 그것들을 움켜쥔다. 그가 두 손으로 내 허벅지를, 거의 아픔을 느낄 정도로 꽉 누르더니 곧 그 가운데를 찾기 시작한다. 그의 손가락들은 이미 그의 혀가 내게 선물해주고 있는 부드럽고 촉촉한 느낌을 더욱 확실하고 완전하게 더해주고, 내 쾌감을 각기 농담(濃淡)이 다른 색들로 물들인다.

잠시 후 레오나르도가 다시 일어서서 바지를 내린다. 옷을 완전히 다 벗지 않고 발기된 성기만 꺼내서 내 성기에 대고 문지른다. 그를 맞이하기 위해 내 온몸이 열린다. 그를 간절히 원하기 때문에 살짝 닿기만 해도 벌써 쾌감이 느껴진다.

레오나르도가 거칠게 신음하며 내 몸 깊숙이 들어온다. 땅에서 천둥소리가 터져 나오고 하늘은 불꽃 때문에 대낮처럼 밝다. 스트롬볼리 화산이 용암을 분출하는 중이지만 하나도 두렵지 않다. 오히려 지금은 내 몸속에서 화산의 불길이 활활 타오르는 기분이다. 아드레날린이 분비되어 혈관을 타고 흐른다. 나는 흥분의 정점에 이른다.

"어서, 엘레나. 당신을 느끼고 싶어." 그가 중얼거린다.

레오나르도는 다시 신음을 하며 더 깊이 들어와 내가 완전히 정신을 잃을 때까지 동작을 반복한다. 내 몸도 대지와 같이 떨리기 시작한다. 배 속에서부터 오르가슴이 올라와 어떤 제지도 받지 않고 내 모든 감각을 뒤흔든 뒤 용암처럼 사방으로 흘러나간다.

레오나르도가 허리를 움직이지 못하게 내 엉덩이를 꽉 잡은 채 계속 내 몸속으로 밀고 들어온다. 이제 그도 나와 함께 절정에 오른다. 우리는 서로를 너무나 원한다. 지금까지 이렇게 강렬한 갈망은 한 번도 경험한 적이 없어서 거의 겁이 날 정도다.

그가 땀에 흠뻑 젖어 숨을 헐떡이며 내게 키스한다. "사랑해, 엘레나."

그러더니 내 가슴에, 내 품에 쓰러진다. 그의 페니스는 아직도 내 몸속에 가만히 있다. 나는 눈을 뜰 힘도, 입을 벌릴 기운도 없지만 마음속 깊은 곳에서는 나도 모르게 이런 속삭임이 새어나온다. "사랑해, 레오나르도." 내 평생 이런 확신은 처음이다.

우리는 꼭 껴안은 채 그대로 누워 있다. 이제 우리는 둘이 아니다. 우리의 몸과 정신은 자기들끼리, 그리고 세상과 함께 녹아들었다. 그것들은 주위에서 떨리는 에너지다. 우리의 심장은 이제 대지의 심장과 하나가 되어 같은 박자로 뛰고 있다.

"이제 물에서 나가는 게 좋겠는데." 레오나르도가 하얗
게 불어버린 손가락 끝을 보며 말한다. 우리는 한 시간 넘게
바닷물 속에 있다. 실제로 아주 온화한 건 아니지만 저항할
수 없는 매력을 지닌 이 바다의 품에서 우리는 바닷물과 하
나가 되었다. 눈부시게 아름다운 6월 초다. 나는 여기가 아
닌 다른 어느 곳으로도 가고 싶지 않다. 레오나르도가 내 허
리를 잡아 물 위로 들어 올리며 어깨에 진하게 키스를 한다.
그러고는 내 엉덩이를 살짝 민다. 우리는 밀려오는 파도를 헤
치고 나가려고 그 속에 다시 뛰어든다.

　그는 정확하고 힘차게 팔을 저어 민첩하게 수영을 하는
반면 나는 약간 어색한 동작으로 그를 겨우겨우 따라간다.
이럴 때면 수영을 제대로 배우지 않은 걸 후회하곤 한다. 그
렇지만 어릴 때부터 물은 정말 불편한 자연의 요소 중 하나
였다. 이 투명한 바다에서는 시커먼 밑바닥이 선명하게 보이
기는 해도, 이 속에 들어와 있으면 어쨌든 일종의 불안감 같

은 게 생겨나곤 한다. 사실 베네치아에 살 때는 운하에 빠져 그 시커멓고 탁한 물속에서 익사하는 악몽을 자주 꾸곤 했다. 운하의 깊이는 1미터도 채 안 되거나 그것보다 조금 더 높기 때문에 수영 보조복을 입지 않은 아기도 익사하지 않을 정도이며, 꿈에서와 같은 일은 거의 일어나지 않는데도 말이다……. 그렇지만 무의식에 명령을 내릴 수는 없는 일이다.

어쨌든 레오나르도와 함께 있으면 두려울 게 없다. 그리고 바다 수영은 내 정신과 몸에 에너지를 주입해준다.

우리는 해변에 도착해서 물기를 말리려고 깔아놓은 매트에 눕는다.

"여기 환상적이야." 젖은 머리에서 고무밴드를 풀면서 내가 감탄한다. "우리밖에 없잖아."

우리가 있는 해변은 집에서 가깝기는 해도 경사가 심하고 사람의 손길이 닿지 않아 예전의 모습을 고스란히 간직한 아름다운 곳이다.

"맞아, 관광객들이 아직 많이 찾지 않는 장소지." 그가 젖은 머리와 수염을 만지면서 말한다. "그리고 스트롬볼리 주민들은 해변에 별로 내려오지 않아. 그 사람들 대부분이 수영 잘 못하는 거 알아? 웃기지, 안 그래? 섬사람들인데."

나는 그에게로 고개를 숙인 채 흔들어 물방울 세례를 한다.

"그럼 당신은 누구에게 수영을 배워서 그렇게 잘하는 거야?" 내가 묻는다.

"아버지. 아버지는 꼭 양서동물같이 수영을 잘하셨지. 성게를 잡으러 숨을 쉬지 않은 채, 믿기 어려울 정도로 깊은 곳까지 잠수를 하시곤 했어." 그의 입술 끝으로 우울한 미소가 살짝 떠오른다. "내가 물과 처음 만난 건 아버지 덕이지. 아버지가 나를 데리고 바다로 가서 사람들이 없는 바닷물에 던져버렸던 그날의 기억이 어제 일처럼 생생하게 떠올라. 내가 네 살 때였어." 그의 이마 한가운데에 주름이 하나 잡힌다. "아버지는 내 옆에 서서 언제고 도와줄 준비를 하고 있긴 했지만 얼마 동안은 허우적거리는 나를 지켜보기만 하셨어. 나 혼자 물 위에 떠 있는 법을 터득할 때까지 말이야. '인생에서도 그렇고 바다에서도 너는 네 힘만 믿어야 해.' 아버지가 늘 하시던 말씀이야. 항상 잊지 않고 있는 가르침이지."

"그렇긴 해도 이따금 타인의 도움을 받는 게 최선일 때가 있기도 해." 내가 말한다.

그가 나를 보며 대답한다. "알아. 그래도 나는 그걸 받아들이는 게 갈수록 힘들어져."

나는 그의 젖은 수염을 쓰다듬는다. 맞다. 레오나르도는 혼자 모든 일을 처리하고 자신의 곁에 있는 사람을 돌보는 데 길들여져 있지만 다른 사람들을 믿고 그들이 그를 위해 해주는 일은 쉽게 받아들이지 못한다. 하지만 언젠가는 그렇게 하는 법을 배울 수도 있지 않을까. 미래를 신뢰하고 자존심을 내려놓는 법을 그에게 가르치는 게 나의 도전이 될 것이다.

나는 눈을 들어 새파란 하늘을 바라보다가 한숨을 쉰
다. 행복한 감정이 밀려온다. 이 순간이 절대 끝나지 않았으
면 좋겠다. 일이나 파올라, 로마는 꿈에도 떠올리지 않는다.
지금 이 시간, 여기 이곳이 중요하다. 그와 함께 있으니.

태양이 따갑게 내리쬐기는 해도 마치 피부를 애무하는
것 같고, 바다에서 불어오는 산들바람은 편안히 이 시간을
즐길 수 있게 해주는 기분 좋은 선물이다.

이제 레오나르도는 옆으로 누워 있다. 한 손으로 머리
를 받치고 다른 손으로는 줄이 쳐진 작은 노트에 요리에 관
한 메모를 하는 중이다. 잉크와 해독할 수 없는 표시들이 빼
곡한 그 노트는 오래된 연금술 필사본 같다. 그는 새로운 아
이디어들이 떠오를 때면 완전히 집중을 하기 때문에 그의 세
계에서 끌고 나오기가 불가능하다. 그렇지만 이렇게 모범생
같은 분위기일 때조차 그의 섹시한 매력은 사라지지 않는다.
나는 눈앞에서 내내 멋진 근육을 노골적으로 자랑하는 그
의 가슴에 얼굴을 묻고 싶다.

"그림은 잘되고 있지?" 그가 갑자기 펜을 내려놓고 묻는다.

"응, 물감을 쓰니까 훨씬 좋아." 나는 햇살이 눈부셔 선
글라스를 끼고 팔꿈치를 매트에 댄 채 고개를 뒤로 젖힌다.
"수채화 물감으로는 그림을 그려본 적이 별로 없었던 것 같
은데 정말 나 자신에게 놀라고 있어."

"그거 알아?" 레오나르도가 한 손가락으로 내 코를 부드럽게 쓸어내린다. "당신이 요리에 관심을 보이고 열중해서 정말 좋아."

"그래, 누가 상상이나 했겠어? 요리는 내겐 항상 의무나 따분한 일 같았거든. 그런데 당신과 같이 하니 즐거운 거 있지." 내가 그에게 다가가서 그의 입 귀퉁이에 키스를 한다. "그런데 조심해서야 합니다, 셰프. 제가 곧 스승님을 뛰어넘을 수도 있으니까요." 내가 속삭인다.

그는 재미있다는 듯 웃는다. "자만하지 마." 그러고는 내 입술 사이로 혀를 집어넣는다.

그의 키스는 한순간에 나를 흥분시키는 힘이 있다. 그에게 저항할 수가 없다.

"내일은 다른 요리 가르쳐줄게." 그가 입술을 떼며 자신 있게 말한다. "그렇지만 먼저 헬리크리섬을 꺾으러 절벽으로 가야 해."

"헬리크리섬이 뭔데?" 호기심 많은 어린 여학생처럼 내가 묻는다.

"노란색 들꽃인데 주로 남쪽 섬에서 자라." 그가 설명한다. "그 꽃줄기를 꺾어서 말리는 거지. 닭요리와 리소토, 그리고 몇 가지 첫 번째 코스 요리의 맛을 내는 데 최고야. 향은 카레와 감초향의 중간쯤 돼."

"맛있겠는걸." 내가 그 맛을 미리 상상하면서 말한다. 그리고 좋아해서 늘 가지고 다니던 감초 캔디를 생각한다. 여기 온 뒤로는 먹어보지 못했다. "약초들 잘 알아?" 잠시 후 내가 묻는다.

"그럼. 셰프가 되려면 제일 먼저 알아야 할 것 중 하나지. 요리를 잘하려면 모든 원재료들의 성질을 다 알고 있어야 해. 흙과 항상 접촉해야 하고." 그가 검은 모래를 한 줌 쥐어 올리며 설명한다.

나는 넋을 잃고 그의 이야기를 들으며 고개를 끄덕인다. 레오나르도는 이런 사람이다. 자신을 둘러싼 세상과의 긴밀한 관계 속에서 조화를 이루며 살아간다. 반면 어리바리하고 사람들과의 관계에서 예외 없이 불편함을 느끼는 나는 항상 이런 그가 부러웠다.

"그렇게 하면 등이 다 타버릴 텐데." 그가 나를 올려다보며 말한다.

"당신이 등에 선크림 좀 발라주면 좋겠다고 생각했는데." 내가 고양이처럼 앙큼하게 미소를 짓는다.

"그렇게 하고 있으면……." 그가 나를 눈으로 훑어본다.

나는 웃으면서 몸을 돌려 배를 매트에 대고 엎드린다. 그가 가방을 뒤져서 자외선 차단지수 30인 선크림 튜브를 꺼낸다. 며칠 바닷가에서 보내고 난 뒤라 새하얀 내 피부를 보호하려면 자외선 차단지수가 높아야 한다.

레오나르도가 옆에 무릎을 꿇고 앉아서 내 머리를 앞으

로 넘기고 비키니 끈을 푼 뒤 천천히, 손가락에 정확하게 힘을 주어 선크림을 바른다. 그의 손은 기적의 손이어서 등에 닿을 때마다 온몸이 긴장했다가 금방 이완되며 하늘에 오른 듯한 기분을 선사한다. "레오, 환상적이야." 두 팔을 옆구리 쪽으로 뻗은 채 내가 속삭인다.

"좋아?"

"죽을 만큼."

그가 선크림을 조금 더 짜서 다리에 바르기 시작한다. 발목에서부터 시작해 허벅지로 손가락을 부드럽게 움직인다. 그가 계속해주길 바라는데 갑자기 손동작이 멈춘다.

"오, 세상에나……." 레오나르도가 이를 악물며 나지막하게 중얼거리는 소리가 들린다. "대체 여기 왜 온 거지?"

"누가?" 나른함을 쫓아보려 애쓰며 내가 고개를 든다.

우리와 십여 미터 떨어진 곳으로 초점을 맞추니 루크레치아가 보인다. 그 순간 제일 먼저 떠오른 생각은 그녀가 마치 모래에서 나온 메두사 같다는 것이다. 그녀는 꼼짝 않고 거만하게 서 있다. 무릎 위까지 오는 하얀 레이스의 비치 원피스를 입고 있으며 피부는 갈색으로 그을었다. 어깨까지 닿는 머리가 바람에 흩날리는데, 꼭 살아 있는 뱀 같다. 그리고 깊고 검은 눈에서는 분노와 증오와 놀라움이 뚝뚝 떨어진다. 그녀는 상상하지도 못한 수치스러운 광경을 보게 된 사람의 얼굴을 하고 돌처럼 굳어 거기 서 있다. 우리가 자신을 보고 있다는 걸 알아차리자마자 뒷걸음질을 친다.

"루크레치아!" 레오나르도가 벌떡 일어나서 그녀 쪽으로 한걸음 떼어놓는다. 나는 얼른 등 뒤로 손을 가져가 비키니 끈을 묶고 일어나서 앉는다. 그녀는 다시 뒷걸음질 치다가 알아들을 수 없는 말을 우물거리며 돌아서서 달아나버린다.

"기다려!" 레오나르도가 그녀 뒤에서 외치지만 루크레치아는 성난 말처럼 모래 위를 달려가기 시작한다.

나는 일어나서 레오나르도에게 다가가 그와 눈을 마주치려 한다. 내가 몹시 당황한 상태라면 그는 완전히 넋이 나간 상태다. "왜 여기 왔는지 모르겠어. 그런데 불행히도 내가 당신과 있으리라고는 상상하지 못했겠지." 그가 불안하게 손을 흔들며 설명한다.

"당장 따라가 봐야 해." 나는 망설이지 않고 그를 재촉한다.

그가 내 어깨를 잡고 눈을 본다. "당신은 집에 가 있어. 루크레치아를 찾는 즉시 당신에게 갈게. 오래 안 걸릴 거야. 다만 저 여자가 잘 있는지 확인해야 해서."

"오케이. 그래도 무슨 문제 생기면 전화해." 내가 걱정이 담긴 목소리로 말한다. 이유는 모르겠으나 갑자기 불길한 예감이 엄습했다.

"걱정하지 마." 그가 내 이마에 살짝 입을 대고 나서 루크레치아가 사라진 방향으로 재빨리 걸어간다.

두근거리는 가슴을 안고 우리 물건들을 챙긴 뒤 아직 마르지 않은 수영복 위에 파레우(허리에 두르는 사각형의 천―옮긴이)를 두르고 집 쪽으로 향한다.

집으로 가는 길은 수십 번은 오가서 잘 알고 있는데 지금은 잘 기억나지 않는다. 나는 느릿느릿 걸음을 옮긴다. 마치 다리를 움직이기가 몹시 힘든 사람처럼. 그렇게 걸으면서 돌연 등장한 루크레치아로 인해 앞으로 내게 어떤 일이 벌어질지 생각해본다. 나는 밀려드는 여러 가지 감정에 압도당해서, 지금 너무 놀라 당황한 건지 혹은 화가 난 건지조차 알 수가 없다. 하지만 딱 한 가지, 떨칠 수 없는 의문 하나가 머릿속에 맴돈다. 루크레치아가 왜 돌아왔을까?

생각하면 할수록 정답이 확연해서 무시할 수가 없다. 그를 찾아온 것이다. 그녀는 앞으로도 계속 그렇게 할 테고 그들의 부부관계가 표류하게 내버려 두지 않을 게 틀림없다. 그렇게 해도 나는 어찌할 도리가 없다.

바로 그 순간 장엄하게 용암을 분출하는 화산 쪽을 올려다본다. 그러고는 다시 시선을 아래로 돌리다가 어떤 형체 하나를 발견한다. 하얀색과 갈색의 점 하나가 바다 쪽으로 깎아지른 듯 서 있는 절벽 위에 침울하게 서 있다. 루크레치아다. 그녀가 아래를 내려다보고 있다. 그녀는 절벽 가장자리에, 위험천만할 정도로 가까이 서 있다.

눈으로 높이를 가늠해본다. 해발 50미터 정도는 되어 보인다. 거기서 바다로 뛰어내린다 해도 치명적이지는 않을 것이다…… 그녀가 수영을 할 줄만 안다면. 갑자기 공포로 등이 오싹해진다. 지금 그녀가 무슨 짓을 하려는지 명확하다. 어쩌면 레오나르도를 불러야 하는지도 모른다. 하지만 그가 어디 있는지 알 길이 없으니……. 아니, 시간이 없다. 너무 늦기 전에 내가 그녀를 막아야 한다. 나는 걸음을 재촉해서 암벽 위로 올라간다. 급히 서두르다가 돌에 걸려 넘어진다. 회복된 지 얼마 되지 않은 다리가 부러질 듯 아프다. 하지만 아픔에 신경을 쓰지 않으려 한다. 다시 일어나서 큰 가방을 내려놓고 가죽 플립플롭을 벗어던지고 맨발로 걸어간다. 가방과 슬리퍼가 둔탁한 소리를 내며 밑으로 굴러 떨어진다.

루크레치아는 아직 나를 보지 못했지만 내겐 그녀가 보인다. 가까워질수록 그녀의 형체를 완벽하게 식별할 수 있다. 여기서 그녀를 불러본다. "루크레치아!"

내 소리를 듣지 못한다. 다시 더 크게 그녀의 이름을 불러본다.

그러자 그녀가 돌아보지만 입을 열지는 않는다. 두 뺨이 눈물로 얼룩졌고 두 눈에는 깊디깊은 본능적인 고통이 담겨 있다. 그녀는 덜덜 떨고 있다. 어찌나 심하게 몸을 떠는지 금방이라도 산산이 부서져버릴 것 같다.

"루크레치아……. 레오나르도가 찾고 있어요." 나는 숨도 돌리지 않고, 되도록 그녀를 안심시키는 말투로 말한다.

"꺼져버려! 날 그냥 내버려 둬." 그녀가 제대로 나오지 않는 목소리로 소리친다.

루크레치아는 지금 제정신이 아니며 마치 상처 입은 짐승 같다. 뭐든 할 수 있을 것이다. 나는 잠시 그대로 꼼짝 않고 서 있다. 그녀를 잡아 이 절벽에서 멀어지게 하라고 본능이 내게 말하지만 그녀의 거부가 가시철망에 덮인 담벼락처럼 내 앞을 가로막는다. 내가 위험을 무릅쓰고 한걸음 더 나갔다가는 그녀가 절벽 밑으로 몸을 던질지도 모를 일이다.

"이쪽으로 좀 와봐요, 제발. 얘기 좀 해요." 내가 그녀에게 말해본다.

"무슨 얘기를 하고 싶은데? 모든 게 다 이렇게 분명한데! 그거 알아? 난 레오나르도에게 다시 시작하자고, 집으로 돌아가자고 말하러 왔어……. 내가 얼마나 병신 같은지!" 그녀가 이글이글 타는 눈으로 나를 본다. "너도 마찬가지야. 그때 그 차에 치여서 죽어버렸으면 좋았을걸!"

"이렇게 알게 돼서 유감이에요. 맹세하지만 레오나르도는 당신에게 말하려고 했어요." 내 말들은 입에서 나오자마자 의미를 잃어버린다. 이렇게 완전하고 절망적인 고통을 덜어줄 말은 어디에도 없다. 나는 그저 시간을 벌기 위해 부질없는 시도를 하고 있을 뿐이다.

하지만 루크레치아는 계속 분노를 토해낸다. 거의 헛소리를 하는 것 같다. "난 이제 아무것도 아냐. 내 인생은 이제 아무 의미도 없어. 난 어떻게 해야 하는 거지?" 그녀의 목소리가 갈라진다. 내 마음이 찢어지는 것 같다. 그러더니 그녀가 어리석은 결단력이 번득이는 눈으로 나를 본다. "전부 다 너 때문이야. 너희 두 사람은 영원히 나 때문에 죄책감을 느끼며 살아야 해!" 그녀는 그렇게 말하더니 절벽 가장자리로 가서 허공으로 몸을 던지려 한다. 한평생처럼 긴 순간이다.

"안 돼, 루크레치아!" 그녀와 그리 멀리 떨어져 있지는 않지만 붙잡을 수 있는 거리도 아니다. "그러면 안 돼!" 있는 힘을 다해 소리를 지른다.

하지만 소용없다. 나는 아무 소용도 없는 죄인이다. 루크레치아는 앞으로 몸을 던졌고 순식간에 절벽 가장자리 너머로 사라져버렸다.

달려가서 아래를 내려다본다. 관자놀이가 욱신거리고 다리가 후들후들 떨리는 상태에서 파도를 자세히 보며 목이 터져라 그녀의 이름을 부른다. 그녀가 다시 파도 사이로 나타나게 해달라고, 살고자 하는 본능이 의지를 이겨서 그녀가 다시 물 위로 올라오게 해달라고 하늘에 기도하고 애원한다. 그러나 그녀는 보이지 않는다. 빨리 여기를 떠나 다른 사람에게 달려가서 도움을 청해야겠다는 생각이 머리를 스치지만 시간이 없다고 내 의식이 내게 소리친다. 내가 가장 가까운 곳에 있다. 물을 겁내긴 하지만, 식은땀이 비 오듯 나고 구토증으로 속이 뒤틀리기는 하지만 내가 바다에 뛰어들어야 한다. 여기서 내려다보니 바다는 어마어마하게 멀다. 게다가 시커멓고 깊어서 마치 내 악몽 속에 등장하는 위험하고 불안감이 감도는 심연과 같다. 불과 몇 분 전까지 천국이던 이곳이 파국적인 장소로 변해버렸다. 힘내, 엘레나. 지금은 두려워할 때가 아니야.

숨을 깊이 들이쉬고 길게 한걸음 내딛어 끝없이 넓게만 보이는 허공으로 몸을 던진다. 멀리서 파란 불이 켜지더니 점점 더 내가 그 불에 다가간다. 나를 향해 오는 바닷물이다. 나는 다리를 쭉 펴고 팔을 올린 다음 눈을 꽉 감고 숨을 참는다. 드디어 바닷물 속이다.

중력 때문에 밑으로 빨려 들어간다. 내가 곧 만날 수도 있을 죽음에 대한 공포로 즉시 눈을 뜬다. 이 밑에는 어둡고 조용한 세상이 있다. 바닥은 시커멓고 한 치 앞도 보이지 않는다. 깊은 바닷속에 들어와 있고 공포에 사로잡혀 있지만 그와 동시에 루크레치아를 구해야 한다는 결연한 마음에는 변함이 없다. 힘센 물결에 떠밀려 다시 위로 올라가지만, 그 물결을 거스르기 위해 팔과 다리를 휘젓는다. 허리를 힘차게 움직여 다시 더 깊이 잠수를 하고 바닥을 살피기 위해 한 바퀴를 돈다. 내 심장 소리 이외에는 아무 소리도 들리지 않는다.

자갈과 해초, 은빛 비늘 같은 작은 물고기 들이 보인다. 완전히 사라져버릴 수 있는 걸까? 나는 숨을 쉬기 위해 천천히 수면 위로 올라갔다가 다시 잠수한다. 루크레치아를 찾아야만 한다. 그리 멀리 가지는 않았을 것이다. 암초 하나를 피하고 나자 곧 눈앞에 하얀 덩어리 하나가 나타난다. 그녀다. 구불구불 일렁이는 치명적인 거대한 메두사. 기절한 것같다.

하느님, 제발 살아 있게 해주세요!

그녀의 겨드랑이를 밑에서 붙잡는다. 그리고 할 수 있는 한 빠르게 물 위로 그녀를 끌어올린다. 나는 숨을 헐떡헐떡 쉰다. 가슴속의 폐가 다 타버리는 기분이다. 내 품속의 그녀는 힘이 하나도 없고 꼼짝하지 않는다. 산소 때문이다. 내가 아는 바대로라면 갈비뼈가 몇 대 부러졌을 수도 있다. 조심스레 움직여야 하지만 그와 동시에 빨리 물 밖으로 나가야한다.

나는 영화에서 봤던 대로 등 뒤에서 두 팔로 그녀의 어깨를 안는다. 그러고는 있는 힘을 다 모아서 해변 쪽으로 움직이려 애쓴다. 겨우겨우 수영만 조금 할 줄 아는 내게는 엄청나게 힘든 모험이다. 파도에 떠밀려 계속 뒤로 밀려나지만 나는 미친 여자처럼, 심장이 터질 정도로 힘차게 발로 물을 찬다.

바닷가 절벽 주위를 돌자 다행히 조그만 모래사장이 딸린 작은 만이 나타난다. 나는 평정을 잃지 않으려 애쓰며 만 쪽으로 헤엄친다. 루크레치아는 가볍다. 몸이 텅 빈 것처럼. 그리고 내 근육에는 아직 힘이 남아 있다. 2분여 만에 바닥이 발에 밟힌다. 루크레치아를 해안선으로 끌어올려 눕힌다.

숨이 끊어질 것 같지만 그녀의 차디찬 몸으로 달려들어 아직 살아 있는지 알아보려고 귀를 가져다 댄다. 아무 소리도 들리지 않는다. 물을 너무 많이 마신 게 틀림없다. 눈꺼풀을 올려보자 하얀 동공밖에 보이지 않아 겁이 난다. 그녀의 작고 마른 손을 잡아 손목에 엄지손가락을 대본다. 약하게 맥박이 뛴다. 됐다. 심장이 뛰고 있다면 아직 희망이 있다.

용기를 내, 엘레나. 넌 할 수 있어. 적절한 응급처치법을 기억해내기만 하면 돼. 시간이 많이 흐르긴 했지만 고등학교 수업 시간에 배운 걸 잘 기억해봐. 인공호흡법 동작을 머릿속으로 하나씩 떠올려보며 응급처치를 시작한다.

제일 먼저 할 일은 머리를 최대한 뒤로 젖히는 것이다. 나는 루크레치아에게 몸을 숙여 한 손을 그녀의 목 뒤에 받친 뒤 고개를 뒤로 젖히고 다른 손으로는 이마를 아래쪽으로 누른다. 공기가 밖으로 나오는 것을 피하기 위해 두 손가락으로 코를 막고 숨을 깊이 들이쉰 뒤 내 입술을 그녀의 입술에 가져다 대고 있는 힘껏 입안에 공기를 불어넣는다. 그런 다음 고개를 들어 그녀의 가슴이 올라오는지 확인한다. 빌어먹을, 아무 반응이 없다!

"엘레나!" 멀리서 외치는 소리가 해변으로 흩어진다. 레오나르도의 목소리다. 드디어.

바위 위에 그가 나타난다. "레오나르도!" 나는 그에게 빨리 달려오라고 손짓하며 필사적으로 고함을 친다.

그가 급히 내려오는 사이 두 번째로 인공호흡을 시도해보지만 루크레치아는 꼼짝도 하지 않는다. 이제 심장 박동도 멎은 것 같다.

잠시 후 레오나르도가 내 옆으로 온다. 손에 블랙베리 휴대전화를 들고 구조를 요청하는 중이다. 순식간에 그가 도착한다. 아니 적어도 내게는 그렇게 보인다.

"숨을 안 쉬어." 나는 진이 다 빠져버렸고 눈에는 눈물이 맺혔다. "제발, 심장 마사지 한번 해보자. 구조대가 늦게 올 수도 있잖아."

레오나르도가 루크레치아에게 몸을 숙이고 그 역시 인공호흡을 시작한다. 그가 입안으로 공기를 불어넣고 난 뒤 내가 루크레치아의 가슴에 손바닥을 올려놓는다. 그리고 다른 손의 도움을 받아 가슴을 누르기 시작한다. 열다섯 번 가슴을 누르고 나서 다시 레오나르도가 인공호흡을 한다. 그가 공기를 불어넣으면 내가 가볍게 가슴을 밀어 올리듯 다시 열다섯 번을 누른다.

나는 레오나르도를 보고 그도 나를 본다. 이렇게 당황한 모습은 한 번도 본 적이 없다. 그의 손은 축 늘어진 루크레치아의 몸 위에서 떨리고, 어두운 두 눈은 내 눈에서 답을 찾는다. "계속하자." 내가 격려한다. 이런 인공호흡이 무슨 소용이 있는지 모르겠지만 달리 어찌할 방법이 없다.

이렇게 창백하고 긴장해 있는 그를 가만히 보고 있을 수가 없다. 힘이 다 빠져버렸지만, 나도 포기하고 울고 싶지만 그를 위해서라도 강해져야만 한다. 살아야 해, 루크레치아. 나는 주문을 외듯 속으로 이 말을 계속 되뇐다. 살아야 해.

이런 생각을 하는 동안 해안경비대 헬리콥터가 도착해 우리에게 한줄기 희망을 안겨준다. 레오나르도와 내가 하늘을 올려다본다. 몇 초 후 헬리콥터가 착륙하고 의료요원 둘이 조종석에서 나와 들것을 들고 우리 쪽으로 달려온다. 어찌 된 일인지 설명하자 그들이 루크레치아에게 달려들어 기본적인 응급처치를 하고 들것에 실어 헬리콥터로 이동한다. 메시나의 병원으로 가는 것이다.

우리는 멀어져가는 헬리콥터를 가만히 지켜본다. 둘 다 완전히 넋이 나가 아무 말도, 어떤 행동도 하지 못한다. 레오나르도는 돌처럼 딱딱하고 차갑다. 그의 팔을 살짝 건드려보는데 꼭 석상을 만지는 기분이다. 나는 그의 손을 꽉 잡아 조금이나마 온기를 전해준다.

내가 여기 당신 곁에 있어, 내 사랑. 당신을 떠나지 않을 거야.

나는 창가에 서 있다. 레오나르도를 기다리면서 자동차
들로 꽉 막힌 거리를 내다보는 중이다. 더운 여름 저녁이다.
메시나는 불이 환히 켜졌고 재스민 향기가 사방에 가득하
다. 항구에서는 오고가는 연락선들의 소리가 들려온다. 메
시나는 낯선 도시이고 이곳에 내가 머물게 되리라고는 상상
조차 하지 못했다. 이상하게 내 자리가 아닌 곳에 있는 기분
이 드는데 그 이유를 모르겠다. 변덕스러운 어떤 손이 나를
조용한 모래의 섬에서 난폭하게 끌어내 사람들이 북적이고
시끄러운 도시에 던져버렸다.

　　나는 구급대원들이 루크레치아를 헬리콥터에 실어 병원
에 옮겼던 닷새 전에 여기에 왔다. 레오나르도와 나는 두 사
람이 결혼해서 살던 집에 임시로 머물고 있다. 레오나르도가
먼저 같이 와달라고 부탁했고 나는 기꺼이 받아들였다. 내
가 달리 무슨 일을 할 수 있겠는가? 이 힘든 시기에 레오나르
도를 혼자 남겨두고 로마로 돌아가는 일? 여기, 그들의 아파

트에 있는 게 내게는 너무나 힘든 일이지만 절대 그를 혼자 남겨두고 떠나지는 않을 생각이다.

루크레치아는 목숨을 건지기는 했지만 이 세상과 저세상의 중간에 있다. 바다에 뛰어내릴 때의 충격으로 뇌에 혈종이 생기고 심각한 폐부종이 왔다. 헬리콥터로 이동하는 중에 혼수상태에 빠졌고 지금은 어느 의사도 그녀가 살아나리라는 약속을 해주지 않는다.

레오나르도는 집과 병원을 오가며 불안해한다. 헤어나올 수 없는 고통에 빠져 모든 일과 모든 사람들을 멀리하고 나조차도 들어갈 수 없게 벽을 쌓아버렸다. 말도 거의 하지 않고 대부분의 시간을 혼자 생각에 빠져 괴로워한다. 그의 얼굴에서 이번 일에 대한 책임감과 죄책감을 읽을 수 있다. 루크레치아에게 상처를 주어 극단적인 행동을 하게 떠민 자신을 용서하지 못하는 것이다. 나는 그를 포옹하고 그를 괴롭히는 고통에서 해방시켜주고 싶지만 어떻게 해야 할지 모르겠다. 그의 마음속에서는 온갖 감정들이 소용돌이치고 있으며, 특히 나와 거리를 두려 한다. 이 때문에 두렵다. 그가 나를 멀리하면 난 다시 그를 잃게 될 테니까. 하지만 강해져야 하고 가끔 떠오르는 어리석은 이기심과 의심을 지워버려야 한다. 지금 내가 무엇보다 먼저 신경 써야 할 일이 몇 가지 있다. 레오나르도는 자기 자신으로부터, 고통으로부터 벗어날 수 있는 도피처가 필요하다. 내가 그런 장소가 되어야만

한다.

등 뒤의 출입문이 열린다. 레오나르도가 병원에서 돌아왔다. 밀랍으로 만든 가면처럼 창백하고 굳은 표정이다. 볼이 홀쭉하고 지친 기색이 역력하다. 나는 돌아서서 그에게로 달려간다. "루크레치아는 어때?" 되도록 부드럽고 신중하게 묻는다. 이제 이런 말은 의례적인 인사가 되어버렸는데 그의 대답은 첫날부터 변함이 없다.

"똑같아." 그가 주름이 생길 정도로 걱정스레 이마를 찡그리는 게 보인다. "차도가 전혀 없어."

"의사들은 뭐래?"

"맨날 같은 말이지 뭐." 그가 어깨를 으쓱한다. "한 시간 후에 깨어날 수도 있고, 1년, 아니 10년 뒤에 깨어날 수도 있고, 영원히 깨어나지 않을 수도 있다고."

"병원에 있을 때 루크레치아에게 말걸지, 그렇지? 그렇게 혼수상태에 빠져 있을 때 친숙한 목소리를 들으면 자극을 받아 깨어날 수 있대."

"물론이야, 엘레나." 그가 고개를 젓는다. "말도 걸고 손도 잡고 있어. 그런데 아무 소용 없는 것 같아." 그는 무기력한 자신에게 화를 내듯 그런 말을 하면서 좌절한다.

"그런 생각 하지 마." 나는 그의 어깨를 잡고 그와 눈을 마주치려 애써본다. "분명 당신 목소리를 듣고 있을 거야."

레오나르도는 미간을 찡그리더니 씁쓸하게 억지로 웃는

다. "당신의 신뢰가 내게 얼마나 필요한지 몰라. 그렇지만 지금은 그냥 소리만 지르고 싶어. 그런데 난 그것조차 할 수가 없어."

나는 긍정적인 마음을 가지려고, 가능한 한 좋은 상황만을 생각하려고 애쓰지만 내게도 쉬운 일은 아니다. 하지만 레오나르도를 위해 그렇게 해본다. "믿어야 해, 레오나르도. 지치면 안 돼. 아직도 여기서 당신이 그녀를 원한다는 걸 느끼게 해야 해."

내 말이 한 귀로 들어왔다가 한 귀로 나가버리는 듯 레오나르도가 무감각한 얼굴로 나를 쳐다본다. 그는 완전히 고통의 포로가 되어버렸다.

그러다가 갑자기 내 얼굴을 쓰다듬으며 부드러운 표정으로 나를 본다. 가슴이 찢어지는 것 같다.

그가 아무 말 없이 나를 포옹한다. 그의 품속에서 나에 대한 감사의 마음과 피로, 포기하고 싶은 욕망과 딱 한 번 누군가에게 의지하고 싶어 하는 그의 간절한 바람을 느낀다. 레오나르도가 내 이마에 자신의 이마를 댄다. 소리 없이 흐르는 그의 눈물이 내 뺨을 적신다.

"루크레치아를 구해줘서, 용기 있게 행동해줘서 고마워. 여기 있어주고 지금 이렇게 해줘서 고마워. 내 옆에 있는 게 힘들 거야, 알아. 난 나와 관련된 문제를 잘 설명하지 못하지만 당신이 나를 잘 아니까, 그러니까……"

"쉿, 그만해." 내가 손가락으로 그의 입을 가리며 속삭인다. "감사할 필요 없어. 그게 옳은 일이어서 그렇게 했을 뿐이야. 당신 곁이 아니면 다른 어느 곳에서도 난 살 수 없어."

"내가 완전히 믿고 기댈 수 있다고 생각한 사람은 당신이 처음이야."

"사랑해. 당신 곁에 있는 게 내 사랑을 보여줄 수 있는 유일한 방법이거든."

가볍게 내 이마에 키스를 하는 그에게서 고통과 감사의 마음이 느껴진다. 그가 천천히 내게서 떨어진다.

"이제 침대에 가서 누울게. 잠이 올지는 모르겠지만 좀 쉬어보기라도 하려고."

"아까 별로 먹지도 않았는데, 그걸로 괜찮아?" 나는 걱정이 되어 묻는다. 요 며칠 동안 내가 점심과 저녁 준비를 맡았다. 그는 요리에 대한 의욕을 완전히 상실했다. 먹는 것마저 잊어버린 것 같기도 하다. "괜찮으면 케이크 있는데." 내가 말해본다.

"미안하지만 지금은 배가 안 고파." 그가 말한다. 그의 목소리가 잦아든다. 그가 그냥 침실로 가게 내버려 둔다. 고집을 부리는 게 아무 의미가 없다. 그는 내 마음을 한없이 부드럽게 만든다.

"침실로 와서 내 옆에서 같이 자면 좋겠는데." 레오나르도가 다시 말한다.

"부엌 좀 정리하고 갈게."

문 뒤로 사라지는 그를 바라본다. 고통의 무게로 구부러진 근육질의 넓은 어깨를.

이 집 구석구석에 있는 그녀의 옷들과 클래식 시디, 토속적인 보석들과 담배까지 모든 게 루크레치아를 말해준다. 가끔 그녀의 냄새와 목소리, 조용한 발소리가 들리는 것 같기도 하다. 그녀는 나를 당황스럽게 하지만 어쨌든 고려하지 않을 수 없는 존재다. 무엇보다 내가 그녀의 공간에 침입한 것과 같으니까. 추억과 사진들과 그녀와 레오나르도에게만 속한 순간 들에도 마찬가지다. 거실에는 그들의 결혼식 사진이 아직도 그대로 있다. 두 사람은 너무나 젊다. 레오나르도는 콧수염밖에 없고 머리는 뒤로 깨끗이 빗어 넘겼으며 그녀는 분위기 있게 올림머리를 하고 있다. 면사포에 가려져 있어도 두 눈에서는 관능미와 매력이 뚝뚝 떨어진다.

지울 수 없을 것 같은 과거와 매일 부딪치는 일은 너무나 힘들다. 하지만 지금 내 기분은 중요하지 않다.

서둘러 주방을 정리하고 나서—나는 아직 훌륭한 셰프들처럼 주방을 어지르지 않고 음식을 만들지는 못한다—레오나르도가 있는 침실로 간다. 그는 상의를 벗은 채 눈을 감고 팔베개를 하고 똑바로 누워 있다. 아직 잠들지 않았다는 걸 숨소리로 알 수 있다. 그의 가슴은 규칙적으로 오르락내리락

하고, 그의 눈동자는 눈을 감고 있어도 움직이는 듯하다.

나는 되도록 소리를 내지 않으려 조심하며 옷을 벗어 의자에 올려둔다. 러닝셔츠와 팬티 차림으로 침대에 올라가 그의 곁에 웅크리고 앉는다.

"드디어 왔네." 그가 한 손으로 내 허벅지를 만지며 속삭인다.

나는 레오나르도 쪽으로 돌아앉으며 다정하게 그의 머리를 어루만진다. "엎드려봐, 마사지해줄게."

"좋아." 그가 길게 숨을 내쉰다. "등이 쑤셔." 그러더니 이렇게 고백하며 재빨리 돌아눕는다.

"그럴 줄 알았어." 그의 목덜미를 따라 한 손가락을 움직인다. "긴장해서 여기가 딱딱해."

나는 무릎을 꿇어 두 다리를 그의 허리에 대고 내 호흡의 리듬에 맞춰 머리부터 마사지를 시작한다. 손가락을 쫙 편 뒤 느릿느릿, 원을 그리듯 두피를 마사지한다. 그렇게라도 그의 머리를 맴도는 생각들을 진정시켜주고 싶은 듯이. 레오나르도가 긴장을 풀고 있다는 게 느껴진다. 양손을 펴서 손바닥을 그의 머리 위에 올려놓고 엄지손가락을 교차시켜 셋까지 세며 가볍게 머리를 누른 다음 손을 뗀다. 머리 중앙에서부터 헤어라인까지 가상의 선을 따라 마사지를 계속해 나간다. 레오나르도가 조그맣게 신음한다. 그의 근육이 이완된다. 그가 내게 자기 자신을 맡기고 있다. 잠시나마 그를 편안하게 해줄 수 있다고 생각하니 기쁘다.

"긴장을 풀려고 해봐, 머리를 비워." 그의 귀에 대고 속삭인다. 그러고는 손가락 끝으로 머리를 헝클어놓는다. 그를 자유롭게 해주고 싶고 단 몇 분간만이라도 혼란스러운 바깥 일을 잊게 해주고 싶다.

두 손을 살며시 그의 튼튼한 어깨로 옮겨서 엄지손가락으로 누르고 찰흙을 빗듯이 주무르며 계속 마사지한다. 그런 다음 손바닥을 쫙 펴서 등을 눌러주고 팔뚝도 이용한다. 처음에는 가볍게, 그러다가 점점 더 세게 누른다. 등을 따라 오르락내리락한 뒤 팔로 이동한다. 내 손이 그의 팔 위에서 춤을 추다가 그의 손과 깍지를 끼자 선명하게 느낄 수 있을 정도로 뜨거운 에너지가 감돈다. 이 남자를 사랑하기에 그의 내부에 있는 걱정, 근심을 1그램이라도 덜어줄 수만 있다면 뭐든 할 수 있다.

레오나르도가 부드럽게 내 손을 잡는다. "이렇게 하고 싶었어." 그가 베개에 얼굴을 묻으며 중얼거린다.

내가 등에 큰 원을 그리며 마사지를 끝내고 나서 옆으로 눕자 그가 내 쪽으로 돌아눕는다. 이제 그가 내 눈을 바라본다. 관능적인 매력이 넘치는 눈길이 아니라 우리를 더욱 강하게 연결하는 무엇인가가 담긴 눈길이다. 우리 사이에 흐르고 있어 마치 우리가 한 분자 속의 두 개의 원자인 것 같은 기분을 느끼게 만드는 그 어떤 것이 담긴 눈길.

"저 그림 굉장히 아름다워." 내가 턱으로 그의 등 뒤 벽에 걸린 그림을 가리키며 말한다. 라파엘 전파풍의 〈수태고지〉로 단테 가브리엘 로세티의 몽환적이면서도 관능적인, 눈부신 작품 중 하나다.

그가 살짝 고개를 돌려 잠시 그림을 본다. 그러더니 다시 내 쪽을 보며 미소를 짓는다. "우리 부모님에게 선물 받은 거야."

"정말 마음에 들어, 매혹적이야." 내가 그림에 매료되어 말한다.

레오나르도가 나를 포옹하며 손가락 끝으로 내 어깨를 어루만지는데, 뭔가를 생각하는 듯하다. 잠시 후 그가 말한다. "당신과 함께 로마로 돌아갈 때 저 그림 가져가고 싶어."

"정말?" 나는 당황스러움을 느낀다.

"그래, 엘레나." 그가 힘을 주어 나를 껴안는다. "우리 집에 걸자."

너무나 자연스레 나오는 이 말 속에는 분명 어떤 의미가 함축되어 있다. 하지만 더 깊이 생각하기가 두렵다. 고개를 살짝 저으며 머리에서 그 말들을 지워버린다. 지금은 아니야, 엘레나.

우리는 조개껍질처럼 달라붙어 있다가 서로의 숨소리를 자장가 삼아 곧 잠이 든다.

레오나르도가 병원에 가 있는 동안 나는 집에서 그림을

그리거나 어시장이나 과일시장으로 장을 보러 나간다. 메시나는 생명력이 넘치는 도시다. 바다 냄새가 늘 코를 자극하고, 빠져들지 않을 수 없는 고풍스럽고 퇴폐적인 뭔가가 있다. 두오모에는 두 번 들어가 봤다. 복원가로서만 방문한 것은 아니었다. 비록 상당히 오래전에 종교와 담을 쌓았지만 이런 악몽이 빨리 끝나기를, 루크레치아가 예전보다 건강하게 다시 살아나기를 간절기 기도하기 시작했다. 루크레치아와 레오나르도를 위해, 나를 위해.

오늘 아침에는 너무나 피곤하지만 요리책 삽화를 그리고 있다. 스트롬볼리에서 지낼 때 레오나르도가 여러 차례 만들어주었던 에올리에식 펜네(실린더처럼 원통으로 된 파스타─옮긴이) 그림이다.

환한 햇살이 발코니 유리문을 통과해 들어와 그림을 그리기에는 완벽한 상태지만 영감이 전혀 떠오르지 않는다. 손놀림도 안정적이지 않고 물감은 번지고 모양도 내 뜻대로 그려지지 않는다. 여러 가지 생각으로 머리가 복잡한 데다가 레오나르도가 여러 날 전부터 요리를 하지 않으니 그의 손에서 나온 요리를 대략적으로라도 떠올리기가 쉽지 않다.

물컵에 붓을 담고 잠시 바람을 쐬러 밖으로 나가려고 할 때 휴대전화가 울린다. 레오나르도다.

"레오." 내가 전화를 받는다.

"엘레나, 전해야 할 소식이 있어서." 그의 목소리에서 안도감이 느껴지지만 무슨 소식인지는 전혀 짐작이 되지 않는다.

"말해봐, 듣고 있어."

"루크레치아가 의식을 회복했어." 이제 그의 목소리가 깊은 감동으로 떨린다. 그가 다시 미소를 짓고 있으리라. 보이지 않아도 느낄 수 있고 알 수 있다.

"정말?"

"그래, 엘레나. 한 시간 전에 눈을 떴는데 먼저 의사들하고 이야기를 나누고 나서 당신에게 전화하는 거야."

"오, 세상에. 정말 다행이야!" 나는 너무 기쁜 마음에 흥분해서 소리를 지른다. 그사이 나도 모르게 눈물이 뺨을 타고 흐른다. "그래서 지금 상태는 어때?"

"위험한 고비는 넘겼대, 좋아. 여기 조금만 더 있다가 집에 갈게. 저녁에 봐."

"그래, 저녁에."

나는 전화를 끊으며 미소를 짓는다. 날아갈 듯 가벼운 기분이다. 갑자기 춤이라도 추고 싶다.

그 뒤 이틀이 지났고 레오나르도는 다시 태어난 사람 같다. 계속 병원을 오가지만 사람이 완전히 달라졌다. 다시 살아난 그를 보게 되어 기쁘다.

나는 계속 루크레치아의 상태를 묻는다. 감히 레오나르도에게 부탁하지는 못해도 그녀를 만나러 가고 싶다. 물론 이상하다는 건 나도 안다.

그런데 어느 날 저녁 루크레치아가 나를 만나고 싶어 한다고 레오나르도가 알려준다. "당신에 대해서 묻더니 만나서 이야기를 나누고 싶대. 괜찮아?"

이 말을 듣자 처음에는 약간 당황스러웠지만 우리의 만남을 피할 수 없다는 생각이 불현듯 들었다. 그리고 사실 내가 메시나에서 레오나르도 곁을 떠나지 않았던 진짜 이유는 바로 이 때문이었다.

"괜찮아." 내가 대답한다. "내일 병원에 같이 가."

중환자 보호자 대기실 벽은 노란색이고 의자들은 초록색 플라스틱으로, 매우 불편하고 약간 을씨년스럽다. 나는 몇 분 전부터 여기 앉아 기다리고 있다. 벌써 식은땀이 흐르기 시작했다. 레오나르도는 내가 왔다고 알리려 병실로 들어갔다. 루크레치아를 만나야 한다고 생각하니 몹시 긴장된다. 물론 내가 그녀의 목숨을 구했고 의식을 회복하게 해달라고 기도했지만 그래도 두렵다. 사악함에 잠식당한 그녀의 정신이 만들어내는 말들을 또 가만히 듣고 있고 싶지는 않다. 나는 누군가 탁자에 놓고 간 일간지를 집어 든다. 어제 신문이지만 그래도 뒤적여보는데, 딱히 읽을 생각이 있어서라기보다 생각을 딴 데로 돌려보기 위해서다. 하지만 소용없다. 내 머릿속에서 회오리치는 상반된 생각들을 제어할 수가 없다. 왜 나를 보고 싶어 하는 걸까? 이따금 그럴듯한 대답을 찾게 되면 점점 더 불안해지기 때문에 계속 자문할 수도 없다.

레오나르도가 문 앞에 나타난다. "들어와, 엘레나." 그가 내게 일어나라고 고갯짓을 한다. "루크레치아가 기다려."

"단둘이 만나고 싶어 해?" 내가 그에게로 가면서 묻는다.

그가 그렇다고 고개를 끄덕인다. "의사들이 병실에 한 사람 이상 들어가는 걸 금지했어." 그가 설명한다. "그리고 루크레치아도 지금은 당신과 단둘이 만나고 싶대."

"좋아." 내가 머뭇거리며 말한다.

레오나르도가 병실 문을 열어주고 용기를 북돋워주려는 듯 내 등을 툭 친다. 나는 숨을 깊이 들이쉬고 조심조심 걸어 들어간다.

"실례해요." 내가 조그맣게 말한다.

방은 어둑하고 무거운 침묵에 싸여 있다. 심장 박동을 측정하는 모니터 소리밖에 들리지 않는데 그 소리만으로도 텅 빈 공간이 채워진다.

"어서 와요, 엘레나." 루크레치아가 주삿바늘이 꽂히지 않은 손을 들더니 내게 가까이 오라고 손짓한다.

다른 여자가 된 것 같다. 거만한 표정이 사라졌고 더 이상 사악함이나 증오심도 남아 있지 않은 것 같다. 오히려 이상할 정도로 무표정한 그녀의 눈, 코, 입이 비극적이고 차분한 분위기를 만들어낸다.

나는 침대로 다가간다. 무슨 말을 해야 할지, 어떻게 해야 할지 알 수가 없어서 루크레치아가 먼저 입을 열기를 기다린다. 사실 나를 여기까지 오게 한 사람이 바로 그녀니까.

"내가 고맙다고 할 거란 기대는 하지 말아요." 그녀가 의례적인 인사말 없이, 기운은 하나도 없지만 단호한 목소리로 말한다. 입술은 일자로 딱딱하게 굳어 있다. 그 말투에서 왠지 비난하는 기색이 느껴진다. 당황해서 머뭇거리다가 막상 대답을 하려 하니 그녀가 계속 말한다.

"그거 알아요, 내가 그 절벽에서 뛰어내렸을 때 난 정말 죽기로 결심했어요. 누군가, 그것도 당신이 날 구할 생각을 하리라고는 상상도 못했죠. 당신이 내 계획을 엉망으로 만들었어요, 엘레나."

"내가 미안하다고 할 거란 기대는 하지 말아요."

그녀가 빙그레 웃는다. 아마 내 넉살 좋은 태도에 놀라서일지도 모른다. 그녀는 그런 많은 일들을 겪고 나서도 변함없이 반어법을 사용하는 여자다.

"안 하죠, 당연히 안 해요."

"좋아요, 나는 내가 해야 할 일을 했다고 생각하니까요. 당신도 그렇게 생각해줬으면 좋겠어요. 하지만 당신을 설득하는 게 내 몫은 아니에요."

"왜죠?" 그녀가 칠흑같이 까만 눈으로 나를 뚫어지게 보며 묻는다. "왜 날 구했죠? 왜 나 때문에 목숨을 건 거죠? 왜 내가 살아 있길 바란 거죠?" 그녀의 목소리나 긴장한 얼굴에서 감사나 호감의 표시는 전혀 찾아볼 수 없다. 그녀는 다만 알고 싶어 할 뿐이다.

"몰라요. 당신이 자살을 해버리면 레오나르도의 인생이, 그러니까 내 인생도 파멸할 거라 생각했어요."

"사실 내가 원한 게 바로 그거예요. 당신들을 송두리째 망가뜨리는 것. 두 사람이 함께 해변에 있는 걸 봤을 때 그런 본능이 나보다 훨씬 강했죠. 난 어리석은 본능에 사로잡혀 있었어요. 당신들의 사랑을 벌줄 유일한 방법은 자살밖에 없다고 생각한 거죠." 그녀는 이 병실에서 멀리 떨어진 어떤 상상의 지점을 응시하는 듯 보인다.

우리는 한참 동안 아무 말도 하지 않는다. 그러다가 루크레치아가 피신해 있던 어딘지 모를 그곳에서 돌아와 나를 바라본다. 내 얼굴과 손과 옷을 자세히 본다. 뭔가를 찾는 듯하다. 순식간에 그녀의 표정이 바뀐다. 뜨겁고 생기 있는 시선이다. 그녀의 두 눈이 새로운 희망으로 따뜻하게 물드는 듯하다.

"이상하죠." 그녀가 뭔가를 골똘히 생각하다가 갑자기 말한다. "당신을 증오한다고 생각했는데 그럴 수 없다는 걸 알게 됐어요. 그래서 훨씬 힘들어요. 그런 증오가 없으면 나 자신이 사라져버리고, 텅 빈 기분이 들거든요."

"미안해요, 난……"

"그만해요, 엘레나." 루크레치아가 퉁명스레 내 말을 가로막는다. 이 여자의 기분이나 선택은 예측할 수가 없다. 어떻게 레오나르도가 그녀 곁에 남아 있었는지 이해할 수가 없다. "난 위로받고 싶지 않아요. 다른 사람을 괴롭히고 싶지도 않고." 그녀가 침을 삼키며 고통스러운 듯 양미간을 찡그린다. "그거 알아요, 엘레나? 난 여러 해 동안 정신분석과 심리 치료를 받았어요. 그래서 마침내 내 병의 원인이 레오나르도도 당신도 아니라는 걸 알게 됐죠. 내 안에 병이 있었고 아무도 그걸 치료할 수 없다는 것을요. 난 가끔 자제력을 잃기도 하고 감정을 잘 다스리지 못해 폭력적으로 내 에너지를 발산하기도 해요. 나 자신과 다른 사람을 아프게 해야 할 필요를 느껴요." 그녀가 말을 멈춘다. 그리고 미소를 짓듯이 입술을 이상하게 실룩이는데 그런 미소에 고통과 쓸쓸함과 체념이 가득 담겨 있다. "적어도 의사들의 해석은 그래요. 하지만 난 나를 '정신 이상자'로 정의해도 아무 상관 없어요. 그런 말들이 두렵지 않으니까."

믿기지 않는 표정으로 그녀의 말을 들으며 마음속으로는 연민을 느낀다. 이 침대에 누워 있는 너무나 작고 창백한, 긴장 상태의 루크레치아는 그 마른 몸으로 지탱하기에는 너무도 크고 무거운 짐을 지고 가는 듯하다.

"의식을 회복하고 내가 저지른 일을 알게 된 뒤, 요 며칠 동안 새로운 사실도 깨닫게 됐어요. 지금까지 벌어진 일들이 사랑과는 아무 상관이 없다는 거죠. 아마 내 이기주의, 소유욕 때문에 벌어진 일일 거예요. 레오나르도가 나를 사랑하지 않듯이 나 역시 오래전부터 그를 사랑하지 않았어요. 눈에 보이지 않는 끈이 우리를 영원히 이어주긴 하겠지만요." 그녀가 시인한다. 그러고는 마음의 균형을 되찾으려는 듯 깊이 한숨을 쉰다.

"난 모든 면에서 바닥을 쳤고 돌아올 수 없는 지점에 이르렀어요. 정말 이따금 당신이 거기, 물속에 날 그냥 내버려뒀으면 좋았을 텐데, 하고 생각해요. 지금부터 내 삶은 쉽지 않을 거예요. 지금까지와는 비교도 안 되게. 그런 삶이 아주 힘들게 계속되겠죠. 하지만 그건 내 전투고 나 혼자 치러내야 해요. 앞으론 레오나르도가 나를 위해 싸워줄 거라는 착각을 할 수 없을 테니까요. 그 사람은 이미 충분히 싸웠으니 이제 좀 쉬면서 행복해질 자격이 있어요. 그리고 아마 당신과 함께라면 그럴 수 있겠죠."

그녀는 방금 자신이 한 말이 부끄러운 듯 시선을 떨군다. 나 역시 당황스럽고 그녀의 말을 받아들이기가 힘들어서 주위로 눈을 돌린다.

"그런데 그 사람 없이 행복할 수 있어요?" 내가 잠긴 목소리로 묻는다.

"모르죠." 그녀가 어깨를 으쓱한다. "하지만 시도해봐야죠."

"레오나르도가 항상 당신을 위해서라면 뭐든 할 수 있다는 거 알죠?" 잠시 후 내가 묻는다.

"그럼요, 알아요."

그녀가 내 쪽으로 한 손을 조금 들어 올리는 게 보여서 그 손을 꼭 잡는다. 나와 화해하고 말없는 계약을 맺기 위한 그녀의 방식이다. 우리는 운명적으로 만나 충돌한 여자들이지만 이제 서로에게 상처를 주는 일은 끝났다.

나는 문 쪽으로 가다가 나가기 전에 다시 한 번 뒤를 돌아본다. 그녀가 고갯짓으로 내게 인사한다.

"잘 지내요, 엘레나. 그 사람도 잘 부탁해요."

그녀를 보지만 목소리가 나오지 않아 대답할 수가 없다. 루크레치아가 내 눈물을 보기 전에 미소를 보이며 병실을 나온다.

밖으로 나오자 레오나르도가 나를 기다리고 있다. 그는 계단 손잡이에 등을 기댄 채 서 있다. 이미 병실 안에서 일어난 일을 다 알고 있는 듯, 눈은 밝게 빛나고 입은 살짝 벌어진 채 환하게 웃고 있다.

그가 두 팔을 벌렸고 나는 그를 향해 달려가 가슴에 몸을 던진다. 마침내 눈물이 흐른다. 아픔과 안도감이 뒤섞인 눈물이다.

이제 다 끝났다. 마침내 우리의 새로운 삶을 시작할 수 있다.

여름이 시작되는 날이다. 우리 집 테라스에서 바라본 로마의 하늘은 끝없이 펼쳐진 파란 돔 같다.

메시나에서 로마로 돌아오기 전에 레오나르도는 내게 트라스테베레에 있는 자신의 집으로 이사를 오는 게 어떻겠느냐고 물었다. 이곳이 우리가 함께 사는 진짜 첫 번째 아파트인데 아직 믿기지 않는다. 이제 우리는 공식적으로 커플이 되었다. 커플이라는 말을 입에 올리기가 살짝 겁이 난다. 우리는 끊임없이 관습에 도전하는 연인들이었다. 레오나르도에게 관습이란 선택사항조차 아니었다. 하지만 놀라운 것은 이제 우리는 우리 스스로에게조차 감정을 숨길 수 없다는 것이다. 그와 나는 드디어 세상 모든 사람들 앞에서 "사랑해"라고 말할 수 있게 되었다. 그리고 요즘 우리가 하고 있는 일은 일종의 자유를 얻기 위한 의례다.

오늘 밤 우리는 친한 친구들을 모두 초대해 파티를 열 예정이다. 이 중요한 이벤트를 위해 오늘 오후 내내 레오나르도와 함께 요리를 만들고 테라스를 꾸몄다. 테라스 곳곳을 꽃줄과 장식용 레이스, 조그만 허브 화환 들로 장식하고, 어둠이 내리고 하늘에 별이 뜨면 켤 등을 준비했다.

테라스 준비가 제대로 되었는지 확인하고 있을 때 독특한 두카티 오토바이의 굉음이 들린다. 옮기던 화분을 바닥에 내려놓고 나의 레오에게 손을 흔들어주려 난간에서 몸을 내민다. 그가 팔라초 앞의 공터에 오토바이를 주차시키고 헬멧을 벗다가 나를 발견하더니 현기증이 날 정도로 멋진 미소를 선사한다. 믿어지지 않는다. 시간이 흐르면 흐를수록 이 남자가 더 좋다. 그리고 점점 더 그를 원한다.

"대문 좀 열어줄래?" 그가 오토바이에서 내려 종이봉투 몇 개를 내려놓으며 소리친다.

"포도주 가져왔어?" 나도 미소를 지으며 묻는다.

"물론이지······." 여기서는 분명하게 보이지 않지만 그의 입가에 미묘한 미소가 맴돌고 있음을 감지한다. 나한테 뭐 숨기는 게 있나? 집 안으로 들어가 문을 열어주러 달려간다.

레오나르도가 들어와서 포도주를 바닥에 내려놓더니 내 허리를 잡고 입술에 다정하게 키스한다. "깜짝 선물이 있어."

그러니까 내가 제대로 본 것이다! 그가 내 허리를 놓아주더니 라이더재킷 주머니에서 뭔가를 꺼낸다. 책이다.

"어머나!" 내가 탄성을 지른다. "당신 요리책이잖아!"

"우리 책이지." 그가 정정한다. "이건 출판사에서 말했던 가제본이야. 한 달 뒤에 서점에서 판매될 거야."

"굉장해." 나는 믿기 힘든 표정을 지으며 중세의 희귀 필사본이라도 되듯 조심스레 책을 받아서 이리저리, 하나하나 꼼꼼하게 살펴본다.

표지는 간결하지만 인상적이다. 밝은 배경색에 새빨간 석류 조각과 그 옆에 몇 개 떨어진 석류알 이미지가 실려 있다. 우리 사랑의 역사의 상징이다. 1년 반 전 그날, 모든 게 이 과일에서 시작되었다. 이제 그날이 까마득히 멀게만 느껴진다.

책을 펼쳐 속표지를 보니 저자인 레오나르도 이름 밑에 내 이름이 있다. '삽화 엘레나 볼페.' 나는 깜짝 놀라 눈이 휘둥그레진 채 크게 읽는다.

그가 뒤에서 나를 포옹하며 내 어깨에 턱을 올려놓는다. "삽화가 너무 근사해." 레오나르도가 내게 삽화를 보라고 권한다.

페이지를 넘기며 내 그림들을 하나씩 확인해본다. 최고의 인쇄 상태로 색채가 훨씬 더 생생하다. 그림 옆에 요리에 대한 설명이 담겨 있다. "그런데…… 우리 둘 다 정말 잘했어." 내가 웃는다.

"요리책이 아니라 화집 같아." 그가 말한다.

레오나르도는 방금 전까지 내가 티라미수를 만들고 있던 부엌의 식탁으로 나를 밀며 다시 키스를 한다. 이제 난 독립적인 요리사다. 잠시 후 그가 내게서 떨어지더니 조리대 위에 폭격을 맞은 듯 뒤섞여 있는 냄비와 조리도구 들을 흘깃 본다.

"엘레나, 당신 정말 나쁜 요리사였네." 그가 내 귀에 대고 속삭인다. "주방을 질서 있게 유지하기 위한 규칙을 명심하지 않고 있어…… 이거 벌 받아야 해." 그가 나를 비난한다.

잠시 후 레오나르도가 죄책감이 들게 슬쩍 웃으면서 내 어깨를 꽉 잡는다. 그러더니 남은 크림이 담긴 컵에 두 손가락을 집어넣었다가 입으로 가져가 맛을 본다. "나머지는 어떤지 좀 볼까?" 그가 윗눈썹을 치켜세우며 말한다.

"당신이 잘난 체하면 봐줄 수가 없어." 내가 그의 옆구리를 주먹으로 때리며 대답한다.

"나쁘지 않아." 레오나르도가 손가락을 빨고 난 뒤 판결을 내린다. 이렇게 섹시한 심판관 앞에서 어떻게 화를 낼 수가 있겠는가?

"티라미수 냉장고에 넣어놨지?"

"물론이지."

"훌륭해." 그가 내 엉덩이를 두드린다. "다른 음식들은 어느 정도 됐어?" 그가 주위를 둘러보며 묻는다. 부엌은 난장판이다.

"준비가 너무 늦었어." 내가 고백한다. "전채요리하고 두 번째 요리는 거의 다 됐는데 파스타를 만들어야 해." 나는 의미심장한 미소를 과장되게 지어 보이며 천장을 올려다본다.

"셰프님 오시면 그걸 맡기려고 했지요."

"셰프는 최종 마무리만 하는 거 잘 알 텐데." 레오나르도가 내 옆구리를 꼬집으면서 도발한다.

"이번에는 셰프님이 준비 작업까지 하셔야 할 것 같아 걱정이네요." 내가 둘째손가락으로 그의 허리를 찌르며 대답한다.

그사이 라디오에서 고탄 프로젝트(Gotan Project)의 짜릿한 탱고가 흘러나온다. 레오나르도가 고개를 옆으로 기울이며 악마 같은 미소를 짓더니 내 손을 잡는다. 나는 그의 뜻에 따라 하얀 티셔츠를 입은 그의 튼튼한 어깨에 기대어 그의 유연한 움직임에 나를 맡긴다. 레오나르도는 어디서 배웠는지 모르지만 탱고를 상당히 잘 춘다. 그가 이끄는 대로 움직이다 보니 나도 그리 몸치는 아닌 것 같은 기분이 든다.

그의 리드에 따라 오초(ocho. 탱고의 가장 인기 있는 동작 중 하나로 스페인어로 '8'을 뜻하는데, 이는 여성이 남성 앞에서 지그재그로 발을 옮겨 8자 모양을 그리는 동작을 나타낸다—옮긴이)를 하고 나자 함께 상체를 뒤로 젖히는 동작이 이어진다. 곧 레오나르도가 나를 번쩍 들어 키스를 한다. 우리의 혀가 부딪치고 그와 나는 힘껏 깍지를 낀다. 서로를 보며 미소를 짓고 나서 입술을 뗀다. 그가 다시 한 번 나를 빙그르르 돌리며 내 귀에 대고 노래 가사를 속삭인다. 완벽하고 매력적인 스페인어 억양이다.

갑자기 노래가 끝나서 우리는 당황한다. 성적인 긴장감

이 담긴 침묵이 우리 사이에 내려앉는다. 레오나르도가 주방 한가운데에 있는 대리석으로 된 아일랜드 식탁 쪽으로 나를 민다. 그가 내 눈을 바라보는데, 말하지 않아도 무슨 말을 하고 싶어 하는지 이미 다 안다. 그는 나를 원하고 나는 그를 원한다.

"지금?" 내가 그의 목에 매달리며 단숨에 묻는다. "곧 친구들이 들이닥칠 텐데." 나는 옷도 갈아입어야 한다. 초콜릿이 옷 여기저기에 묻어 있고 머리에 밀가루를 뒤집어쓴 이런 몰골로 친구들을 맞이할 수는 없으니까.

"조금 기다리게 하면 되지 뭐." 그가 중얼거린다. 그러더니 다시 한 손가락을 티라미수 크림에 집어넣었다가 내 입에 대고 가로로 선을 그리듯 바른 뒤 혀로 그것을 핥아 없앤다.

내 입술이 그의 입술을 받아들이려 성급하게 벌어진다. 입천장에서 그의 혀와 달콤한 크림의 맛이 느껴진다. 레오나르도가 내 허벅지를 들어 아일랜드 식탁 위에 앉힌다. 그가 내 원피스를 위로 올리자 팬티가 나타난다. 그런 다음 한 손으로 내 등을 누르며 자기 쪽으로 끌어당긴다. 나는 두 다리를 그의 허리에 걸친다. 그에 대한 욕망으로 벌써 젖어버린 내 아랫도리 근처에서 발기한 그의 페니스가 느껴진다.

우리는 다시 키스한다. 이번에는 오래전부터 알고 지냈지만 아직도 육체를 통해 들려줄 이야기가 무궁무진한 연인들의 키스처럼 격정적이다. 원피스의 한쪽 어깨가 흘러내리자 레오나르도가 내 가슴을 잡고 혀와 이를 동시에 가볍게 움직이며 부드럽게 유두를 애무하고 가슴을 빤다. 나는 그의 청바지 벨트와 단추를 풀어 그의 욕망을 해방시킨다. 이런 고문에 정신을 잃을 것만 같아 고개를 뒤로 젖혔다가 대리석 아일랜드 식탁에 등을 댄다. 한 손으로 붉은 오렌지 바구니를 밀어버리자 오렌지가 바닥에서 튀어 올랐다가 공처럼 굴러간다. 레오나르도가 내 위에 있다. 이글이글 불타는 그의 검은 눈이 내 눈 속에 있다. 그의 손이 팬티 속으로 들어와 망설임 없이 불두덩 속으로 들어가고 그의 혀는 계속 내 유두를 핥는다. 이제 나는 제어할 수 없는 욕망에 사로잡혀 그의 머리를 잡아 내게로 끌어당긴다.

그가 흥분해서 내게 숨을 토해내고 쉴 새 없이 속옷의 레이스를 잡아당겼다가 불두덩에 문지르며 고문을 한다.

내가 조그맣게 소리친다. "벗겨!" 나는 혀를 깨물며 명령한다.

"뭐라고?" 레오나르도가 못 들은 척하며 레이스를 더 세게 잡아당긴다.

"제발 벗겨줘." 이제는 신음을 하며 내가 다시 말한다.

악마 같은 미소가 그의 입술에 번지는 동안 속옷이 그의 손에 찢겨 소리 없이 바닥으로 떨어진다.

레오나르도는 사각팬티와 청바지를 단숨에 벗고 내 무릎을 잡아당기며 천천히 내 몸속으로 들어온다. 나는 그가 원하듯 뜨겁게 달아올랐고 촉촉이 젖어 있다. 그가 가까이 다가올 때마다 난 어쩔 수 없이 이렇게 되고 만다.

우리는 다시 키스를 한다. 그가 내 엉덩이 밑에 한 손을 넣고 힘을 주어 단번에 아일랜드 식탁에서 나를 들어올린다. 레오나르도가 내 몸속에 있다. 나는 그의 목을 잡은 채 그의 품에 그대로 안긴다. 그는 잠시 그 상태로, 내 몸속에 자신의 성기를 넣은 채 내 눈을 뚫어지게 본다. 이제 그의 키스는 짜 릿하고 달콤하다기보다 부드럽고 섬세하다.

"진짜 아름다워, 엘레나."

그러다 갑자기 그가 나를 싱크대로 민다. 엉덩이가 차가 운 금속 위로 미끄러지지만 상관없다. 내 몸은 그의 열기만 을 느낄 뿐이니까.

돌연 그가 내 몸에서 나간다. "애무해줘, 맛을 느껴봐." 그가 애원한다. 나는 무릎을 꿇고 그를 입안에 받아들일 수 밖에 없다. 내가 애무하는 것은 레오나르도이자, 그 무엇보 다 사랑하는 이 남자에 대한 나의 욕망이다.

뜨겁게 애무를 하고 나자 그가 내 입에서 나가 다시 내 몸 속으로 돌아온다. 한 손으로 내 허리를 감싸고 다른 한 손은 아일랜드 조리대 상판에 올려놓는다. 일시적인 균형 상태를 지속시키고 싶기라도 한 듯이. 확실하고 힘 있는 그의 동작 이 점점 빨라진다. 나는 싱크대를 잡고 있으려고 해보는데 갑 자기 한 손이 수도꼭지에 부딪히고 만다. 차가운 물줄기가 내 등을 때린다. 몸이 떨리는 동시에 뜨거운 욕망이 타오른다.

"아아아!" 온몸을 타고 흐르는 뜻밖의 느낌 때문에 크게 신음한다. 몸에 닿는 차가운 물과 내 속에서 타는 불길이, 냉과 온이 하나로 뒤섞인다.

레오나르도가 한 손으로 물을 받아 내 얼굴과 가슴에 뿌려 더할 나위 없는 흥분을 선물한다. 오래 버틸 수 없다. 잠시 그를 내게서 밀어낸 뒤 바닥으로 미끄러져 내려온다.

"이제 뒤에서." 그에게 등을 보이며 단호하게 말한다. 그러고는 두 손을 싱크대 상판에 올려놓은 뒤 고양이처럼 등을 구부린다.

"아, 그래, 엘레나. 그걸 좋아하는군." 그가 나를 끌어당기며 우물거린다. 그의 목소리가 귀를 통해 내 심장으로 곧장 이어진다.

레오나르도가 서둘러 내 젖은 옷을 벗기더니 내 손과 자신의 손을 깍지 껴서 대리석을 누른다. 혀로 등을 핥아 내려가는데, 그의 귀걸이가 살을 긁는다. 단단한 그의 페니스가 그를 위해 열린 미끄러운 내 몸 안으로 들어온다.

"깨물어줘." 내가 신음을 참으며 애원한다. 내 살에서 그의 욕망을 느껴야만 한다.

그가 내 목과 어깨를 차례로 깨문다. 그의 동작 속도가 점점 빨라진다.

더 이상 참을 수 없어 내가 소리를 지른다. "느낄 것 같아." 내가 단숨에 말한다.

"아직 안 돼." 그는 이렇게 말하며 갑자기 내게서 나가버린다. 나는 당황스러움을 느끼며 욕구불만에 사로잡힌다.

레오나르도가 다시 내 엉덩이를 애무하더니 원피스를 벗겨버린다. 그러고는 나를 품에 안고 우리의 침실로 간다. 잠시 후 그가 나를 실크 시트 위에 내려놓는다. 이 침대가 우리의 진짜 첫 침대다. 내 눈에는 고귀한 것들을 에워싸는 것처럼 보이는 일종의 신성함이 이 침대에 아직도 남아 있는 것만 같다.

이제 레오나르도가 내 위에 눈을 반쯤 감고 누워 있다. 억제할 수 없는 욕망을 풀어놓기 위해. 그가 거칠면서도 완벽한 동작으로 삽입을 한다.

나는 그를, 잘생긴 그 얼굴을 보다가 벽에 걸어놓은 〈수태고지〉, 메시나에서 가져온 그 그림을 본다. 그런 다음 눈을 감아 모든 게 시야에서 사라지게 한 뒤, 우리의 성기가 사랑이라는 전투에서 충돌하게 내버려 둔다. 우리는 격렬하게 키스한다. 레오나르도가 몸속으로 밀고 들어왔다가 빠져나가기를 반복하고 위아래로, 더 깊이, 점점 더 힘차게 움직인다. 나는 신음한다. 그의 성기가 내 살에 부딪히고 내 몸속을 떠도는 게 느껴진다. 더 이상 참을 수가 없다. 멀리서 밀려오는 신비한 파도처럼 오르가슴의 순간이 찾아온다. 그가 내 머리를 잡고 내 온몸을 전율시킨다. 그의 씨가 뜨겁게 젖은 내 몸속으로 퍼져나가고 나는 폭발한다. 나는 그의 품속에서 황홀의 상태에 이르러 눈에 보이지 않는 파편으로 산산이 조각나버린다.

레오나르도가 내게로 쓰러져 땀에 젖은 내 몸과 하나가 된다. "사랑해, 엘레나." 그가 내 입술에 대고 숨을 내쉰다.

나도 숨을 쉰다. "사랑해, 레오." 이제 이렇게 말해도 두렵지 않다. 아니 이것은 언제나 거대한 무엇, 매번 나를 작게 만들고 숨을 쉴 수 없게 만드는 무엇인가를 의미한다.

우리는 시원하고 향기로운 시트 속에 잠시 그대로 누워 거리에서 들려오는 소음과 우리의 숨소리를 즐긴다. 그러다가 손으로, 입으로, 마지막에는 성기로 서로를 다시 찾는다. 우리 사이의 열정은 절대 꺼지지 않는 활활 타는 불길이다. 다시 시작하려는 찰나 문자메시지 도착음이 우리를 가로막는다. 내가 침대 옆 협탁에서 아이폰을 집어서 큰 소리로 읽는다.

우리 택시 안이야!
15분 뒤에 도착이야.
키스.

"가이아와 사무엘이야." 레오나르도에게 알린다. 그리고 전화기의 시간을 본다. 거의 8시가 가까워졌다. 준비를 해야 한다. 오늘 입을 옷도 아직 안 골라놨는데! 왜 사랑을 나눌 때면 시간을 인식하지 못하는 거지?

"레오, 너무 늦었어!" 내가 절망한 표정으로 아이폰을 그의 눈앞에 들이밀며 말한다.

그는 재미있어하는 것 같다. "긴장을 풀어, 엘레나……. 걱정할 거 하나 없어! 항상 안절부절못하는 내 조수 우고 같아." 그가 킬킬 웃는다. "힘내, 가서 준비해." 이 세상 누구보다 자신 있는 말투다. "나머지 일은 내가 다 알아서 할게."'이렇게 당황해서 쩔쩔매는 당신 모습도 사랑해'라고 말하듯 그가 윙크를 한다. 나는 욕실로 달려가서 순식간에 샤워를 마치고 최대한 빨리 머리를 말린다. 친구들은 내가 멋지게 머리 세팅까지 하고 있길 바라지는 않을 것이다. 상황을 고려해서 촉촉한 느낌으로 꾸민다. 그렇게 하면 시간도 절약된다. 레오나르도는 어느새 면도를 하고 옷을 다 입고 향수까지 뿌린 뒤 다른 욕실에서 나오고 있다. 남자들은 준비하는 데 어쩌면 저렇게 시간이 안 걸리는 거지? 나는 적당한 옷을 찾기 위해 옷방으로 뛰어든다. 마침내 흰 줄무늬의 파란 라코스테 미니 원피스를 고른다. 편안한 저녁 모임일 테니까. 언제나 그랬듯이 몸에 딱 붙는 옷을 차려입고 올 사람은 가이아밖에 없다. 하지만 유행의 여왕에게 미리 경고했다. "킬힐은 신고 오지 마. 만약 그렇게 하면 집에 들어오지도 못하게 할 거야." 그저께 내가 전화로 협박한 내용이다.

"엘레, 그럼 15센티로 낮춰 신고 갈게!" 가이아가 대답했다. 우리는 둘 다 미친 듯이 웃어댔다. 어서 그녀를 만나고 싶다.

마스카라를 하고 있을 때 초인종이 울린다. 벌써? 이 신혼부부는 빠르기도 하지.

"레오, 당신이 열어줄래? 부탁해." 내가 욕실에서 소리를 지른다.

"오케이." 그가 말한다. 접시와 냄비 부딪히는 소리가 배경음으로 들린다. 지금 대체 뭘 하고 있는 거지…….

레오나르도가 문을 열자 내가 잘 아는 여자 목소리가 들리는데 가이아는 아니다. 문으로 얼굴을 내밀어보니 파올라가 보인다. 그녀의 애인 모니크도 함께 왔다. 아, 그렇다. 이제 둘은 정식으로 사귄다! 그들 옆에 아주 젊은 다른 여자도 있다. 모니크와 외모가 닮은 것으로 보아 그녀의 동생이 틀림없다.

"우리가 좀 일찍 왔어." 파올라가 미안해한다. "혹시 두 사람 중요한 일을 하고 있었는데 우리가 방해한 건 아니지?" 그녀가 짓궂은 눈으로 나를 자세히 살피며 묻는다.

그냥 봐도 방금 사랑을 마친 여자의 얼굴인가? "무슨 소리야, 우리 음식 준비하고 있었어." 나는 웃음으로 당혹스러움을 가려본다.

"발레리 소개할게." 모니크가 처음 보는 그 아가씨를 가리키며 말한다.

"내 동생이야."

발레리가 한걸음 앞으로 나와서 내 손을 잡는다. "봉수 아(Bonsoir)." 그녀가 내게 인사한다. 검은 머리에 하얀 피부를 가진 아주 사랑스러운 아가씨. 세련된 이목구비에 언밸런스한 단발머리, 해골 모양의 귀걸이를 하고 있다.

"오늘 파리에서 왔는데 로마에 며칠 머무를 예정이야." 모니크가 계속 말한다. "얘만 혼자 집에 놔두고 오기 싫어서, 혹시 방해가 안 되었으면 좋겠는데……."

"무슨 소리예요, 우리와 함께해줘서 기쁜데." 발레리가 이탈리아어를 알아듣는지는 모르겠지만 내 말 뜻은 알아들었으리라 생각한다. 실제로 그녀는 수줍게 살짝 미소를 짓는다.

"이리 와서 앉아요." 나는 그들을 테라스 쪽으로 안내한다.

꽃으로 장식한 식탁으로 세 여자를 안내하고 나자 다시 초인종이 울린다. 이번에는 정말 가이아다. 10초 동안 잠시도 쉬지 않고 초인종을 계속 누르는 나쁜 버릇을 아직도 고치지 못한 내 친구.

마음속으로 중요한 상봉을 준비하며 문을 열러 간다. 우리가 마지막으로 만났을 때 그녀는 웨딩드레스, 나는 들러리 복장이었다. 그리고 나는 평생 쌓아온 우정을 물거품으로 만들 위험한 짓을 했다. 그때 생각만 해도 기절할 것만 같다. 하지만 전화로 화해를 하고 나자 그날은—정확히 말하자면 그날의 용서받을 수 없는 내 행동은—잊히고 모든 게 예전으로 돌아갔다. 우린 진정한 친구 사이다. 그리고 계속 그러리라 생각한다.

문을 활짝 열자 가이아가 태풍처럼 내게 달려든다. 나는 있는 힘을 다해 그녀를 포옹한다. 이 포옹에는 지난 몇 달간 나누지 못한 모든 이야기가 들어 있다. 우리는 어린 소녀들처럼 감동해서 서로를 바라본다. 너무 기뻐 눈물이 날 지경이다. "우리 눈물의 상봉은 하지 말자, 오케이? 내 화장품은 워터 프루프가 아니거든." 우리는 곧 웃음을 터뜨린다. 모든 감정들이 이 행복한 만남으로 다 사라져버린다.

나는 사무엘의 두 뺨에도 입을 맞추며 인사한다. 그러고는 두 사람을 감탄의 눈으로 바라본다. 그는 무릎까지 오는 버뮤다 반바지에 하얀 폴로셔츠를 입었는데 사이클 챔피언이 아니라 꼭 골프 선수 같다. 가이아는 스니커즈 신발에 발목이 드러나는 스키니 진을 입고 오버사이즈 줄무늬 민소매 셔츠에 분홍 형광색의 레이반 선글라스를 머리에 걸치고 있다. 그녀는 상상 가능한 모든 패션 잡지를 다 구독하고 있어서 그녀 자신이 너무나 잘 아는 언더그라운드 무대의 모델 같다.

"어서 들어와. 문 앞에 말뚝처럼 서 있지 말고." 내가 그들을 안으로 안내한다.

"어머, 엘레. 집이 너무 예뻐!" 가이아가 말한다.

"다 레오나르도가 한 거야. 안목이 좋거든."

"아, 우리 셰프님 저기 있네." 가스레인지에 몸을 숙인 레오나르도를 보고 그녀가 말한다. "우리 만난 지 1년도 더 된 것 같아요!"

레오나르도가 가스레인지 불을 낮추고 우리에게로 온다. 그러더니 가이아의 손에 입을 맞추고 목례를 한다. "미세스……." 그가 공식적인 파티에서 만난 사람처럼 말한다. 그러더니 사무엘과 악수한다. "축하합니다! 사이클 챔피언과 저녁 식사를 하다니 영광입니다! 지로 디 이탈리아 챔피언을 위해 요리해보기는 처음입니다."

"고맙습니다." 벨로티가 웃는다. 잡지 표지에서나 볼 수 있는 멋진 미소다. "당신도 유명인이잖아요, 셰프님. 그 이유를 알 것 같습니다." 사무엘이 식탁에 준비된 애피타이저를 슬쩍 보고서 덧붙인다.

"으흠, 저것들은 내가 준비한 거예요." 나는 자랑스러운 기색으로 말한다.

가이아가 깜짝 놀란다. "믿어지지 않는걸……. 네가 요리를 시작했단 말이야?!"

"비법을 좀 훔쳤다고 할 수 있지." 내가 레오나르도에게 동의를 구하는 눈길을 보내고 곧 그가 응수를 해준다. "그런데 너, 이 게으름뱅이야, 아직도 사랑받는 신부가 될 생각을 안 했단 말이야?" 내가 가이아의 옆구리를 꼬집으며 농담을 한다.

사무엘이 의기소침해져서 고개를 젓는다. "말도 마요. 지난번에 고기를 구우려다가 하마터면 옆집 사람들이 소방차를 부를 뻔했다니까요."

"그 정도는 아니었어!" 가이아가 다시 말한다. "그냥 좀 탄 거지."

"맞아, 자기야." 그가 동의하며 가이아의 어깨에 한쪽 팔을 두르고 이마에 키스를 한다. 그러더니 나를 보고 얼굴을 찡그리며 그녀의 말을 믿지 말라는 신호를 한다.

"내가 다 봤어, 알아?" 가이아가 협박을 한다. 하지만 그녀는 벌써 딴 데에 관심이 쏠려 있다. "엘레, 집 안 좀 돌아봐도 돼?" 그러면서 그녀는 어느새 침실 문을 열고 들어가고 있다.

"당연하지, 같이 가자." 내가 대답한다. "그런데 빨리 봐야 해. 곧 식탁이 다 차려질 거야. 테라스에서 식사하자."

아파트를 한 번 다 둘러보고 나서 가이아와 사무엘은 테라스로 나가 세 여자와 수다를 떨기 시작한다. 그사이 레오나르도의 동업자 안토니오도 그의 새 파트너인 마리나와 함께 도착한다. 금발 머리의 마리나는 보자마자 아주 호감이 가는 인상이다.

잠시 후 다시 초인종이 울린다. 나의 낭만적인 영웅, 마르티노다. 그를 다시 보게 되어 말로 표현할 수 없게 기쁘다.

그는 평상시와 약간 다르게 아주 모범생 같은 차림이다. 앞머리를 잘랐지만 수염은 그대로 놔둬 약간 자란 상태다. 눈썹 위에 새로운 피어싱을 했는데, 솔직히 말해 상당히 잘 어울린다. 마르티노는 인생에서 거의 만나기 어렵고, 만나게 되면 늘 마음에 담아두게 되는 그런 사람 중 하나다. 내가 지금 레오나르도와 함께 이 집에 살고 있는 건 마르티노 덕이기도 하다. 사고가 난 날, 그가 레오나르도에게 전화를 하지 않았더라면 아마 상황은 전혀 다르게 전개됐을지도 모른다. 그렇게 됐었어도 레오나르도와 나는 운명적으로 다시 만나게 되었을까. 누가 알겠는가…… 어쨌든 마르티노는 평생 내 행운의 마스코트가 될 것이다. 레오나르도도 그걸 알아서 그를 존중해준다.

마르티노는 내가 몹시 좋아하는 그 걸음으로, 그러니까 흔들흔들 유연하게 집 안으로 걸어 들어와서 레오나르도와 악수를 하며 인사를 나눈다. 그러고는 내 두 뺨에 수줍게 키스한다. 보통 때처럼 어리바리하다. 내가 그의 목에 두 팔을 두르자 약간 긴장을 풀며 나를 포옹하고는 살짝 들어올린다. 나를 다시 내려놓은 그의 표정이 훨씬 편안해 보인다.

"자, 이리 와. 주방에서 내 말동무가 되어줘!" 내가 그의 소매를 잡아당기며 말한다. 그러고는 그를 주방 의자에 앉힌다.

"내 눈을 믿을 수 없는걸요, 진짜 능숙한 요리사가 됐네요." 내가 내민 오렌지를 먹으며 그가 평한다.

"내가 제일 잘 만드는 건 케이크 종류 같아. 내가 만든 티라미수 먹게 될 텐데, 진짜 맛있어!"

"빨리 먹어보고 싶어요……."

그러면서 마르티노는 자신의 근황을 이야기하는데, 안타깝게도 감정적인 측면에서는 변화라고 할 만한 게 없다. 잠시 후 내가 요리책을 가져와서 그에게 자랑스레 보여준다.

"봐봐, 솔직하게 말해줘야 해……. 어때?" 내가 묻는다. 삽화에 대한 마르티노의 의견이 정말 궁금하다. 어쨌든 이 분야를 잘 아니까.

마르티노가 한 장 한 장 넘겨보며 진심으로 감탄한다. "정말 직접 다 그린 거예요?"

"응, 스트롬볼리에서 거의 놀이 삼아 그리기 시작했어. 그러다가 재미가 붙어서……. 그래서 어때?"

"뭐라 표현할 말이 없어요. 정말 근사해요, 엘레나."

"나도 좀 봐도 돼?" 가이아가 테라스에서 나와 주방으로 오면서 말한다. 그녀는 놀라운 친구다. 스니커즈를 신고서도 이렇게 섹시하게 걸을 수 있다니……. 아직도 그녀에게 배울 게 너무나 많다!

"여긴 가이아, 나하고 제일 친한 친구야." 내가 겨우 웃음을 참으며 말한다.

"저번에 베네치아에서 결혼하셨던 분?" 마르티노가 묻는다.

"맞아요." 가이아가 선수를 친다. "당신은 마르티노 같은데, 맞죠?" 그녀는 마르티노에게 물어보지만 나를 보며 윙크를 한다. '끝내주는데.' 그녀의 얼굴에 이렇게 쓰여 있다. '이 애 때문에 내 결혼식에 늦은 거면, 이해할게, 친구!' 이렇게 생각하고 있는 게 틀림없다.

"네, 반갑습니다." 마르티노가 자기소개를 하며 그녀의 두 뺨에 키스를 한다.

가이아가 내 엉덩이를 꼬집는다. "밖에서 애피타이저 더 달라는데." 그녀가 내게 알려준다. 그러더니 마르티노에게 말한다. "애피타이저 다 먹어버리기 전에 저쪽으로 가는 게 좋을 텐데."

"그렇다면 빨리 가야죠!" 그러더니 그가 테라스로 달려간다. 발레리가 제일 먼저 그에게 인사한다. 물론 둘 다 수줍어하면서. 그걸 보니 마르티노와 처음 인사를 나눴던 날이 생각난다.

"음식 담는 것 좀 도와줄래?" 내가 가이아에게 부탁한다.

"그렇게 애원한다면……."

"애원한다, 그래!" 내가 협박하듯 말한다.

그녀가 항복의 표시로 두 팔을 들고 대리석 아일랜드 식탁으로 다가온다.

"빨리, 그렇게 소심하게 굴지 말고, 너한테 안 어울리니까. 무슨 얘기든 좀 해봐." 내가 그녀를 재촉한다. 그러면서 가지 라자냐를 조금씩 덜어놓는다.

"무슨 얘기를 듣고 싶은데?"

"몰라……. 예를 들면 챔피언과의 결혼 생활은 어떤지 같은 거?"

"경주 마지막 날 시상식 때, 믿을 수 없는 일이 벌어졌어……. 핑크 저지(지로 디 이탈리아의 종합 우승자는 핑크 저지를 받는다—옮긴이)를 입은 사무엘이 시상대에서 우는 걸 네가 봤어야 하는데! 나도 울 뻔했다니까. 나처럼 무감각한 애가 말이야." 그녀가 따뜻하게 미소를 짓는다. "그런데 그날 이후로 평화가 끝나고 악몽이 시작됐어. 인터뷰에 파티에 후원자들과의 미팅에. 있지, 내가 속 좁은 여자 아닌 거 너 잘 알지……. 그렇지만 이건 너무해. 이제 더 이상 못 참아, 정말이야!" 그녀는 괴로운 표정으로 내게 이야기하지만 곧 환하게 미소를 짓는다. "그래도 얼마 안 있으면 끝이야. 일주일 뒤에 그리스 섬으로 휴가 가려고. 사무엘과 둘이서만 조용히 즐길 거야. 빨리 가고 싶어." 그녀의 눈이 하트 모양으로 변한다. "이제 투어가 끝났으니까 저 사람하고 좀 더 같이 있을 수 있겠지. 엘레, 나 정말 이 세상에서 제일 행복한 여자 같아, 진짜."

나는 가이아에게 살짝 윙크하고 허리를 숙여 오븐을 확인한다. 그런 다음 오븐 팬을 꺼내 그녀에게 건넨다. "이 스포키우 좀 잘라봐."

"뭐라고?" 그녀가 눈을 크게 뜬다. "너 이제 시칠리아 여자 다 된 거야?" 가이아가 어색한 시칠리아 억양으로 나를 놀린다.

"바보, 그냥 이 치즈 케이크 이름이 그런 거야."

"음, 냄새 참 좋다……."

"이것도 내 작품이란다." 나는 이렇게 말한 뒤 으쓱하는 시늉을 하며 거드름을 피운다.

"엘레, 우리 같이 요리 알레르기 있는 페미니스트들을 지지하지 않았었나? 넌 배신자야. 지금까지 내게 숨기고 있었다니!"

"사랑을 위해 위대한 이상을 희생한 거야." 내가 노련한 배우 흉내를 내며 변명한다.

가이아와 내가 새로운 애피타이저 접시들을 들고 나가 보니 테라스의 분위기는 여름 저녁 파티에 어울리게 매혹적이다. 로마 하늘에 하나둘 별이 뜨기 시작해 레오나르도가 등을 켰다. 그는 사무엘과 이야기하는 중인데 음모를 꾸미는 사람들 같은 얼굴들을 하고 대체 무슨 얘기를 나누는지 알 길이 없다. 마르티노는 발레리에게 포도주를 따라주고 있다. 둘이서 프랑스어로 진지하게 이야기를 하고 있다. 두 사람이 서로에게서 공통점을 발견한 것 같아 보인다. 안토니오와 마리나에 이어 파올라와 모니크도 요리책 출간을 축하해주었다. 모두들 서점에 가서 책을 사겠다고 약속을 하더니 벌써 헌사를 써달라고 부탁한다.

나의 레오와 함께 이 사람들과 어울리는 이 시간이 너무나 아름답다. 노래라도 부르고 싶은 심정이지만 까마귀 우는 소리 같은 내 목소리를 생각하면 모두를 위해 참는 게 낫다.

"우리 이즈음에서 축배 들어요!" 가이아가 제안한다. 언제나처럼 내 생각을 읽은 것이다.

모두들 박수를 치며 가이아의 멋진 생각에 찬성하자 레오가 고급 샴페인인 푸이야트 팔메 도르(Feuillatte Palmes d'Or)를 따서 테이블을 돌며 각자의 잔을 채워준다.

"신기하고 놀라운 일이 가득할 우리의 멋진 여름을 위하여!" 레오나르도가 잔을 높이 들며 말한다.

"여러분들을 위하여! 환상적인 여름을 위하여!" 그에게 윙크하며 내가 그를 따라 한다.

잔을 부딪치는 동안 나는 친구들을 하나씩 본다. 웃으며 남편에게 기습 키스를 하는 가이아, 하늘의 별을 바라보며 모니크를 꼭 껴안고 있는 파올라.

그리고 마침내 용기를 내서 발레리와 눈을 맞추고 수줍게 그녀의 한 손을 살짝 만지는 마르티노. 행복해하는 그들 모두에게서 사랑의 향기가 흘러나와 나의 행복과 뒤섞인다.

우리가 행복할 때는 모든 게 아름다워 보인다고들 한다.

세상을 바라보는 우리의 눈에 마음의 색깔이 반영된다고.

사실이다. 나는 지금 그걸 시험해본다.

레오나르도를 본다. 우리의 입술이 살며시 맞닿는다. 우리의 눈이 웃고 있다.

나는 지금 여기서 행복하다.

더 이상 바랄 게 없다.

이제 밤이 깊었고 파티가 끝났다. 가이아와 사무엘이 마지막까지 남아 있다가 몇 분 전에 돌아갔다. 나는 기운이 다 빠져버렸다. 그래도 자기 전에 테라스만이라도 정리해두고 싶다. 아침이면 늘 비몽사몽인데, 내일 잠에서 깼을 때 집이 이렇게 어질러져 있으면 더 일어나기 싫을 것 같아서다.

노련한 주부 같은 이런 생각을 레오나르도에게 말하기도 전에 그가 점퍼를 입고 오토바이 헬멧 두 개를 들고 거실로 나온다. "날 위해 뭘 좀 해줄 기운 있어?" 그가 방금 일어난 사람처럼 생기 있는 얼굴로 내게 묻는다.

나는 의아한 눈으로 그를 본다. "뭔데?" 거의 새벽 4시가 다 되었고 잠이 쏟아지기는 하지만 이 시간에 오토바이로 산책을 한다는 생각에 흥분이 되는 건 어쩔 수 없다.

"당신을 데려가고 싶은 곳이 있어서." 그가 말한다.

"멀어?"

"아니, 걱정 안 해도 돼. 여기서 대략 한 시간 정도 거리야."

"더 자세히 물어볼 필요도 없을 것 같은데……."

"정말 그럴까?" 그가 위협적으로 나를 보다가 미소를 짓는다.

"아마도."

우리가 테라치나에 도착하니 동이 터온다. 천국의 한 모퉁이 같은 이곳에는 한 번도 와본 적이 없다. 지금 느끼는 감동은 내 앞에 펼쳐진 경이로운 광경에 대한 감사한 마음과 놀라움이 뒤섞인 것이다. 바다를 향해 있는 낭떠러지 위에 로마 시대에 지어진 유피테르(로마 신화에 등장하는 신으로, 그리스 신화의 '제우스'에 해당한다—옮긴이) 신전이 자리 잡고 있다. 여기서는 티레니아 해의 가장 아름다운 광경을 즐길 수 있다. 치르체오부터 가에타까지 이르는 울리세 해안이 한눈에 들어온다.

우리는 이천 년 된 바위에 앉아 있다. 믿기지 않을 정도로 아름다워 거의 현기증이 날 정도다. 돌 냄새와 바다 냄새, 야생 허브 냄새와 금작화, 그리고 우리의 살 냄새가 하나가 된다. 이제 밤의 불빛들이 새날의 햇살에 자리를 넘겨주며 꺼져가는 중이다.

"완벽한 순간이야." 레오나르도가 눈을 가느스름하게 뜨고 흡족한 표정으로 주위를 둘러본다.

내가 고개를 끄덕인다. 우리가 로마로 돌아온 뒤로는 완벽한 순간들의 연속이었다. 우리 집, 함께 눈을 뜨는 아침, 퇴근하는 그를 기다리는 일, 우리가 함께 만든 요리책······ 그리고 오늘 밤 파올라가 꼭 나와 함께 작업하고 싶다고 말했던 새로운 복원작업까지.

레오나르도가 나를 껴안고 그의 어깨에 내 머리를 기대게 한다. 그가 하늘을 본다. 마치 이런 생각을 하고 있는 듯하다. '그거 알아, 엘레나······ 우리가 만난 뒤로 내 인생이 얼마나 달라졌는지 종종 생각하게 돼. 난 별 확신 없이 하루하루를 그냥 살아가고 있었지. 그렇지만 이제 미래를 생각해보면 당신과 함께 있는 나를 상상하는 게 하나도 이상하지 않아.' 솔직하고 환한 미소가 그의 입가에 번진다.

잠시 후 그가 점퍼 주머니를 뒤적이더니 짙푸른 색 새틴으로 된 작은 상자를 꺼낸다. 그리고 거기서 화이트골드 반지 두 개를 꺼낸다. 나는 깜짝 놀라 고개를 들고 그를 본다. 지금 일어나는 일을 정말 믿을 수가 없다. 레오나르도가 '엘레나'라는 이탤릭체 글씨가 새겨진 반지를 내 손에 올려놓는다. 그리고 '레오나르도'라고 새겨진 다른 반지를 자신의 손에 꼭 쥔다.

"엘레나, 한 번도 말한 적 없는데 이제는 당신이 알아줬으면 해서." 그가 뭔가 중요한 말을 하려는 사람처럼 숨을 깊이 들이쉰다. "난 당신을 통해 나 자신을 만났어. 내가 절대보고 싶지 않았던 나의 모든 것을 보게 됐지. 나약함이나 죄책갈만이 아니라 다른 사람들에게 상처를 주고 나의 내면을 피폐하게 만드는 제어할 수 없는 욕망까지 모두. 그렇지만 또 당신의 눈을 통해 나는 내 한계 그 너머를 바라볼 수 있었어." 다시 한숨. "평생 당신과 함께하고 싶어." 그가 단숨에 말한다. "당신도 그러고 싶다면 내 이름이 영원히 당신 손에 머물게 해줘."

물론 나도 원한다. 간절히 원한다. 예상치 못한 고백에 나는 할 말을 찾지 못한다. 웃음과 눈물이 동시에 난다. 손이 떨리기 시작한다. 이제껏 한 번도 다른 사람의 손에 반지를 끼워줘 본 적이 없다. 잘 생각해보니 내 손에 반지를 끼워준 남자도 없었다. 우리가 결혼을 하는 건가? 어떤 의미에서는 그렇다고 할 수 있다. 우리는 올림포스의 신인 유피테르 앞에서 결혼식을 올리는 중이다. 우리는 글로 쓰인 문서가 아니라 마음으로 맺어졌다. 그리고 이런 약속이 한결 더 영원하리라.

내가 그의 손에 반지를 끼워준다. "그러고 싶어. 난 당신 거야, 레오. 영원히." 그의 손을 잡는다.

그도 내 손을 부드럽게 잡는다. 그의 이름이 어느새 내 손가락을 감싼다. 그의 손놀림은 나보다 훨씬 더 단호하다.

"나도 영원히 당신 거야." 레오나르도가 내 입에 키스한다. "둘이 함께 영원히."

그가 나를 꼭 껴안아 우리의 얼굴이 맞닿는다. 깍지를

끼자 서로의 반지가 살짝 스친다.

이제 정말 우리가 되었다.

어디를 가든 함께할.

3년 뒤

　오전 10시 무렵, 베네치아 리도 해변은 아직 한산하다.
엑셀시오 호텔 수영장 파라솔 아래에 놓인 선베드에 편안히
누워 있자니 바다 소리와 해변에서 서로 다투며 힘없이 울어
대는 갈매기 소리가 들려온다. 호텔 테라스에서는 잔잔한 멜
로디가 흘러나오고 부드러운 바람이 내 살을 스친다.
　레오나르도와 나는 일주일 동안 이곳에 머물고 있다. 우
리 부모님은 레오나르도를 아주 좋아한다. 엄마는 남자인
레오나르도가 당신보다 요리를 훨씬 더 잘한다는 사실을 아
직도 받아들이려 하지 않지만 그를 특히 좋아한다. 이곳에
머무는 동안 우리는 밤에 자주 외출을 하곤 한다. 7월의 베
네치아는 활기가 넘치고 아름다워, 밤이면 밖으로 나가고 싶
은 생각만 든다. 오래 만나지 못했던 친구들을 다시 만났다.
필리포도. 차분하고 진지한 만남이었다. 필리포는 내가 평생
좋아할 그런 사람 중 하나다. 그리고 필리포도 같은 마음이
라는 걸 잘 안다. 다만 상처가 치유될 시간이 필요했을 뿐이

다. 두 사람 모두에게 고통스러웠지만 그러한 시간들을 통해 우리는 서로에게서 자유로워지고 각자의 인생을 살아갈 수 있게 되었다. 필리포는 나의 행복을 진심으로 기뻐해주었고 나도 마찬가지다. 지금 필리포는 가이아의 처녀파티 때 보았던 아리안나라는 그 아가씨와 동거하고 있다. 두 사람은 정말 사랑하는 사이 같다.

가이아는 이틀 뒤 남편과 함께 우리에게 올 예정이다. 지금은 사무엘이 아르헨티나에서 경주 중이어서 그곳에 있다. 두 사람이 빨리 왔으면 좋겠다.

"미켈레, 엄마 그냥 놔둬……." 거의 속삭이는 듯한 레오나르도의 목소리다. 곧 우리 아들의 작고 힘센 손이 내 옆구리를 찌른다. 미켈레는 3월 19일에 두 살이 되었다. 우리의 계산에 따르면 테라스에서 친구들과 저녁을 먹었던 그날, 아직도 끼고 다니는 반지를 레오나르도에게서 받은 그날 임신이 된 게 분명하다. 우리는 서류상으로는 결혼을 하지 않았다. 아마 어느 날엔가는 하게 되겠지만 지금은 그다지 중요하지 않다. 내게는 믿음이 다른 어떤 약속보다 더 가치가 있다.

그리고 우리 사랑의 살아 있는 증거인 우리 아들이 여기 있다. 나는 눈을 뜨고 이 세상에 하나뿐인 소중한 사람을 바라보듯 미켈레를 지긋이 본다. 침대에서 일어나 아이를 안는다. 미켈레는 내 손을 뿌리쳐보고 얼굴을 찡그리다가 곧 미소를 짓는다. 레오나르도를 꼭 닮았다. 검은 머리에 깊고 검은 눈, 까무잡잡한 피부, 그러나 가슴에 난 하트 모양의 작은 점은 완전히 나와 똑같다.

나는 진짜 여자가 되었고 여자의 삶을 살고 있다고 생각한다. 내가 이런 삶을 얼마나 갈망했는지도.

"태양이 너무 뜨거워서 미켈레 등 다 타는 거 아냐?" 레오나르도가 묻는다. 그는 아이에게 지극정성인데 그런 모습은 처음이다. 아버지가 되면서 그는 변했다. 그가 지닌 매력과 생명력은 하나도 잃지 않았지만 다정다감해졌다. 그렇게 되는 걸 늘 거부했던 그가.

"절대 아니야, 레오……." 내가 그를 안심시킨다. "그렇지, 미켈레?" 나는 우리 아들을 보다가 코에 입을 맞춘다. "태양이 겁나지 않는다고 아빠에게 말해. 네 안에 태양이 들어 있으니까."

감사합니다,

어머니 첼레스티나에게.

아버지 카를로에게.

남동생 마누엘에게.

낮이고 밤이고 등대가 되어준 카테리나, 미켈레, 스테파노에게.

귀중한 안내를 해준 실비아에게.

2013년 2월 10일 일요일에 운 좋게 만났던 멋진 분들에게.

1층부터 마지막 층까지 리촐리 출판사에서 일하시는 모든 분들에게.

다른 누구와도 바꿀 수 없는 친구 알에게.

모든 친구들에게 무조건.

무심하게 도움을 준 필리포 P. 에게.

스트롬볼리와 시칠리아에.

2013년 5월 26일 19시 24분에.

운명에.

　　이탈리아의 젊은 작가 이레네 카오의 『에로티카』 3부작
은 2013년 5월 출간 즉시 베스트셀러가 되었고, 그해에 현지
에서만 40만 부가 판매되었다. 20여 개국에서 번역되기도 했
다. 이탈리아 독자들에게 생소했던 이레네 카오는 이 첫 작품
으로 인기 작가의 대열에 서게 되었고, 이탈리아 로맨스 소설
을 다채로운 색으로 새롭게 그려낸 작가라는 평가를 받는다.

　　1979년 이탈리아 북부 포르도네에서 태어난 카오는 베
네치아 대학에서 고전문학을 전공하고 지중해 지역의 역사
와 고고학 연구로 박사학위를 받았다. 이 작품을 발표하기
전까지 고고학 관련 출판 일을 비롯해서 광고, 영화 등 계약
직으로 다양한 일들을 경험했다. 3부작의 초고를 준비해 여
러 출판사에 보냈지만 긍정적인 답변을 얻지 못하다가 대형
출판사인 리촐리로부터 출간 제의를 받았다. 그 당시에 카오
는 향수 전문점에서 점원으로 일하고 있었다고 한다.

　　3부작은 복원미술가인 엘레나와 세계적인 명성을 누리

는 요리사 레오나르도 사이에서 펼쳐지는 사랑과 욕망을 다룬 로맨스 소설이다. 베네치아의 팔라초에서 벽화 복원작업을 하던 엘레나는 그곳에서 만난 레오나르도에게 금방 빠져든다. 레오나르도 역시 마찬가지여서 그들은 곧 뜨거운 사이로 발전하지만 레오나르도는 두 사람의 만남에서 절대 사랑에 빠지지 말아야 한다는 조건을 건다. 이 때문에 두 사람은 만남과 이별을 반복한다. 어찌 보면 단순하고 흔하디흔한 이야기일 수 있다. 그러나 이레네 카오는 이런 이야기에 활력과 매력을 불어넣는다. 마치 두 주인공이 우리 곁에 있기라도 하듯 사실적이기도 하다.

작가는 이 두 사람의 사랑을 통해 우리 안에 숨겨져 있는 본능과 욕망의 실체를 고스란히 보여준다. 순진한 모범생의 인생을 살아온 엘레나와 자신의 감각과 본능에 충실한 레오나르도의 만남은 처음부터 심상치 않다. 레오나르도는 엘레나에게 우리 몸의 감각들을 탐험하는 여행을 제안한다. 쾌락을 찾는 그 여행에서 엘레나는 지금까지 금기시했던 모든 것들을 경험하고 관습과 도덕의 경계를 뛰어넘어야만 한다. 이러한 감각의 여행은 다양한 섹스를 통해 이루어진다. 관습과 금기에 얽매인 채 평범하고 균형 잡힌 삶을 살던 엘레나의 눈앞에 두렵지만 매력적인 세계가 펼쳐진다. 그녀와 비슷한 인물로 평화로운 연인 관계를 유지하던 대학 동창 필리포와도 결국 레오나르도로 인해 파국을 맞는다. 그러나 마침내 엘레나는 레오나르도를 통해 일상에서만이 아니라 자신의 예술에서도 완전한 자유를 얻게 된다.

이야기가 진행되는 과정에서 섹스 장면들이 많이 등장하는데 작가는 이러한 장면들을 본능적으로, 깊이 있게 그려보고 싶었다고 한다. 그래서 기계적인 행동이 아니라 우리의 존재를 뒤흔드는 행위로 섹스를 표현하며 여성이 가학이나 폭력적 섹스의 대상이 아니라, 섹스를 즐길 수 있는 소중한 존재라는 걸 보여주고 있다. 이 때문에 작가는 자신의 소설이 에로소설로 분류되는 데 유감을 표하기도 한다. 특히 작가는 등장인물들의 심리를 섬세하게 묘사한다. 우유부단하다고 욕먹을 수도 있을 엘레나의 행동들에 공감하게 되는 것도 아마 순간순간 갈등하는 그녀의 마음이 너무나 사실적으로 묘사되었기 때문이리라. 주인공들은 심리적인 갈등을 겪으며 성장하고 자신의 상처뿐만 아니라 서로의 상처까지 치유해준다.

3부작을 더욱 특별하게 만드는 것은 그 안에 고스란히 스며들어 있는 이탈리아 문화와 풍경들, 그리고 우리와 거의 비슷한 정서를 가진 부모님과 친구의 사랑과 우정이리라. 특히 주인공들의 직업 때문에 이탈리아 요리와 예술에 관련된 이야기가 곳곳에 자연스레 녹아 있다. 고고학을 전공한 작가의 예술작품에 대한 해박한 지식과 해석도 틈틈이 엿볼 수 있다.

1~3부는 각각 베네치아, 로마, 그리고 시칠리아의 작은 섬 스트롬볼리를 배경으로 한다. 1부의 경우 원제인 Io Ti Guardo('너를 바라본다'라는 뜻. 참고로 2부 Io Ti Sento는 '너를 느낀다', 3부 Io Ti Voglio는 '너를 원한다'는 뜻이다)에서 암시되듯 엘레나는 눈으로 모든 것을 포착한다. 성적인 쾌락조차 눈으로 느낄 수 있을 정도다. 그래서 레오나르도가 만드는 요리를 눈으로 직접 보고 나자 그에게 빠져들고 만다. 그녀는 요리와 예술이 추구하는 게 똑같다는 것을 깨닫게 된다. 이런 그녀에게 레오나르도는 다른 감각의 비밀을 알려주어 세상을 보는 시각을 바꿔놓는다.

3부에 등장하는 스트롬볼리는 레오나르도의 고향으로 어린 시절의 추억이 살아 있는 때 묻지 않은 공간이다. 실제 부상을 당한 엘레나는 이 섬에서 지내면서 회복하게 되는데 여기서 그녀의 정신적 상처까지 치유가 된다. 그리하여 예전과 똑같은 일이 벌어져도 한층 성숙하게 그 일과 마주한다. 레오나르도 역시 엘레나를 통해 그동안 갇혀 있던 자신만의 성에서 나와 세상과 소통하게 된다.

등장인물뿐만 아니라 도시나 풍경 들이 너무나 생생해 3부작을 번역하면서 베네치아의 운하를 바라보며 커피를 마시거나 로마의 거리를 걷고 있는 듯한 착각이 들기도 했다. 그러나 한편으로는 엘레나에게 지나치게 감정이 이입되어서였는지 번역하는 중간중간 많이 힘들었다. 그러면서도 욕망에 흔들려 이율배반적인 행동을 하는 그녀에게, 어찌 보면 끝 모를 일탈을 하고 있다고도 볼 수 있는 그녀에게 작가가 어떤 희망과 가능성을 보여줄지 궁금하기도 했다. 그래서 마지막에 엘레나가 찾은 자유가 내 것이라도 되는 양 기뻤다. 가슴 설레며 읽을 수 있고 잿빛 일상을 뒤흔들어줄 소설을 원하는 독자들이 이 3부작을 읽어주길 바란다는 작가의 바람을 나 역시 가져본다.

이현경

에로티카
시칠리아

초판	1쇄 인쇄 2017년 2월 6일
초판	1쇄 발행 2017년 2월 10일

지은이	이레네 카오
옮긴이	이현경
펴낸이	정상준
편집	이민정 김민채 황유정
디자인	박수연 김인경
관리	김정숙

펴낸곳	그책
출판등록	2008년 7월 2일 제322-22008-0000143호
주소	서울시 마포구 동교로13길 34(04003)
전화번호	02-333-3705
팩스	02-333-3745

facebook.com/thatbook.kr
facebook.com/openhouse.kr

ISBN	979-11-87928-09-6 04880
	978-89-94040-34-9 04800 (세트)

그책 은 (주)오픈하우스의 문학·예술 브랜드입니다.

「이 도서의 국립중앙도서관 출판예정도서목록(CIP)은 서지정보유통지원시스템 홈페이지
(http://seoji.nl.go.kr)와 국가자료공동목록시스템(http://www.nl.go.kr/kolisnet)에서 이용하실 수
있습니다. (CIP제어번호: 2017001741)」